U0443803

读客文化

儿科医生笔记

向林 著

山西人民出版社

图书在版编目（CIP）数据

儿科医生笔记 / 向林著. —— 太原：山西人民出版社, 2024.5
ISBN 978-7-203-13240-0

Ⅰ.①儿… Ⅱ.①向… Ⅲ.①长篇小说-中国-当代 Ⅳ.①I247.5

中国国家版本馆CIP数据核字(2024)第033293号

儿科医生笔记

著　　者：	向　林
责任编辑：	赵晓丽
复　　审：	郭向南
终　　审：	武　静
特约编辑：	黄雅慧　舒　艳
封面设计：	章婉蓓

出 版 者：	山西出版传媒集团·山西人民出版社
地　　址：	太原市建设南路21号
邮　　编：	030012
发行营销：	读客文化股份有限公司
天猫官网：	https://sxrmcbs.tmall.com　电话：0351-4922159
经 销 商：	山西出版传媒集团·山西人民出版社
承 印 厂：	河北中科印刷科技发展有限公司

开　　本：	680mm×990mm　1/16
印　　张：	17.5
字　　数：	260千字
版　　次：	2024年5月　第1版
印　　次：	2024年5月　第1次印刷
书　　号：	ISBN 978-7-203-13240-0
定　　价：	59.90元

如有印刷、装订质量问题，请致电010-87681002（免费更换，邮寄到付）
版权所有，侵权必究

目 录

第一章　急性肺炎引发的冲突　　001

第二章　患儿身上的特殊气味　　015

第三章　艾滋惊魂　　026

第四章　诊所医生的孩子　　035

第五章　反复喘息的患儿　　044

第六章　贯通的掌纹　　055

第七章　异常的大便颜色　　064

第八章　长达一年的慢性腹泻　　077

第九章　48 小时内的急救　　089

第十章　患罕见病的婴儿　　104

第十一章	严重的医疗事故	115
第十二章	临床思维	122
第十三章	开始进行胎教	133
第十四章	负责任的老师	144
第十五章	急性阑尾炎	152
第十六章	长不高的女孩	165
第十七章	苍白的初生儿	174
第十八章	放弃治疗	185
第十九章	药物过敏	196
第二十章	剩饭引起的高烧	209
第二十一章	性早熟的儿童	221
第二十二章	病房里的命案	233
第二十三章	诊断如同破案	250
第二十四章	剖宫产	263

第一章
急性肺炎引发的冲突

这天，柯小田一大早就起床了。

夏晴头天晚上冥思苦想剧本大纲，午夜过后依然一筹莫展，一整夜都在做着一些莫名其妙的梦，一直到天亮的时候依然迷迷糊糊。尽管柯小田起床的动作很轻，但还是吵醒了她："你们医院要求上班穿白衬衫打领带？"

柯小田笑了笑："今天是我做医生的第一天，得正式一些。"

夏晴禁不住笑了起来，也因此一下子清醒了："从此你就得天天忙了，就我一个人在家。"

柯小田道："你一个人在家里写剧本不是更清净吗？"

夏晴伸了个懒腰，郁郁地道："写不出来，难受得很。"

柯小田劝道："艺术来源于生活，那就多出去走走。"

夏晴道："妈还在医院住着呢，我得天天去陪着她。"

夏晴和她妈妈金秀兰一样，都是乙肝病毒携带者。

乙肝病毒主要通过血液、体液传播，其中母婴传播的情况较多，医学上将这样的传染途径称为"垂直传染"。

夏晴和她妈妈就是这样的情况。而且夏晴的舅舅、姨妈都因为乙肝病毒感染最终发展为肝硬化、肝癌，50岁左右就离开了人世。

5年前，金秀兰的肝病发展成了肝硬化，前不久病情忽然加重住进了医院。柯小田这才明白妻子心里面静不下来的根源所在，安慰道："虽然目前还没有治疗乙肝的特效药物，但稳定病情、保持现状还是没有多大问题的。这段时间你辛苦一下，也算是一种体验生活的方式，说不定某个时候思路一下子就打开了呢。"

夏晴见丈夫已经收拾得干干净净、规规整整准备出门，忽然问了一句："小田，你和我结婚后不后悔？"

柯小田愕然："我怎么可能后悔？你干吗问我这样的问题？"

夏晴轻叹了一声："虽然我很想要个孩子，但是我又……"

她害怕的是将乙肝病毒传染给下一代。柯小田明白妻子内心的恐惧，温言道："没事的，其实咱们俩就这样过一辈子也挺不错的。"

夏晴知道丈夫深爱自己，却因为自己的身体和孩子的事情总是有些不自信。柯小田的话让她既幸福又感动："你晚上想吃什么？我从医院回来的时候好去买菜。"

柯小田看了一下时间，急匆匆朝外面走："回锅肉吧，你做的这道菜我永远都吃不腻。"

江南省城因为长江穿流被分成了南北两个部分。当初柯小田本想博士毕业后到省儿童医院工作，就将住房租在了南岸。后来经过再三考虑，他选择了位于城市北岸的江南医科大学附属医院儿科，从今往后就将每天搭乘穿江而过的地铁去上班。

几天前，夏晴还建议将住房搬到北岸去："反正我是自由职业，住哪里都是一样的。"

不过柯小田没有同意："江北的房租太贵了，而且搬家也很麻烦，暂时还是住在这里吧。"

柯小田考虑的是实际问题。他才刚刚参加工作，夏晴目前又基本没有收入，在花费上能节省就尽量节省一些为好。

一切都会好起来的。柯小田上地铁的时候正好有了个座位，心情就更好了。

地铁是现代城市最便捷的交通工具之一，不到一个小时柯小田就到了江南医科大学附属医院。

江南医科大学是国内知名的医学院校之一，其附属医院的医疗技术和设备在整个江南省都是首屈一指，病源也非常庞大且丰富，每年的门诊量高达四百余万人次，拥有住院病床一千多张，这也正是柯小田最终选择在这里工作的原因之一。

几天前柯小田到医院来报到的时候，就已经去过即将要工作的儿科病房，与科室主任、护士长以及主要的医护人员见过面，分管的病床也在当时得到了明确。

柯小田刚刚进入病房就听到了争吵声。护士长邱燕一见到他就嚷了起来："柯医生，你管的病人家属太不讲道理了，把小温都给骂哭了。"

邱燕是一个性格外向的人，柯小田觉得她刚才的话有些夸张，问道："究竟怎么个情况？"

邱燕见他的反应如此平淡，不高兴地道："你自己去问小温吧。"

江南医科大学附属医院的儿科病房有30张床位，配备了5名医生、10名护士。护士长说的"小温"就是柯小田分管病床的护士温文洁。

温文洁躲在护理站里流泪。柯小田温言问道："小温，发生了什么事情？"

温文洁抽泣着道："12床的患儿昨天才入院，今天发烧更厉害了。患儿的父亲说咱们医院的治疗有问题。我做了解释，那个人根本就不听，不但对我破口大骂，还差点动手打人。"

柯小田没想到会发生这样的事情，皱眉道："太不像话了。小温，这件事情你就不要管了，我去处理就是。"

雷云生这些年很不容易。多年前，他实在受不了种庄稼的苦，从乡下来到省城。先是四处找活、打工，后来结识了一位在建筑行业当小包工头的老乡，就去了他的工地学做泥瓦工。

雷云生虽然只是个高中毕业生，但脑子活、有想法。他千方百计地讨好那位小包工头老乡的妹妹，终于心想事成。

雷云生与小包工头老乡的妹妹结婚后不久就有了孩子，妻子不希望丈夫一直辛辛苦苦做泥瓦工，就让他跟着哥哥去揽一些小项目来做。

随着国家在基础建设方面投入的加大，房地产业发展迅猛，建筑项目多不胜数。然而小包工头能够拿到的都是一些边边角角的小项目，利润并不高，而且为了保证工程质量，需要投入很多精力，所以这些年来雷云生赚的都是辛苦钱。

前不久雷云生遇上了一位中学同学，这位同学如今已经是某家上市房企在江南省某个大项目的项目经理，两个人见面后一拍即合，准备在这个项目上大干一场。

可是就在这个时候，孩子忽然生病了。开始的时候只是咳嗽，稍微有些发烧，雷云生正忙着与那位中学同学商量有关项目的细节问题，接到妻子的电话后也没在意："估计就是一般的感冒，去附近的小诊所看看就是。"

雷云生的妻子对孩子宝贝得很，直接带着孩子去了离家不算太远的江南医科大学附属医院的儿科门诊，还特地给孩子挂了个专家号。

给孩子看病的是小儿内科专家苏雯教授。苏雯教授仔细检查了孩子的情况后告诉她："孩子发烧、咳嗽，听诊有明显的气泡音，很可能是小儿肺炎。先去照张胸片看看吧。"

胸片的结果出来后，果然证实了苏雯教授的判断，于是孩子就以"小儿肺炎"被收治入院。

雷云生听说了孩子的情况后再也坐不住了，给中学同学道歉后急匆匆赶到了医院。

雷云生在医院守了孩子一夜，本来准备第二天上午继续去和老同学商谈项目的事情，没想到孩子咳嗽、发烧得更厉害了。

当时夜班医生还没下班，来看过后发现孩子的扁桃体有些红肿，考虑到可能存在细菌感染，就在原先处方的基础上加开了头孢类抗生素。

时间又过去了半个多小时，孩子不但没有退烧，而且咳嗽更厉害了。这时候温文洁进入病房给孩子输液，雷云生不满地质问道："你们不是三甲医院吗，怎么连个发烧都治不好？"

温文洁解释道："你的孩子患的是肺炎，可能是病毒性感染，治疗需要一个过程。"

雷云生心里急着要去和老同学谈工程项目，听说孩子的治疗还需要一个过程，顿时又急又怒："孩子的病情本来没那么严重，结果到了你们这里反而加重了，今天我要找你们讨个说法！"

温文洁见此人如此气势汹汹、不讲道理，生气地道："你这人怎么这样呢？我不是已经给你解释清楚了吗？"

雷云生更怒，扬起拳头："像你们这种不负责任的医生，我还要打人呢！"

雷云生的妻子连忙拉住了他："你别这样……"

雷云生已经愤怒至极，指着温文洁吼道："我告诉你，如果孩子今天不退烧的话，我就要动手打人了！"

温文洁被对方的气势吓坏了，转身跑出了病房。

雷云生依然愤怒："我好不容易有机会去做个大项目，这下好了，被孩子拖在这里了。"

雷云生的妻子顿时就不高兴了："钱重要还是孩子重要？你有事情就自己去忙，到时候别说是孩子耽误了你。"

雷云生犹豫了一下，烦躁地道："算了，孩子现在这个样子，我哪里还有心情去做别的事情？"

> 雷霆万钧，男，2岁3个月。主诉鼻塞、流涕、打喷嚏、干咳和咽痛。检查发现双肺呼吸音粗糙，散在干性啰音；胸部X光片显示肺纹理增粗，双肺透亮度增强；血常规：白细胞计数正常，淋巴细胞计数升高。

一看到患儿名字，柯小田禁不住笑了。以前他在医院实习的时候也遇到过类似名字的患儿，比如"高峡平湖""白雪皑皑"什么的。他仔细看完了12床患儿的病历，觉得小儿支气管肺炎的诊断和治疗都没有任何问题，随即就去了该患儿所在的病房。

柯小田已经知道刚才发生的事情，就想着先缓和一下气氛，他微笑着问雷云生："您贵姓？"

雷云生心里面还在想着项目的事情，不耐烦地道："姓雷。医生，我儿子昨天晚上发了一夜的烧，现在都还没退下去。你说说，这究竟是怎么回事？"

柯小田解释道："孩子的白细胞数量基本正常，淋巴细胞增多，所以细菌性感染的可能性不大，也就是说，目前病毒性急性支气管肺炎的诊断是没有问题的。因为病毒感染的第三、第四天正是病毒繁殖的高峰期，出现高烧的症状也很正常。"

雷云生不耐烦地摆手道："我不管这些，反正你们要尽快把孩子的烧给退下去。"

柯小田依然耐心地道："孩子发烧，说明他的免疫系统正在起作用，几天过后孩子的各种症状就会慢慢减轻的。"

雷云生的妻子在一旁问道："孩子还咳嗽呢，你们怎么也不给他用止咳药？"

柯小田看过这个患儿的病历，问道："孩子咳嗽的时候有没有痰？"

雷云生的妻子道："就是干咳，但是孩子咳嗽那么厉害……"

柯小田道："孩子现在的情况，如果使用镇咳药的话会影响痰液的咳出，而且我还注意到，目前孩子并没有呼吸困难的状况，所以还是应该以观察为主。"

雷云生怒道："孩子都烧得烫手了，你们却天天给他输一些葡萄糖、氨基酸之类乱七八糟的东西，为了赚钱，你们连孩子的命都不顾了？"

雷云生身材魁梧，比一米七多一点的柯小田高出了一个头。感受到极大威压的柯小田皱眉继续解释道："葡萄糖和氨基酸都是给孩子补充能量和营养的，病毒感染最终还得靠孩子自身的免疫力去抵御，除非孩子出现了抽搐或者高烧惊厥……"

柯小田的话还没有说完，患儿父亲那硕大的拳头就已骤然而至。柯小田猝不及防，在巨大的冲击下身体一下子撞到了病房的墙上，只觉得眼前金星直冒，与此同时，颧骨处还传来了一阵剧痛。

雷云生已经动手，只觉得热血上涌，扬起拳头正准备再次朝对方砸过去的时候，柯小田已经反应过来，随手提起一旁的凳子，冷冷地看着对方。

雷云生的妻子没想到丈夫会如此冲动，连忙紧紧将他抱住："云生，你别这样……"

此时，病床上的孩子也被眼前的场景吓得号啕大哭。

病房里发出的巨大动静惊动了科室里的医护人员。科室主任田博达和护士长进入病房的时候，柯小田与雷云生依然在僵持着。

田博达虽然身材矮胖，却有一种无形的气势。他看着手上提着板凳的柯小田问道："怎么回事？"

柯小田将刚才发生的事情讲述了一遍。田博达听后将手一挥："还有什么可说的？报警吧。"

雷云生的妻子吓坏了，连忙催促丈夫："赶快给医生道歉啊，赶快啊。"

雷云生也意识到自己闯祸了："医生，对不起，刚才是我太冲动了，下次我再也不会这样做了。"他看着柯小田脸上的那团乌青："您说个数，我给您赔礼道歉。"

柯小田感觉脸上传来一阵阵钻心的跳痛，冷冷地道："你刚才的行为，绝不能原谅！"

田博达也大声道："确实不能原谅。医者固然应该仁爱仁心，但我们的尊严不可侵犯。"

半个多小时后，医院附近派出所的警察将雷云生带离了医院。

为了配合警方对这起事件的调查，柯小田也一起去派出所做了笔录。上班第一天的整个上午就这样过去了。

医院里面有专门的营养食堂，柯小田在那里用过午餐后回到医生办公室，趴在办公桌上睡了个囫囵觉。

苏雯教授下午到病房后，才知道自己前几天收治进来的患儿家长无理取闹的事情，关心地问柯小田："小柯，你没事吧？"

苏雯是柯小田的上级医生。柯小田连忙站了起来："我没事，就是在猝不及防之下挨了那个人一下。"

这时候苏雯已经注意到了柯小田脸上的瘀青，心疼道："皮都破了，怎么不消毒包扎一下呢？"说着，她去治疗室取来了碘酊，用棉球轻轻在柯小田的脸上擦拭。

柔软清凉的棉球一次次轻柔地拂过脸上的肌肤，柯小田明显感觉到来自颧骨处火辣辣的疼痛正在丝丝减轻。此时此刻，他想起了自己小时候顽皮受伤后母亲替他消毒的场景。

苏雯在柯小田的受伤处贴上纱布后柔声说道："好了。"

江南医科大学附属医院是教学医院，医生办公室里面都有一面整容镜。柯小田走过去看了看，苦笑道："太难看了。"

苏雯笑道："没事。你回家后再冷敷一下，估计明天就恢复了。走吧，我们去看看12床患儿的情况。"

苏雯在给柯小田处理伤口的时候，温文洁就站在医生办公室的门外，她是来找柯小田要另外一个病人下午的医嘱的。当她听见苏雯说要去看看12床患儿的情况，不满地道："这个病人的家属那么过分，还去看什么看！"

苏雯的声音依然柔柔的："我们是做医生的，眼里只有患者。"

温文洁冷哼了一声，朝柯小田伸出手："把9床的医嘱给我。"

温文洁对苏雯如此的不礼貌，让柯小田感到很诧异，说道："这个病人的情况不是很着急，医嘱等我们去看了12床后回来一起开吧。"

苏雯似乎根本就没有和温文洁计较的意思，对柯小田说道："任何事情都得有个轻重缓急，还是先把9床的医嘱开了再说吧。"

9床是一个急性感染性喉炎患儿，主要表现为突发高热、呼吸困难、犬吠样咳嗽、喉鸣以及吸气性呼吸困难等症状。

这个患儿也是入院不久，抗生素治疗效果不是很好。柯小田考虑可能是患儿对药物吸收缓慢的原因，于是就准备给患儿进行雾化吸入疗法。

雾化吸入疗法在呼吸系统疾病的治疗中被广泛使用，其作用是通过雾化的方式使药物颗粒随患者的吸气过程进入其呼吸道，可以使药物通过黏膜吸收并在局部发挥作用。这种治疗方法在儿科门诊最常采用，而且雾化器的使用方法也非常简单，一些哮喘病患儿家里也有备用。

柯小田开好医嘱后仔细检查了一遍，将医嘱本递给温文洁："记得给患儿家长示范一下雾化器的使用方法，这样便于他们自己掌握时间。"

温文洁点头，正准备转身离开的时候，柯小田忍不住说了一句："小温，苏教授毕竟是儿科专家，你刚才那样不大好。"

温文洁却撇了撇嘴说道："她就是假惺惺的，喜欢做滥好人。"

柯小田诧异道："我看她人挺不错的，你怎么这样说呢？"

温文洁摆着手说道："有些事情你不知道，我也懒得说。"

柯小田苦笑着摇了摇头。

苏雯已经给12床的患儿做完了检查，正温言对雷云生的妻子说道："小柯医生说得没错，孩子细菌性感染的可能性不大，发烧是一个正常的过程。其实要快速退烧也容易，就是像那些小诊所一样使用激素。但是我们不会那样做，因为使用激素有可能造成孩子的抵抗力丧失，那样的话就非常危险了。"

雷云生的妻子歉意地道："我们家那位脾气不好，我也没想到他会做出这样的事情来。"

这时候柯小田正好进来，说道："这可不是脾气好不好的问题，他已经违反了法律你知不知道？"他看着雷云生的妻子："最开始他辱骂甚至准备动手殴打小温护士的时候，你就应当制止。所以这件事情你也有责任。"

雷云生的妻子见柯小田进来了，脸上还贴着一块纱布，一下子就跪在了地上:"柯医生,这件事情确实是我们错了。求求您,求求您大人有大量,原谅我们吧。"

这时候她的孩子也从床上站了起来,哭喊着"医生叔叔"。

这一刻,柯小田的内心差点动摇。

雷云生的妻子见柯小田有些犹豫的样子,连忙又道:"警察说了,只要您不再计较这件事情,他们就会把我男人放出来。柯医生,您说个数,无论怎么赔偿我们都愿意。"

柯小田的脸色一下子就冷了下来,正待严词拒绝,就听苏雯在一旁说道:"小柯医生,我觉得他们也怪可怜的,你看……"

柯小田顿时想起温文洁说苏雯是"滥好人"的话,摇头道:"苏老师,这已经不是我和这个患儿父亲之间的事情。田主任说得对,医者不可辱。为了不让这样的事情再次发生,我绝不原谅这个人。"

"老师"是教学医院里面低年资医生对高年资医生最常用的称谓。苏雯点头。她轻轻抚摸着12床患儿的头,对孩子的妈妈说道:"医者父母心,你丈夫殴打医生,这就和殴打你们的父母一样不应该。你说是不是这个道理?"她见对方不说话,轻叹了一声,笑吟吟地朝另外那个床位的患儿说道:"秦立小朋友,你不要再挑食,要多吃蔬菜水果哟。"

11床也是一个小儿肺炎患者,经过治疗后,目前病情已经好转,最近两天即将出院。让柯小田没有想到的是,这个11床的患儿竟然亲热地回应了她:"苏妈妈,我听你的话,一定多吃蔬菜和水果。"

苏雯的手依然在轻轻抚摸12床患儿的头:"我知道,你们都是乖孩子。"

柯小田注意到了这个细节,顿时想起先前她给自己消毒时的轻柔与温暖。他发现,苏雯所说的话和所做的动作并不刻意,而是发自内心的一种自然而然的表现。

这是一位好医生。从大学本科开始一直到博士毕业,在长达十年的医学学习过程中,柯小田见过各种各样的医生,他完全相信自己此时此刻的判断。

在地铁上的时候，柯小田一直在想着夏晴炒的回锅肉，不过他很快就察觉好几个人都在用诧异的眼神看着自己。他不想让夏晴替自己担心，一下地铁就将脸上的纱布扯了下来，随手扔进了旁边的垃圾桶。

打开家门后，柯小田奇怪地发现屋子里面居然没有开灯。他朝着里面大喊了一句："小晴，你在吗？"

夏晴从卧室里走出来，柯小田问道："天都要黑了，怎么不开灯呢？"这时候他才发现妻子的眼眶红红的："出什么事情了？"

夏晴勉强笑了笑："没事。小田，对不起，我还没有来得及做饭。"

柯小田看着她："你肯定有事。快告诉我，究竟怎么了？"

夏晴的眼泪瞬间涌出："我妈的病越来越严重了，医生说她肚子里面出现了腹水。小田，怎么办呀？呜——"

出现腹水说明肝硬化造成了门静脉高压，这种情况确实比较严重。柯小田轻轻将夏晴拥在怀里："生老病死都是自然规律，有些事情你得想开一些才是。"

夏晴再也忍不住了，开始号啕大哭："可是小田，我好害怕。"

柯小田这才明白夏晴是联想到了她自己的情况，轻拍着她的后背说道："你不一样，你还很年轻，尽早治疗还来得及。"

夏晴问道："真的可以吗？"

柯小田点头："虽然目前没有治疗乙肝病毒的特效药，但通过各种方法去对抗它还是可以的。而且只要你的肝功能没有出现异常，就不会对健康产生太大的影响。"

夏晴仰起头来看着柯小田："我想要个孩子，也可以吗？"

看着妻子梨花带雨的漂亮脸庞，柯小田不知道该如何回答："我——我抽空去咨询一下感染科的专家，听听他们的意见后再说。"

其实柯小田早就想去咨询这件事情，只不过他害怕得到的是最糟糕的结果。明明知道这是一种逃避现实的"鸵鸟心理"，他依然难以说服自己坦然去面对。

夏晴的母亲金秀兰今年53岁，原是一家国有企业的职工，企业后来转型,她却因此下岗,拿到一笔下岗补偿金后就一直赋闲在家。

夏晴的父亲夏致力在海船上工作,虽然常年不回家,但收入还不错,家里的生活水平比上不足,比下有余。

因患有家族性传染病乙肝,金秀兰在48岁的时候就开始出现了肝硬化。

一般来讲,乙肝患者如果不积极治疗的话,就很有可能出现肝脏组织纤维化,这就是肝硬化的前期。而肝硬化一旦发生,有10%～25%的患者将会转化为肝癌。更糟糕的是,这样的过程是不可逆转的。

金秀兰在医院接受了几个疗程的治疗后,病情基本上稳定了下来。肝病的治疗费用极高,使用干扰素一个疗程下来动辄数万元。其间,夏晴的父亲回来过一次,几天后又匆匆离开了。

中医的说法其实还是很有道理的:肝病患者更容易动怒。随着几年前病情加重,金秀兰开始变得脾气糟糕,甚至不可理喻。夏晴实在无法忍受,于是就从家里搬了出来。

一个月前,金秀兰的病情忽然发生变化,开始出现黄疸,随后就住进了她原单位的医院。最近一段时间,除了夏晴每天都要去医院之外,每到周末柯小田也会前往医院看望。

12床患儿几天后病愈出院,这天正好是周五,柯小田和夏晴商量好了一起去医院看望岳母。

柯小田每次去看望岳母的时候都会带上一些水果之类的东西。夏晴对他说过多次没有必要,柯小田却始终坚持:"这样做也是为了让她的心情好一些,免得一见到我们就生气。"

不过这一次柯小田的办法不起作用了。金秀兰一见到女儿女婿就气炸了:"我都是要死的人了,买这些东西来干什么?"

柯小田从读硕士开始就经常在医院里,对患者发脾气的情况早就司空见惯,所以并不在意。可是夏晴的脾气一下子就上来了:"小田上了一天的班,我们还没吃饭就来看您了,您怎么能这样呢?"

金秀兰最烦的就是女儿老是和她顶嘴:"我没有让你们来看我,让我在这里自生自灭好了。"

柯小田注意到岳母右侧眼睑上有一个明显的红点，而且从红点处向四周散出了一些细小的红线。这个红点在临床上被称为"蜘蛛痣"，其产生与人体内雌激素升高有关，多见于肝硬化晚期患者和肝癌患者。

柯小田记得上次来的时候，岳母的眼睑上并没有这个东西，心情一下子沉重起来，问道："您想吃什么？我这就去给您买。"

金秀兰道："不想吃，什么都不想吃。"

柯小田温言劝道："不吃东西怎么行呢？要不我去给您买点瘦肉粥回来？"

金秀兰看着他："你是医生，你告诉我，我是不是要死了？"

柯小田从岳母的眼中看到了恐惧，连忙道："怎么会？我觉得您现在的情况还不错。"

也许是柯小田的话起了作用，也可能是金秀兰因为恐惧而自欺欺人，她竟然相信了女婿的话，说道："我想吃酱肉包子，小田，你去给我买些回来吧。"

医院的对面是条步行街，吃饭购物都很方便，不多久柯小田就买回来了酱肉包，还自作主张地买了一份瘦肉粥。

"这是刚刚出笼的，您趁热吃。"柯小田将酱肉包子递给岳母，随即又打开了装有瘦肉粥的一次性食品盒盖子。

不承想金秀兰刚吃了几口就呕吐起来，夏晴顿时慌了："妈，您怎么了？"

夜班医生急匆匆地进来了，批评道："她的肝病这么严重，怎么能给她吃油腻的东西呢？"

柯小田顿觉心里惭愧得慌，不过他也明白了：岳母的病情可能比他想象的要严重得多。

"小晴，你最好马上给你爸打个电话。"从医院出来后，柯小田觉得还是应该告诉夏晴眼前这个残酷的现实。

夏晴的脸色一下子变得苍白："小田，你的意思是……"

柯小田点了点头："也许，你妈妈的时间已经不多了。"

虽然有舅舅和姨妈的先例在，夏晴却依然不能接受这样的现实："不会的。小田，你骗我的是不是？"

柯小田将她轻轻抱住："小晴，给爸爸打电话吧，别让爸爸妈妈留下遗憾。"

怀中夏晴的身体颤抖得厉害。柯小田知道，那不仅是因为痛苦，更是因为恐惧。

第二章
患儿身上的特殊气味

教学医院有着严格的查房制度，其中要求科室主任每周至少进行一次大查房。

科室主任的大查房非常重要，主要是为了解决疑难病例的诊断和治疗问题，同时也是教学的重要方式。

柯小田所在的儿科病房大查房的时间是每周四下午。

从下午两点半开始，科室里面除了几个当班的医生之外，其他所有的人包括本科实习生以及本科室导师所带的在读硕士、博士陆陆续续进入小教室。

距离下午三点还有几分钟，身材矮胖的田博达终于出现在了大家的面前："都来得这么早啊，我就出去开了两天的学术会，没想到大家都这么想我。"

所有人都笑了。

田博达一副得意扬扬的样子："我就知道大家肯定会想我的。不光是你们，我家老太婆也想我得很呢！很多人都知道，我家老太婆年轻的时候可是我们医院的第一美人，有名的'黑珍珠'，所以光长得帅是没有用的，得像我这样既幽默，又有智慧才行。"

所有的人再次大笑。

柯小田没想到田博达教授这么好玩，低声问旁边那位姓左的医生："他说的是真的？"

左医生点头。"他爱人当年可是我们医院的第一美女，身边的追求者络绎不绝，即使是到了如今，已经是麻醉科主任的她依然风姿绰约、仪态优雅。"他停顿了一下，"田主任这个人特别有趣，大家私底下都叫他'老顽童'。"

两个人正悄声说着，就听到一个本科实习生好奇地问："田老师，您当初是如何追求到师母的？"

田博达大笑："这你可说错了，当初可是她主动追求的我。没办法，我太有魅力了。"

柯小田没想到田博达虽然身材矮胖，说话的声音却如此洪亮，那副得意扬扬的样子更是让人忍俊不禁，禁不住和大家一起大笑了起来。

田博达看了看腕表。"好了好了，我们开始吧。"他将目光看向苏雯，"这次大查房选的是什么病例？"

苏雯道："是4床的患儿。患儿是昨天入院的，目前诊断还不明确。"

柯小田暗暗吃惊。

在大查房之前，科室主任首先要通过下级医生的汇报选定一例病例，然后还要花费时间去研究病历并亲自给病人查体，待心中对患儿的情况基本有数之后，才会将该病例作为大查房的内容。柯小田没想到田主任竟然对这例病例一无所知，低声问旁边的左医生："田主任以前的大查房也是这样，事先并不知道将要讨论的病例内容吗？"

左医生道："大多时候都是这样，他随意得很，而且每次大查房都会让我们收获满满。"

柯小田很是吃惊，心想这需要多大的自信和能力才可以做到啊。这时候他忽然想起来了，问左医生："这个患儿好像是你管床的吧？"

左医生点头。

患儿女，8日龄，因拒乳2日入院。患儿自出生后一直母乳喂养，自行进乳，吸吮有力。近3日来无明显诱因出现吃奶差、吸吮力弱，睡眠增多，无抽搐，无呕吐。患儿自生病以来无发热，无咳嗽，无呼吸困难，无发绀，尿便正常，患儿的父母均否认家族性遗传病史……

接下来左医生开始汇报患儿的病情，田博达忽然打断了他的话："等等！你刚才说患儿进乳差的依据是什么？还有，睡眠增多究竟是怎么个增多法？"

左医生道："患儿在生病前每天进乳5～6次，每次约40毫升，每天的睡眠时间为15～16小时；自生病后每天进乳2～3次，每次不足20毫升，每天睡眠在18小时以上。"

田博达点头道："这就对了嘛，要有比较才能说明问题。足月的正常新生儿大约2小时进乳1次，每天的总睡眠时间为10～19小时，这是正常值，不过还要和患儿生病之前的情况进行比对，这样才有诊断依据。医学是一门严谨的学科，细节很重要，不能凭空去说。有一次我在大街上遇到两个人吵架，二人互相骂对方长得丑，这时候旁边一个人说：'你们两个，大哥不要说二哥，脸上的麻子点点一样多。'结果两个人就开始去骂旁边那个人。我这个人做任何事情一贯认真，就指着左边的那个人说道：'你的脸上有25颗麻子点点，比他多了两颗，所以你要丑一些。'结果那两个人马上就偃旗息鼓，灰溜溜地跑了。所以一定要用事实说话，这样才有说服力。"

所有人大笑。

田博达自己也忍不住笑了起来，对左医生道："你继续。"

左医生继续汇报："患儿出生时40周足月，在江南区医院剖宫产娩出，脐带、羊水及胎盘均未发现异常，娩出时体重3450克，其他均正常。母孕期健康。入院查体情况如下：体温36.6℃，脉搏每分钟130次，呼吸每分钟40次，体重3020克，神志清楚，反应差，呼吸平稳；患儿周身皮肤轻度黄染，干燥脱皮，伴有花纹，弹性欠佳，右下颌部有密集条索状皮疹，前囟平坦，双肺呼吸音粗，未闻及干湿性啰音；心音有力，心律齐，未闻及病理性杂音；腹软肠鸣音正常，肝脾肋下未触及，脐带未脱落，无渗出；肢端温暖，四肢肌张力减弱，原始反射未引出。查体时患儿抽搐1次，表现为双上肢划船样伴双下肢蹬踏样动作，持续约30秒后自行缓解。"

汇报到这里，左医生抬起头来小心翼翼地看了田博达一眼。

田博达双目微闭，如老僧入定一般，这时候忽然睁开了眼睛："继续啊，你看我干什么？我脸上又没有麻子点点。"

左医生尴尬地笑了笑，继续道："患儿入院后查三大常规及肝肾功能均正常，血气分析结果表明轻度酸中毒，24小时脑电图显示右中央、顶颞异常，头部核磁共振表现为侧脑室旁、基底节区、脑干以及小脑成像明显高信号影。根据以上情况，我们目前的诊断为新生儿中枢系统感染，不过还要进一步排除新生儿破伤风的可能。"

田博达问道："你考虑新生儿中枢系统感染的依据是什么？"

左医生回答道："患儿反应低下并出现了惊厥症状，除此之外，还有头部核磁共振的结论作为依据。"

田博达看向那几个在读硕士和博士："你们对这个病例有什么看法？"

一位在读博士站了起来："我同意左医生的意见。"

这时候田博达似乎才注意到了柯小田："你说说。"

柯小田对这个病例也暂时不能做出明确的诊断，但田主任已经点到了自己，只好站起来回答道："虽然新生儿中枢系统感染有可能导致反应低下及惊厥，某些病毒性脑炎也存在血常规及其他检查结果正常的可能，但中枢系统感染的新生儿大多会很快进入昏迷及呼吸抑制阶段，从患儿目前表现出来的症状看，这样的诊断结论似乎并不成立。"

田博达点头道："这就是问题的关键所在。大家仔细想想，患儿头部核磁共振显示侧脑室旁、基底节区、脑干以及小脑成像明显高信号影，如果是中枢系统感染造成的话，如此大范围、特异性的影像学改变竟然没有让患儿出现昏迷、呼吸抑制又如何解释？"

如果真的是如此大范围、多部位的脑部感染，患儿的生命应该早就处于危急状态。这确实是一个非常矛盾的问题。所有的人都默然。

田博达再次将目光移向柯小田："那么，你认为新生儿破伤风的诊断成立吗？"

柯小田道："我觉得不大可能是破伤风。"

田博达问道："为什么？"

柯小田回答道："虽然有可能在剖宫产的过程中因为消毒不当造成患儿脐部感染，而且破伤风病毒感染的潜伏期确实是6～10天，但该患儿的抽搐是上肢划船样伴下肢蹬踏样动作，并不具备破伤风感染引起的牙关紧闭以及全身肌肉强直性痉挛的特征。"

田博达点头道："对喽！"说着，他竟然一下子就躺在了地上，双手和双腿同时开始示范："这是划船样动作，这是蹬踏样动作。而破伤风造成的肌肉强直是像这样——上肢过度屈曲，下肢伸直，呈角弓反张状。"

他的整个身体朝后紧绷成了弯弓状，而且一直那样一动不动。苏雯连忙过去将他扶了起来，忍不住笑道："田主任，今后像这样的动作还是让年轻人来示范吧。"

田博达却毫不在意地继续讲解着："新生儿感染破伤风后的早期症状为哭闹，口张不大，吸吮困难。这个患儿并没有这样的表现，所以基本上可以排除这种疾病的可能。既然中枢系统感染和新生儿破伤风感染的诊断都不成立，那么这个患儿究竟是什么情况呢？"他将目光看向左医生，吩咐道："去把患儿抱来，我得亲自检查一遍。"

左医生很快就将患儿抱到了小教室。田博达正要开始给患儿查体，却忽然"咦"了一声，随即俯下身在孩子身上"咻咻"地嗅闻起来。

随后，他就开始给孩子听诊并进行其他各种检查。他检查得非常仔细，手法轻柔而且细腻，接近20分钟后才停了下来，问左医生："你没闻到孩子身上特殊的气味？"

左医生一脸茫然："特殊气味？我没有闻到啊。"

田博达看向苏雯："你来闻闻。"

苏雯将鼻子凑到孩子面前细细嗅闻了几下："焦糖味！"

一个实习医生也凑上前去嗅闻："这不是奶臭味吗？"

田博达怒道："什么奶臭味！"他指了指柯小田："你来闻闻。"

柯小田离开座位后快步去到患儿的面前，抽了抽鼻子，果然闻到了一股淡淡的、甜丝丝的略带焦煳的气味，点头道："有点像咖啡的气味。"

田博达大声道："焦糖味和咖啡的气味差不多。中医讲究望、闻、问、切，其实西医也非常重视这几个方面。这个患儿才8日龄，住的是新生儿病房，在新生儿病房里面忽然出现这种特殊的气味，竟然没有引起你们的注意，这不是鼻子的问题，是你们这个地方。"他戳了几下自己的脑袋："是这个地方差了根弦。"

坐在后面的几个本科实习生都准备跑去嗅闻患儿身上的气味，却被田博达制止了："你们这是要干什么，万一感染了怎么办？你们想要知道什么是焦糖味，一会儿回病房消毒后再去细细嗅闻。"他又对左医生道："去给我拿一支消过毒的压舌板来。"

待左医生拿来了压舌板后，田博达开始示教："如果是破伤风感染的话，用压舌板去压患儿的舌头，用力越大，患儿反而张口越困难，压舌板会被咬得越紧，这样的检查结果被称为'压舌板试验阳性'。你们看，这个患儿根本就没有出现这样的情况。好了，把孩子抱回病房吧。"

待左医生抱着患儿离开后，田博达继续道："除了'压舌板试验阳性'之外，破伤风感染早期的患儿还可能出现苦笑面容……"他将自己的牙关紧闭，面部肌肉呈紧张状态，双侧嘴角上牵，而且双拳紧握并过度屈曲："就像这样。今后你们看到这种情况，就应该在第一时间想到患者很可能是破伤风感染。"

他的模仿动作做得非常到位而且逼真。柯小田相信，在座的所有人必将因此记忆深刻。

田博达回到了他的座位，问道："现在你们应该对这个病例有一个明确的诊断了吧？"

在苏雯说出患儿身上是焦糖味的那一刻，柯小田就已经对这个病例有了明确的诊断，而且他相信，在座的大多数人都应该和自己一样。然而奇怪的是，并没有人主动回答田博达的这个问题。

不过柯小田在转念间就明白了：坐在最后面的本科实习生，无论是理论还是临床经验都不大可能了解这种疾病，而坐在前面的在读硕士、博士生以及住院医生们，又不愿意在这个时候站出来回答这样一个在他们看来已经变得非常简单的问题。

柯小田不想让这么一堂精彩的大查房讨论冷场，站起来回答道："患儿出生后一周左右起病，主要的临床表现为拒乳及惊厥，并存在轻度代谢性酸中毒，实验室检查未发现感染的相关证据，而且患儿周身可闻及焦糖味，这些情况完全符合枫糖尿病的诊断，同时也可以解释核磁共振侧脑室旁、基底节区、脑干以及小脑成像明显高信号影未造成患儿早期出现昏迷及呼吸抑制症状的原因，因为这并不是炎症，而是遗传性代谢出现了问题所致。"

田博达点了点头，看向其他住院医生。"你们不要以为自己已经知道这个病例的诊断结果就很了不起，你们扪心自问一下，你们当中究竟有多少人能够像他这样简明扼要、逻辑清楚地将患儿的病情表述出来？应该不多吧？我还是那句话，不要想当然，要在关键的地方多下功夫，这样才能够尽快提高自己的业务水平。"他摆了摆手，"不说了，像呼口号似的。小柯，你再说说接下来的检查以及治疗方案。"

柯小田觉得自己有些抢眼了，连忙道："我才刚刚上班不久……"

田博达顿时就不高兴了："你是医生，如何尽快治好患者才是你应该考虑的问题。木秀于林，风必摧之？狗屁！想要成为一名优秀的儿科医生就是要木秀于林，就是要当出头鸟。我田某人为什么这么优秀？就是因为我自信，因为我在专业上从来都不愿服输，更不要说假惺惺的谦虚了。"

柯小田只好苦笑着回答道："枫糖尿病是遗传代谢性疾病，需要终身进行饮食治疗，在饮食治疗的过程中，富含支链氨基酸的食物，比如猪肉、牛肉、鱼虾等的摄入必须严格控制，并每周随访血液中氨基酸的浓度。如果发生急性代谢危象，出现重度酸中毒、神经系统功能迅速衰退时，应该进行腹膜透析。除此之外，还要随时补充维生素B_1。"

田博达挥了一下手，将目光投向所有人："你们知道我刚才为什么要亲自给患儿查体吗？原因很简单，因为你们根本就没有想到引起新生儿惊厥以及脑电图、脑部特异性改变的因素还有代谢性疾病。更重要的是，作为一位临床医生，我们必须亲自去面对患者，否则就会不断重复别人的错误。好了，今天就这样吧，散了散了。"

这次的大查房深深震撼了柯小田。不是因为田博达教授的幽默风趣，而是他能够敏锐抓住这个病例重要特征的超强能力。

从大学本科到博士毕业，柯小田自认为医学基础知识掌握得非常牢固，临床经验也还算比较丰富，然而在这一刻，他才发现自己曾经的所学是那么微不足道。

夏晴没有打通父亲的电话，后来还是她父亲所在的单位通过卫星电话与他取得了联系，得知他正在从日本返回的航线上，估计回到江南省最快也得在一周之后。

金秀兰的情况越来越严重，不但更加烦躁、易怒，还出现了幻觉。医生告诉夏晴和柯小田："这是肝昏迷的前兆，你们要有思想准备。"

在经过柯小田上次的提醒后，夏晴就一直处于悲痛与恐惧之中，她也因此在这段时间里一直陪伴在母亲的身旁。虽然她早有思想准备，但此时还是神色大变："肝昏迷？"

医生点头："肝昏迷是肝功能衰竭的表现，死亡率极高。"

夏晴没忍住，一下子就大哭了起来。值班医生拍了拍柯小田的肩膀："你也是医生，应该不需要我多说。"

柯小田点头，过去温言安抚着夏晴，待她终于冷静了一些之后才问道："你爸什么时候回来？"

夏晴还在抽泣："估……估计就……就这两天。"

柯小田道："妈妈现在的情况十分危重，随时都可能进入肝昏迷。不过人的意志力是非常强大的，我觉得应该将爸爸正在赶回来的事情先告诉妈妈，最好是趁她还清醒的时候能够和爸爸见上最后一面。"

此时心乱如麻的夏晴早已没有了主意，听了柯小田的话之后点头道："我听你的。"

最终还是由柯小田去告诉了金秀兰这件事情。没想到金秀兰听后只是淡淡地说了一句："他巴不得我死呢，我死了他才好去找年轻漂亮的女人。"

夏晴正想替父亲说话，却被柯小田立刻制止了："爸爸这些年也不容易。妈，您一定要好好保养身体，等爸回来后我们一家人好好聚聚。"

金秀兰没有再说话，许久之后才忽然叹息了一声："其实我自己知道，我已经不行了，真的不行了。"

夏晴顿时后悔自己刚才差点就爆发出来的冲动，匍匐在金秀兰的身上号啕大哭。

柯小田知道，岳母的病情发展已经无法阻止，一旦发生肝昏迷就很可能是她们母女的诀别。

柯小田心里暗叹，悄然从病房里面退了出去。

就在当天晚上，金秀兰毫无预兆地陷入了肝昏迷，从此再也没有醒来。

夏晴的父亲夏致力赶回来已经是两天过后，他没能和妻子说上一句话，眼睁睁地看着她离开了这个世界。

柯小田向苏雯请了几天假，前前后后忙活着岳母的丧事。

其间，柯小田的父母柯文伟、田宁来到省城吊唁。两人并不知道儿媳也是乙肝病毒携带者，田宁本想趁此机会提醒儿子尽快要孩子，却被柯文伟阻止了："这个时候说这样的事情不大好，以后再说吧。"

在金秀兰下葬后的第二天，夏致力就离开了家。临走前他对夏晴说道："这些年为了给家里买房，给你妈妈治病，我太累了，不想再干了。"

夏晴没明白父亲的意思："爸，那您准备去哪里？"

夏致力道："回单位去办退休手续，也许今后不会再回来了。小晴，你和小柯搬回来住吧，这里毕竟是你的家。"

夏晴看着墙上母亲的遗像，摇头道："不，我觉得现在这样挺好的。"

夏致力点头道："那也行。"他将目光看向柯小田："晚上陪我去喝两杯怎么样？"

柯小田当然不可能拒绝，于是翁婿二人就去了一家比较清静的小酒馆。两个人坐下后夏致力点了几样菜，要了一瓶白酒，自顾自地连喝了好几杯。

柯小田问道："爸，您在海船上也是这样喝酒？"

夏致力道："大海一望无际，又没有什么娱乐活动，不喝酒干什么？"

柯小田劝道："您年纪大了，这样喝酒对身体不好。"

夏致力道："身体这东西得看人。小晴的妈妈那么注意保养身体，结果还不是……"

柯小田道："她的情况不一样，您是知道的。"

夏致力指了指柯小田面前的酒杯，示意他喝下，说道："小田，今天我想要和你说的就是这件事情。当年我和夏晴的妈妈是经人介绍认识的，那时候的她长得很好看，我也很喜欢她。当时我不知道她家里的人都有肝病，后来才发现她的脾气不好，动不动就生气，幸好我是在海上工作，回家的时候不多，这一忍就是几十年。小田，你和我不一样，你现在还年轻，还有选择的余地……"

柯小田没有想到他会说出这样的话来，连忙道："爸，您这话是什么意思？"

夏致力叹息了一声："我们都是男人，懂得男人心里面的苦，虽然我是小晴的父亲，也知道你一直对小晴很好，但我不是那种自私的人，不希望你今后步我的后尘。"

柯小田觉得岳父很可能是喝多了，摇头道："我不会那样做的，我是真心喜欢小晴，我愿意陪着她好好过这一辈子。而且现在的医疗技术发展很快，说不定哪天就可以解决这个问题了。"

刚才柯小田说话的时候，夏致力一直盯着他，待听完了他的这番话之后顿时就笑了："小田，我们家小晴没有看错人，听你这样说我就放心了。"

原来他这是在试探我。柯小田苦笑："爸，您应该相信我才是。"

夏致力哈哈大笑："我是做父亲的，做父亲的有哪个不爱自己的女儿？小田，等你和小晴今后有了孩子就懂了。"

孩子……柯小田苦笑了一下："爸，我敬您一杯。"

这天晚上夏致力喝多了，是柯小田背着他回家的。夏晴责怪道："你怎么让爸喝那么多？"

柯小田笑道："没事，他高兴就好。"

夏晴去拧了一块热帕给父亲擦了脸，服侍他睡下后对柯小田说道："今天我们就住在这里吧。"

毕竟岳父喝醉了酒，柯小田也是这样想的，问道："小晴，你为什么不愿意搬回来住？"

夏晴道："只有这房子空着，我爸才会回来。"

柯小田不明白："这是为什么？"

夏晴幽幽道："这是他这辈子最大的一笔财富，一直空着的话他会心疼的。"

第三章
艾滋惊魂

在任何一家医院，环境最嘈杂的就是儿科病房。

孩子不懂得自制，常常因为病痛造成的不舒服号啕大哭，所以儿科医生是最需要耐心的职业。

眼前的这个男婴才10月龄，门诊以"发热、皮疹原因待查"刚刚将他收治入院。由于患儿哭闹得厉害，所以柯小田的查体无法继续下去，只好暂时将这个步骤放在一边。他对患儿的父母说道："先说说孩子生病前后的具体情况吧。"

患儿男，10月龄。患儿出生后10天面部开始出现点状红斑，给予炉甘石洗液外用后消失。接下来患儿反复出现皮疹、发热、咳嗽，躯干及四肢大量环形皮疹，部分有融合现象。3天前患儿的面部、躯干及四肢开始出现针尖至粟粒样大小的出血点，无瘙痒。于当地医院就诊，诊断为特发性血小板减少性紫癜，经过各种治疗无效。

询问完病史后，孩子也终于安静了下来。在查体的过程中，柯小田发现患儿躯干和四肢都有皮疹和出血点，还触及腋下及腹股沟肿大的淋巴结。

引起特发性血小板减少性紫癜的原因较多，比如体内雌激素异常、遗传等。但从这个病例的情况来看，如果仅凭发烧、咳嗽、皮疹、出血点以及淋巴结肿大等体征就直接做出诊断，似乎存在着很大的问题，因为其他的一些疾病，比如弓形虫、疱疹、柯萨奇病毒感染等也会出现类似的症状。柯小田一边思索着，一边朝医生办公室走去，在经过病房过道的时候，温文洁惊讶地问道："柯医生，你鼻子怎么出血了？"

柯小田记得刚才觉得鼻子尖有些发痒，就用手去摸了一下。他顿时明白了是怎么回事，笑了笑说道："没事，估计是刚才被患儿的指甲给划破的。"

柯小田去到洗手台前，果然看到了鼻尖上的渗血，右手手指上也有。这时候温文洁给他送来了一枚创口贴，笑着说道："柯医生，贴上吧，就是不大好看。"

柯小田回到医生办公室的时候，苏雯第一眼就注意到了他鼻子上的创口贴，问道："两口子吵架了？"

柯小田哭笑不得："哪里是？刚才不注意被患儿的手抓了一下。"

苏雯"哦"了一声，正准备离开，却忽然想到了什么："患儿什么情况？"

柯小田道："10个月的孩子。发热、皮疹，还有出血点。"

苏雯霍然一惊："病历给我看看。"

柯小田把刚刚填写好的病历递给了她，还疑惑地问了一句："怎么了？"

苏雯没有回答，仔细看完了病历后就直接去向患儿所在的病房。柯小田觉得奇怪，连忙跟在了她的后面。

到了病房后，苏雯并没有马上给患儿查体，而是开始询问病史："孩子出生的时候受过伤没有？"

患儿的母亲回答道："没有。孩子脐带绕颈，是剖宫产。"

苏雯："孩子出生后输过血没有？"

患儿的母亲:"也没有。"

苏雯:"你身上出现过这样的皮疹和出血点没有?"

患儿的母亲:"怀孕期间出现过,很痒。"

苏雯:"你最近什么时候做过全身检查?"

患儿的母亲:"生孩子前后一直在做检查,没发现有什么大问题啊。"

苏雯:"你说的是常规产检吧?"

患儿的母亲:"是啊。医生,怎么了?"

苏雯没有回答她的话,神色凝重地俯下身去开始给孩子查体。柯小田似乎明白了什么,顿时脸色大变,声音颤抖着问道:"苏……苏老师,您的意思是这孩子可能……"

苏雯的目光定在了他的鼻尖上:"目前我只是怀疑。你马上给患儿和患儿的父母做个艾滋病抗体检查。"

这一瞬,柯小田觉得自己的整个世界都坍塌了,脑子里面一片空白,以至于接下来患儿父母与苏雯的争吵一句也没有听见。

方红木小时候患过结核,结婚后一直不育,去医院检查后发现输卵管严重堵塞,和丈夫商量后去做了试管婴儿,才终于有了这个孩子。

孩子的出生是让全家人都非常高兴的事情,特别是方红木的丈夫魏志仁。魏志仁最是看重脸面,以前有人谣传他下体曾经受伤所以不能生孩子,这个孩子的到来终于让那些谣言不攻自破。

然而孩子出生后不久就出现了问题。开始的时候是面部出现一些点状红斑。县医院的儿科主任是从江南医科大学儿科系本科毕业的,他给孩子看了后说只是一般性的皮疹,就使用了炉甘石洗液给孩子擦脸。

炉甘石洗液是一种外用药,专门针对各种瘙痒性皮肤病,比如荨麻疹、痱子等。孩子在使用了这种洗液后脸上的红点很快消失了。

没想到方红木夫妇刚刚松了一口气,孩子就开始发热、咳嗽,紧接着躯干和四肢出现了大量的环形皮疹。县医院儿科主任将孩子的病情诊断为特发性血小板减少性紫癜。

特发性血小板减少性紫癜主要见于儿童，而且往往急性起病，主要表现为皮肤和黏膜出血。县医院儿科主任告诉魏志仁夫妇："对于这种疾病，虽然到目前为止还没有根治的方法，但这是一种自限性疾病，目前只需要对相应的症状进行针对性治疗就可以了。"

魏志仁连忙问道："自限性是什么意思？"

儿科主任解释道："自限性疾病是指疾病发生、发展到一定程度后可以自动停止，并逐渐恢复至痊愈，在此过程中一般无须特殊治疗或医学手段干预，只需对症治疗，通过患者自身机体免疫力就可以逐渐痊愈的疾病。"

听了儿科主任的解释，方红木夫妇顿时就放心了。

然而孩子的病情发展并不像方红木夫妇以为的那样良好。在县医院儿科病房接受针对性治疗后，孩子依然高烧、皮疹不退，而且反复咳嗽，一直到3天前，孩子的面部、躯干及四肢开始出现密密麻麻的出血点。这时候县医院的儿科主任也意识到自己的诊断可能出了问题，建议道："你们带着孩子去江南医科大学的附属儿童医院吧，也许那里能够解决你们孩子的问题。"

魏志仁夫妇带着孩子到了省城，没想到儿童医院的病房爆满，只能暂时住在病房过道临时的加床上。

魏志仁夫妇好不容易才有了这个孩子，哪里忍心让他去受那样的苦？这才带着孩子来了这家医院。

魏志仁夫妇的感情极深，虽然以前多年没有孩子，但依然相濡以沫，魏志仁也从未怀疑过妻子会背叛自己。

其实柯小田在给孩子做检查的时候，魏志仁就注意到他受伤的情况，只不过他觉得只是小小的擦伤也就没有作声，没想到到头来医生对孩子的病情会做出那样的判断。

毕竟这是在医院里面，医生的话对于患儿家属具有一定的权威性。这一刻，魏志仁简直不敢相信自己的耳朵："不，不会吧？"与此同时，他禁不住向妻子投去了怀疑的目光。

此时此刻，方红木也已经领会苏雯话中的意思，又看到丈夫那怀疑的眼神，深知丈夫秉性的她顿时觉得自己受了奇耻大辱，愤怒地质问苏雯："你刚才的话是什么意思？我清清白白的一个人，被你说成这样。今天你不把话说清楚，我就去告你！"

这时候苏雯才意识到自己犯下了一个大错误，歉意地道："对不起，我只是从你们孩子的症状上看觉得有那样的可能。"她指了指旁边脸色苍白的柯小田。"我们柯医生受了伤，如果真是那种问题的话，就必须得马上进行处理，否则就来不及了，所以请你们一定要配合我们接下来的检查。"她朝魏志仁夫妇鞠了一躬，"多谢了。"

魏志仁懂得其中的利害关系，又见苏雯的态度如此谦和诚恳，对妻子说道："医生说得也很有道理，我们还是配合他们去做检查吧。"

方红木吃惊地看着丈夫："你竟然真的怀疑我？"

魏志仁连忙摆手道："我怎么会怀疑你呢？毕竟这是关系到我们孩子病情的大事，而且这位医生也因为我们孩子受了伤，检查清楚总是应该的嘛。"

方红木委屈地看着丈夫，恨恨地道："说到底你还是在怀疑我。那好，我答应去做检查，等检查结果出来后看你们怎么说！"

柯小田记不得自己是如何回到医生办公室的，当他终于从脑子的空白状态挣脱出来之后，纷繁的有关艾滋病的信息瞬间蜂拥而出——

艾滋病病毒主要将人体免疫系统中最重要的CD4T淋巴细胞作为攻击目标，大量破坏该细胞，使人体最终丧失免疫功能。最可怕的是，到目前为止，全世界范围内根本就没有有效杀灭艾滋病病毒的药物，所有的治疗方案几乎都是围绕免疫重建在进行。

免疫重建是指通过抗病毒治疗或者其他医疗手段，使艾滋病病毒感染者受损的免疫功能恢复或者接近正常。但免疫重建依然不能解决根本性的问题，最多也就是相对延长患者的生命而已。

如果这个患儿真的是艾滋病病毒感染的话，我的鼻尖上出现了划破性伤口，必须在24小时，最好是在4小时之内实施预防性用药，但最终的结果……

柯小田不敢继续想下去了。突如其来的恐惧让他如同置身于世界末日般无助与绝望，这一刻，他满脑子全是自己的父母和夏晴悲伤的面孔。

苏雯始终没有去打扰一直坐在那里发呆的柯小田。她完全能够理解并感受到此时此刻柯小田的绝望、无助与恐惧。与此同时她也更清楚，在标本的检查结果出来之前，任何安慰性的语言都是苍白且毫无意义的。

艾滋病抗体检测并不需要花费多长时间，一般情况下，上午抽血下午就可以拿到结果。因为是苏雯亲自将血液样本送到检验科的，加急的情况下两个多小时后就应该有结论。

苏雯接到检验科电话的时候，顿时长长地松了一口气。她去轻轻拍了下柯小田的肩膀："没事了，患儿和他父母的血液样本都是阴性。"

柯小田的目光依然呆滞，似乎并没有听到她在说些什么。

苏雯又重重拍了一下他的肩膀，大声说道："样本是阴性，你没事了！"

柯小田浑身一激灵："没事了？真的没事了？"

苏雯笑眯眯地朝他点头："没事了，一场虚惊。"

这一瞬，柯小田只觉得全身的力气骤然被抽干了似的，身体一下子瘫软在了椅子上。

苏雯看着他，轻言细语地问道："小柯，像这样的病人出现在你的面前，你怎么一点安全意识都没有呢？"

柯小田尴尬地道："我根本就没有往那个方面想。"

苏雯问道:"因为这个患儿才10月龄?"

柯小田点头:"教科书上面虽然有这样的疾病介绍,但我当时确实是忽略了。"

苏雯道:"你一定要记住,一切有关免疫系统方面的疾病都要引起高度重视。还好你的运气不错,这个患儿不是这种情况,否则后果不堪设想。"

柯小田也觉得后怕:"以前出现过这样的病例吗?"

苏雯道:"至今我们科室见到过3例艾滋病病例,都是母婴传播所致,患儿最小的只有2月龄,最大的不到1岁。贫血貌、肺部感染、皮疹、出血点,一旦见到这样的患儿就必须马上想到艾滋病的可能。如果患儿出现反复不明原因的感染、慢性腹泻、生长发育迟缓、不明原因的多脏器受损、免疫功能低下、皮肤出现黑斑,就更要高度警惕。这次的事情对你也有好处,可以时时刻刻提醒你,随时要绷紧心里面的那根弦,以免今后再犯同样的错误。"

听她这样一讲,柯小田更加有了劫后余生的感觉,脸上的冷汗都下来了:"现在想起我都还感到后怕,今后绝不会再犯这样的错误了。"

苏雯继续说道:"今天我也犯了一个错误,不应该在患儿的父母面前把话说得那么直接,也因此给他们造成了一定的伤害,现在我得去给他们好好道个歉才是。小柯,今后你也要注意。"

柯小田并不想把这件事情告诉夏晴,所以他在回家之前就拿掉了鼻子上的创口贴。

然而夏晴却细心地注意到了他的脸色,问道:"出什么事情了?"

柯小田摇头道:"没事,就是有些累。"

夏晴根本就不相信:"你一个内科医生,每天按部就班,不像外科医生那样一整天都站在手术台前面,怎么可能累成这样?你肯定有什么了不得的事情瞒着我。"这时候她注意到了柯小田鼻子上那道浅浅的伤痕,问道:"你的鼻子怎么了?是不是又被病人家属给伤到了?"

柯小田见实在瞒不住她,只好将那个患儿的事情大致说了一下。

夏晴听了大惊失色，过了好一会儿才终于缓过神来："没想到当医生这么危险。小田，你是医生，处在那样的环境里面，今后一定要保护好自己才是，不可能次次都靠运气。"

柯小田点头："这次的事情对我来讲确实是一个非常深刻的教训。"

夏晴问道："后来呢，那个孩子的病明确诊断没有？"

柯小田道："还有些检查结果没有出来，估计明天就清楚了。"

柯小田本以为事情就这样过去了，没想到还是给夏晴造成了很大的心理阴影。

这天深夜，夏晴忽然从噩梦中惊醒。柯小田醒来的时候发现她正紧紧地抱着自己，脸上全都是泪水。

第二天上午上班后不久，苏雯特地询问了柯小田："那个患儿的辅助检查结果出来没有？"

柯小田道："我刚刚打电话去问了，所有的检查结果可能要今天下午才能出来。"

苏雯又问道："从目前的情况看，你觉得最大的可能是什么？"

这不是单纯的询问，而是在和他探讨这个病例。柯小田道："虽然目前艾滋病已经排除，但感染性皮疹的可能性依然很大，比如弓形虫、疱疹、柯萨奇病毒以及先天性梅毒等。"

苏雯点头："还有呢？"

柯小田继续道："还有红斑狼疮、湿疹、新生儿红斑。"

苏雯满意地道："总体来讲，你的思路还比较清晰。临床诊断过程中首先要考虑哪些疾病会出现类似的症状，然后再通过各种检查去排除和论证，这就是最基本的思路和方法。"

当天下午，患儿的各项辅助检查结果出来了：梅毒抗体阴性，肝功能异常，抗SS-A抗体及抗SS-B抗体均呈阳性。

抗SS-A抗体及抗SS-B抗体都属于抗核抗体的一种，在系统性红斑狼疮患者的血清中可被发现。所以该患儿红斑狼疮的诊断十分明确。

红斑狼疮是一种慢性、反复发作的自身免疫性疾病。这种疾病目前依然没有特别有效的治疗方案,只能通过改善症状、控制病情,以此保证长期生存,同时预防器官损伤,尽可能降低疾病的活动度和减少药物不良反应。

这件事情无疑对柯小田起到了极强的警示作用,即使是在多年以后,他依然认为这是他职业生涯中最为重要的一课。

第四章
诊所医生的孩子

郭松林的孩子出生后一直很健康,生长发育也比较正常。孩子半岁的时候还大摆宴席请了亲朋好友来热热闹闹地庆祝了一番。

没想到从那以后孩子就经常发烧,咳嗽,有时候还出现哮喘。妻子责怪他不应该在孩子半岁的时候搞那么大的排场,还说也许就是在那时候让孩子沾染上了秽气。

肯定不是沾染上了秽气,因为来客太多而出现交叉感染倒是可能。郭松林开了家小诊所,懂得这方面的一些知识,只是暗暗后悔。

郭松林觉得自己能够治疗这样简单的疾病,结果两天下来孩子的情况并没有好转,妻子非得要带着孩子去正规医院。

郭松林连忙道:"我给孩子换另外的药,肯定没问题。"

妻子根本就不听他的:"不行,我不相信你的医术。儿童医院太打挤了,我们去江南医科大学附属医院的儿科。"

> 患儿女,6月龄,发热、咳嗽、喘息2日。初步诊断:支气管哮喘。

看着眼前门诊病历本上面潦潦草草的这些字,柯小田摇头笑了笑。

江南医科大学附属医院每天的门诊量高达5000余人次，此时正是儿童呼吸道疾病感染的高发季节，每位儿科门诊医生一个上午就得看近100个患儿，也就只能做到这样了。

柯小田首先给患儿做了全身检查，发现患儿体温偏高，咳嗽、喘息，听诊可闻及双肺广泛的哮鸣音及呼气音延长。这些都是支气管哮喘的典型特征。

接下来柯小田准备收集病史。

郭松林一直在注意柯小田给孩子查体的手法，觉得并没有什么特别的。柯小田还没有开始询问病史，郭松林就说道："我也是医生，孩子的情况已经非常清楚，就是支气管哮喘。所以病史就没有必要问了。"

柯小田看了他一眼，问道："既然你也是医生，而且对孩子的病情如此清楚，那为什么还要到我们这里来呢？"

郭松林并不尴尬："虽然我开了个小诊所，但治疗的水平有限，所以就把孩子抱到你们这里来了。"

柯小田看着他："你就如此肯定自己的诊断？"

郭松林自信满满道："当然。孩子发烧、咳嗽、双肺哮鸣音，肯定是支气管哮喘。"

柯小田问道："你给孩子照过胸片没有？"

郭松林道："不需要做，从症状和听诊就基本上可以确定了。"

柯小田点头，问道："虽然目前我也基本上可以确定孩子的情况是支气管哮喘，但你能够因此就排除先天性呼吸系统畸形的可能吗？"

郭松林皱眉："这个……"

柯小田继续问道："还有，假如孩子的这些症状是支气管内异物，或者肺结核引起的呢？这些可能难道仅凭听诊就可以排除？"

郭松林道："那些可能性毕竟太小。"

柯小田道："万一就是这些情况当中的一种呢？"他看着对方，问道："你开小诊所出过医疗事故没有？"

郭松林得意地道："当然没有。我一直都很小心的。"

柯小田呵呵笑着说道："那是你运气好。如果你一直像这样想当然地去给病人做诊断和治疗，出现医疗事故是迟早的事情。"

这时候郭松林的妻子在一旁说道："松林，你得听柯医生的才是，否则的话，要是真的出现了医疗事故就后悔莫及了。"

郭松林不高兴地道："我自己心里面有数。柯医生，你还是先把我孩子的问题治好了再说吧。"

柯小田道："有效治疗的前提是明确的诊断，收集病史是明确诊断的重要环节……"

郭松林还想说什么，却被妻子给打断了："柯医生，别理会他，就按照你说的来。"

柯小田："孩子在咳嗽和喘息之前有过流鼻涕、打喷嚏吗？"

患儿母亲："都有，接连打喷嚏。"

柯小田："孩子咳嗽和喘息严重的时候是什么情况？"

患儿母亲："一阵一阵地咳嗽，紧接着就是一阵一阵地喘，还发出一种奇怪的声音。"

她说的可能是喘鸣声。柯小田继续问道："咳嗽和喘息什么时候最严重？"

患儿母亲："早晨和晚上。"

柯小田指着孩子的胸骨、锁骨上窝，还有肋间："这些地方有异常没有？"

患儿母亲不解："什么情况叫异常？"

这时候郭松林在一旁忍不住就说了一句："你说的是三凹征吧？我们家孩子没有出现那样的情况。"

由上部气道部分梗阻造成的吸气性呼吸困难，导致胸骨、锁骨上窝及肋间下陷，临床上称为"三凹征"。柯小田点头，继续问道："孩子以前出现过这样的情况吗？"

患儿母亲："从来没有。"

柯小田："孩子的父母、爷爷奶奶，还有外公外婆有过哮喘病史吗？"

患儿母亲："好像都没有。"

……

询问完病史，柯小田回到医生办公室给患儿开检查项目，其中包括胸片及结核菌素试验等，然后根据患儿目前的情况暂时给予针对性的治疗方案。

对于小儿支气管哮喘急性发作期的治疗，目前最有效、临床应用最广的是支气管舒张剂，比如沙丁胺醇等。由于哮喘大多是过敏原所致，所以还需要给予抗过敏治疗。

当柯小田正在给患儿开处方的时候，郭松林急匆匆地跑了进来："孩子出不来气了，柯医生，你赶快去看看是什么情况。"

柯小田大惊，放下手中的笔就朝病房跑去。

眼前的患儿面色青灰、大汗淋漓，这是支气管哮喘严重发作时的表现。柯小田连忙上前听诊。当他将听诊器放到患儿的胸上时，顿时脸色大变。

这时候苏雯也赶到了："什么情况？"

柯小田神色凝重地道："患儿双肺的哮鸣音消失了！"

支气管哮喘重度发作，可能会造成气道大面积堵塞，患者双肺的哮鸣音反而会消失，临床上称这种情况为"闭锁肺综合征"。苏雯听了后也是脸色大变，快速上前听诊，随即连声向柯小田下达指令："高频喷射通气供氧；静脉注射大剂量地塞米松和氨茶碱，同时予以适量补液和溶酶剂。如果呼吸困难还不能缓解的话，就做气管插管或者气管切开术。"

地塞米松和氨茶碱的作用是解除气管痉挛，溶酶剂可以溶解支气管里面的黏液栓，这些都是临床上针对闭锁肺综合征的常规而且有效的治疗手段。柯小田很快向护士小温下达了治疗方案，随即又联系了耳鼻喉科，请他们提前做好给患儿做气管切开的手术准备。

在使用了药物之后，患儿的呼吸困难情况依然严重，苏雯继续下达指令："马上气管插管，同时要严密观察患儿是否有酸中毒的情况。"

气管插管的目的是通畅呼吸道，为供氧、吸痰及通过气管插管给药等提供最佳条件，是抢救呼吸功能障碍患者的重要措施。柯小田见温文洁清理患儿鼻腔分泌物的过程有些缓慢，即刻上前道："我来吧。"

虽然气管插管的操作并不复杂，但此时患儿的情况万分危急，要竭尽所能与时间赛跑，更不能因为操作不当造成患儿更加严重的呼吸困难。

将患儿的头部后仰，使其口腔、咽喉和气管处于同一纵轴方向之后，柯小田即刻将左手上的喉镜沿着患儿的舌背徐徐插入到舌根部位，随即轻轻挑起会厌软骨，在患儿吸气、声门开放的一瞬间，迅速将右手的气管导管插入患儿的气管内，紧接着拔出管芯，放置牙垫，退出喉镜。

柯小田的动作轻柔且快速，整个过程一气呵成，没有出现一丝一毫的差错，站在一旁的苏雯不由得称赞了一声："非常不错！"

在气管插管后，患儿呼吸困难的状况很快得到改善，苏雯这才长长地松了一口气："看来不需要气管切开了。"

刚才的这一场抢救，苏雯、柯小田以及执行医嘱的护士温文洁都是在和时间赛跑，更是在进行一场与死神的惊心动魄的博弈。柯小田再次对患儿做了检查，当听诊器里面终于传来熟悉而又动听的哮鸣音后，脸上一直紧张着的表情才终于松缓了下来。

由于救治及时，再加上接下来的针对性治疗，患儿的病情很快好转，呼吸也变得顺畅起来。郭松林却因此被妻子狠狠数落了一顿："要是继续让你给孩子治病，那就出大事情了，现在想起来都后怕……"

苏雯问郭松林："你也是医生？"

郭松林尴尬地道："我开了个小诊所。"

苏雯摇头说道："从你刚才的表现来看，根本就不知道那是支气管哮喘重度发作的情况，这说明你无论是医学理论知识还是临床经验都存在着严重的不足。我们都是当医生的，面对的是病人的生命，今后千万不要自以为是了，否则的话肯定会出大问题的。"

郭松林确实被孩子刚才的紧急情况给吓坏了，连忙道："医生，您说得对，从今往后我一定要加强学习，认真对待每一位病人。"

柯小田被他检讨式的保证给逗笑了："看来你还是没有搞明白。苏老师的意思是，我们不仅要认真对待每一位病人，更要小心翼翼地去面对每一种疾病。"

苏雯满意地点头道："我就是这个意思。"她随即吩咐柯小田："接下来要做的就是把过敏原搞清楚。"

引起小儿支气管哮喘的原因很多，比如气管炎症、遗传、孩子的情绪变化等，不过最常见的还是各种过敏原，比如花粉、螨虫、动物掉落的毛屑、蟑螂，有的孩子可能对牛奶、鱼虾、螃蟹等食物过敏。柯小田接下来还需要进一步查清楚这个患儿究竟属于哪一种情况。

过敏原检测的方法很多，不过其中的原理大同小异，主要是用各种过敏原去刺激患儿的身体，一旦出现过敏反应就将其列为可疑对象。

患儿的过敏原检测结果很快就出来了，其过敏原竟然是花生和冷空气。郭松林的妻子恍然大悟道："孩子发病前一天我给她喂了点花生浆，今后再也不能让她吃这样的东西了。"

郭松林嘀咕了一句："我就说不是因为请客引起的嘛。"

柯小田发现此人还没有从根本上认识到自己的问题，提醒道："孩子这么小，身体的免疫系统还很不成熟，交叉感染的可能性极大，这是最基本的常识。"

郭松林的妻子用手指指在他的额头上："就是，如果你还不吸取教训，回去我就把诊所关了，免得到时候害人害己！"

这时候柯小田注意到苏雯的脸色似乎不大正常，眼眶里面还噙着泪水："苏老师，您怎么了？"

苏雯勉强一笑："没事。你去做接下来的事情吧。"

柯小田暗暗觉得奇怪：她这是怎么了？刚才发生的事情还不至于让人出现这么大的反应吧？嗯，女性大多感性，也许是某个细节正好触动了她心里面最敏感的那根弦。

让柯小田没有想到的是，当他下班回到家的时候，发现夏晴也在流眼泪:"小晴,你这是怎么了?"

夏晴神情黯然地摇头:"没事。"

柯小田看着她:"小晴,究竟出了什么事情?你必须得告诉我才是。"

夏晴的眼泪禁不住就下来了:"我表哥秦玉东,你还记得吧?前不久他忽然被检查出来肝癌晚期,今天下午去世了。"

秦玉东是夏晴姨妈的儿子。柯小田心里一沉:"怎么会?我记得他好像才30来岁。"

夏晴微微摇头:"他就这样走了,孩子还不到3岁。"

夏晴是乙肝病毒携带者,而且还是大三阳。所谓"大三阳"是指乙肝两对半检查中乙肝表面抗原(HBsAg)、乙肝e抗原(HBeAg)以及乙肝核心抗体(抗HBC)三项均为阳性,提示体内的病毒复制比较活跃。柯小田完全能够感受到夏晴内心的恐惧与无助,安慰道:"他的生活习惯好像不大好,喜欢熬夜、喝酒不说,还经常吃烧烤,我以前还特地提醒过他好几次。你和他不一样,至少没有像他那样的坏习惯。"

夏晴问道:"烧烤怎么了?"

柯小田解释道:"所有蛋白质含量较高的食品,包括各种肉类、豆腐等,烤煳后会产生大量的亚硝酸盐,而亚硝酸盐是目前已经被证实了的致癌物。"

听了柯小田的解释,夏晴内心的恐惧顿时减轻了许多:"他是做销售的,外面的朋友多。"

柯小田摇头:"说到底还是他太不注意自己的身体。小晴,你最近去做过肝功检查没有?把报告拿来让我看看。"

夏晴去卧室将报告拿出来递给柯小田,柯小田看了后欣慰地道:"肝功能还算正常。小晴,你别担心,只要肝功能基本上正常就不会有太大的问题。"

柯小田毕竟是医生,夏晴当然相信他的话:"那我们去外面吃饭吧,我还真的有些饿了。"

两个人刚刚出了小区，柯小田就接到了父亲的电话："我和你妈明天到你那里，明天你上不上班？"

柯小田很是惊喜："爸，明天周六呢，我休息。"

父亲又问道："夏晴在吧？趁这次来，我们有些事情要向她说清楚。"

柯小田以前老是被父母催婚，最近一段时间又好几次被催着生小孩。柯小田顿时意识到了父母这次的来意："爸，有些事情不用那么急的。"

父亲不满地道："我们家三代单传到了你这里，我怎么不急？你告诉夏晴，必须改变思想，我和你妈妈的原则就是——不换思想就换人。"

柯小田的父母住在距离江南省城100多公里外的一个小县城，父亲柯文伟和母亲田宁都是县里面事业单位的普通职员。夏晴母亲去世的时候他们到省城来吊唁过，不过当时正值丧事，而且夏晴的父亲也在，所以不大方便将这样的事情提出来。

一直以来柯小田都没有告诉父母夏晴和她家族母系都是乙肝病毒携带者的情况，每次父母催促他们尽快要小孩的时候，柯小田总是用还没有完成学业为借口搪塞。没想到事到如今，父母竟然会主观地认为这件事情的根源是夏晴的思想出了问题。

柯小田知道这件事情肯定无法再继续隐瞒下去了，于是就在第二天上午接到父母后，将真实的情况都告诉了他们。

柯文伟得知了这样的情况后顿时沉吟起来。田宁却激动地问道："这么重要的事情，你为什么到现在才告诉我们？"

柯小田解释道："我一直都认为这件事情并不是特别重要啊，在我看来，最重要的是两个人的感情。爸、妈，你们说是不是？"

柯文伟道："我不管这些，总之只有一点，那就是我们柯家不能绝后。"

柯小田苦笑："爸，假如我们从现在就开始准备要孩子，也不能保证一定就会生儿子啊。"

"生女儿也行。你们还很年轻，以后再生二胎……"这时候柯文伟才反应了过来，"小田，你的意思是说，你们正准备要孩子？"

柯小田不想父母去逼迫夏晴："我最近抽空去找感染科的专家，咨询一下这方面的情况后再说吧。爸、妈，你们暂时不要在夏晴面前提起此事好不好？"

柯文伟想了想："我再给你们一年的时间，如果到时候你们还是没有孩子的话，我们就去找夏致力好好谈谈这件事情。"

柯小田的父母倒是很守承诺。当他们知道夏晴最近心情不好，而且因为没有按期完成剧本，以至于近段时间基本上没有收入的状况后，还特地给了儿子一笔钱暂时维持生活。

第二天他们离开的时候，柯文伟在私底下对儿子说道："当初你和夏晴结婚的时候遇到你妈妈生病，家里拿不出钱来给你们买房子，连一个像样的婚礼都没有给你们办，这件事情一直是你妈妈心里面的一个结……"

柯文伟说的是几年前的事情。当时柯文伟确实是准备在县城给儿子举办婚礼的，没想到田宁不小心摔伤了腰椎。虽然公费医疗可以报销大部分治疗费用，但也因此几乎花光了家里的积蓄。

柯小田连忙道："爸，婚礼、房子什么的都不重要，我和小晴都不在乎的。"

柯文伟摆手道："小田，我和你妈妈都想好了，如果你们有了孩子，我们就把老家的房子卖了在省城买套房。"

柯文伟说的是那套位于县城附近一个古镇里面的四合院，自从两年前柯小田的爷爷奶奶先后去世后就一直空置。柯小田当然明白父亲话中的意思，连忙说道："那房子还是留着吧，说不定哪天就变成文物了呢。"

柯文伟冷哼了一声后说道："再好的东西也得有后人去继承才有价值。"

柯小田唯有苦笑："那您就看着办吧。"

第五章
反复喘息的患儿

秦国安很苦恼。

女儿从4岁开始就间断性咳喘。每次发病,他就抱着她朝江南医科大学附属医院的儿科门诊跑。

"都两年了,这什么时候是个头啊!"秦国安向妻子抱怨。

妻子也很烦恼:"我又有什么办法?医院都检查出来了,孩子对花粉过敏。花粉这东西到处都是,怎么也避不开啊。"

秦国安摇头:"真是没办法。在单位里面我大小也是个领导,经常请假会影响工作的。"

妻子不满地道:"我还是班主任呢,难道每次都让我带孩子去医院?"

夫妻俩正说着,孩子又开始咳嗽。妻子连忙去摸了一下孩子的额头:"在发烧!"

秦国安叹息:"得,又只能请假了。"

两个人带着孩子到了江南医科大学附属医院儿科门诊。医生在给孩子做了检查后说道:"孩子除了哮喘之外,肺部也有了感染,我建议最好是住院治疗。"

秦国安皱眉问道:"住院的话需要多久才能够治好?"

门诊医生道:"一般情况下7天到10天吧,不过还要看孩子的抵抗力和其他具体的情况。"

秦国安正在犹豫,妻子连忙说道:"再忙也没有给孩子治病的事情重要!医生,那就住院吧。"

患儿女,6岁。因反复喘息两年入院。患儿入院前两年间断发作喘息,感冒、发热多为诱发因素,每次经过治疗后病情阶段性好转,随后又反复发作。

6岁的小孩已经具备了比较清晰的语言表达能力,但由于患儿正在生病,精神状态不佳,病史的采集还是需要患儿家长配合完成。

经过一番询问,柯小田大致了解到这个患儿的基本病情:该患儿最近两年来间断性喘息发作,每次喘息发作前都有咳嗽、发烧的症状出现,在此之前都是到本院门诊就诊,通过雾化治疗后病情有所好转,不过间隔1天到2天之后喘息又会再次发作。

柯小田查看了患儿以前的门诊病历,发现曾经做过过敏原试验,结果是对花粉过敏。柯小田道:"我们江南省的气候比较温和,一年四季都有各种鲜花盛开,孩子经常性喘息发作并不奇怪。"

秦国安问道:"我老是听你们医生说'喘息'这个词,是不是就是哮喘?"

柯小田解释道:"喘息不等于哮喘,任何引起呼吸道狭窄或梗阻的因素都会造成喘息。也就是说,喘息只是哮喘的一个症状。不过你们孩子这样的情况应该是属于哮喘,因为经过检查发现了明确的过敏原,而且其他症状也基本上符合哮喘的特征,比如咳嗽、气促、胸闷等。"

接下来柯小田对患儿进行了查体,除了听诊发现双肺有哮鸣音之外,其他并无异常,于是就在病历上填写了"顽固性支气管哮喘"的诊断结论。

苏雯是柯小田的上级医生,她不仅要认真阅读柯小田所管的每一个病人的病历,还要亲自去查体,以做到心中有数。

关于这个病例的诊断，苏雯并没有其他的看法，柯小田接下来就开出了相关的检查项目以及当天的医嘱。

第二天早上，柯小田像往常一样一大早就来到了科室。头天晚上的夜班护士小瞿过来对他说道："昨天晚上19床咳嗽、喘息得厉害，还出现了呕吐。"

小瞿是左医生那一组的护士，个子不高，但长相甜美。柯小田朝她点了点头："我知道了，谢谢你。接下来我会进一步观察的。"

小瞿朝柯小田灿烂一笑，问道："柯医生，你有女朋友没有？没有的话我给你介绍一个好不好？"

柯小田怔了一下："谢谢你，不过我已经结婚了。"他又笑问道："你准备把谁介绍给我？"

小瞿满脸遗憾地道："我有个漂亮的女同学，她家里的条件也挺好的。"

柯小田觉得奇怪："她的条件那么好，怎么会没有男朋友呢？"

小瞿道："正因为条件太好，所以要求才高啊。"

柯小田点头："倒也是。小瞿，你正在谈恋爱是吧？"

小瞿惊讶地看着他："你是怎么知道的？"

柯小田笑道："因为你脸上的笑容很灿烂。'恋爱中的女孩子最美丽'这句话说的就是你现在的样子。"

小瞿的脸一下子就红了："柯医生，你真会说话。"

小瞿说的19床就是秦国安的女儿。柯小田将19床的病历翻开，很快就注意到该患儿头天晚上竟然出现了多次的喘息和呕吐。可是各项检查的结果又基本正常，只有胸片显示双肺纹理增粗。这只不过是轻度炎症的表现，不能解释患儿目前在治疗过程中反复出现的这些临床症状的原因，而且患儿已经住进医院，不大可能接触到过敏原……柯小田顿时觉得眼前的这个病例似乎没有那么简单。他沉思了片刻，却依然寻找不到其中的问题所在。

上班的时间到了，左医生开始交班，也提到了19床患儿的情况。田博达问道："这个患儿是什么时候入院的？"

左医生回答道："昨天上午，是柯医生管的病人。"

田主任对柯小田说道："既然是你的病人，那就尽快把情况搞清楚吧。"

回到医生办公室后，柯小田再次仔细查看了该患儿的住院病历，却始终找不到问题所在。

苏雯见柯小田一筹莫展的样子，笑了笑说道："也许是我们遗漏掉了什么。我看这样，现在我们就从收集病史开始重新来一遍。"

柯小田疑惑地看着她："这样有用处吗？"

苏雯的声音依然柔柔的："也许真的有用呢，毕竟我们谁也不能保证自己在整个诊断的过程中不会出任何的差错。"

这次是苏雯亲自去向患儿的家长询问病史。

病史收集的主要内容包括既往史、个人史、家族史和现病史四部分。其中既往史主要是询问患者以前是否患过与现病相同或者类似的疾病，除此之外，还要搞清楚患者是否有过传染病、药物及其他过敏以及创伤手术史；个人史主要包括患儿出生、喂养、生长发育，以及预防接种的具体情况；询问家族史主要是为了排除各种遗传性疾病的可能。

相对来讲，现病史是病史的主要组成部分，其中包括现在所患疾病的最初症状，即从发病至本次就诊时疾病的发生、发展及其变化的全过程，其主要内容包括三个方面：一是发病情况，即发病的时间、地点、环境，发病的缓急，发病的诱因或原因，主要症状的部位、性质、持续时间和程度；二是病情演变和诊断治疗经过；三是一般症状，如患病后的精神状态、恶寒、寒战、发热、出汗（自汗或盗汗）、头身有无不适，以及体力、食欲、食量、睡眠、大小便、体重等的改变。

苏雯询问病史的过程非常细致。柯小田在一旁仔细地听着，觉得自己并没有遗漏下什么。

然而当苏雯问到患儿呕吐时的具体情况，柯小田这才忽然意识到自

儿科医生笔记 | 047

己可能遗漏掉了什么。

苏雯:"孩子呕吐出来的是些什么东西?"

秦国安的妻子:"就是刚刚吃下的那些东西。"

苏雯:"孩子是不是每次咳嗽、喘息之前都出现了呕吐的情况?"

秦国安的妻子:"也不是每次都会呕吐。"

苏雯:"孩子咳嗽、喘息大多发生在什么时候?"

秦国安:"好像没什么规律吧?"

秦国安的妻子:"我想想,好像都是在吃饭前后。昨天就是在吃早饭之后发病,到医院后也是吃晚饭之前就开始咳喘。"

苏雯:"你们再仔细想想,在此之前孩子也是在吃饭前后发病的吗?"

秦国安的妻子又想了想,点头道:"确实是这样。孩子小时候还经常吐奶。"

苏雯将目光看向柯小田:"对此你有什么想法?"

此时柯小田已经大致明白是怎么回事了:"开始的时候我以为患儿的呕吐是咳嗽、喘息使得胃肠道压力增大所致,也就忽略了患儿每次症状出现的时间。不过从您刚才询问的情况看来,患儿很可能是反流性食管炎引起的咳嗽、哮喘等一系列症状。"

苏雯满意地点了点头:"你能够这么快就想到患儿可能属于这方面的问题,非常不错。那你说说,反流性食管炎为什么会造成呼吸道症状呢?"

柯小田回答道:"主要是因为胃酸反流到食管引起炎症,造成咽喉部的长期感染,然后炎症蔓延到支气管及肺部。"

苏雯点头道:"呼吸道疾病特别严重时,高碳酸血症会导致胃酸分泌过多,从而反馈性地抑制胃泌素释放,使得食管下括约肌压力下降。此外,因为高碳酸血症导致食管长时间黏膜缺氧,使得食管壁血管收缩,食管黏膜抵抗力降低,造成糜烂和溃疡,促进了反流的发生和发展。而呼吸系统疾病的症状,如咳嗽、哮喘等可引起腹内压升高、胸膜腔内压下降等,会导致食道下端的括约肌压力下降、松弛并发生反流。

因此，在临床上，反流性食管炎经常与呼吸道疾病并存，二者互为因果，相互影响，并形成恶性循环。"

柯小田本身的基础医学知识比较扎实，当然能听懂苏雯的这番解释，点头道："这也就能够解释这个患儿喘息反复发生的原因了。"

苏雯继续说道："我想让你明白的并不仅是这个方面。小柯，你再想想，通过这个病例，你还能够想到什么？"

柯小田想了想，不好意思道："苏老师，可能是我太笨了……"

苏雯笑了笑，说道："小柯，千万不要妄自菲薄，其实你在年轻医生当中算得上是最优秀的那一类了。你现在的主要问题是思路还没有完全打开。你注意到没有，即使是在我们内科的疾病诊断过程中，解剖学的应用也非常重要。"

柯小田恍然大悟："苏老师，我明白了。"

苏雯朝他微微一笑："你说来听听。"

柯小田道："食道反流所造成的疾病说到底就是胃酸对食道的破坏，除了会引起呼吸道的症状之外，还可能因为胃酸侵犯到食道黏膜下的迷走神经，从而造成心血管方面的相关症状，比如心律不齐等。"

苏雯点头道："就是这个道理。医学是一门逻辑科学，任何疾病的发生、发展都是有迹可循的，关键是我们要学会举一反三。"她停顿了一下说："小柯，对于这个病例，你现在最大的感受是什么？"

柯小田不好意思地说道："通过这个病例，我才真正明白了采集病史的重要性。"

苏雯欣慰地道："确实如此。有时候病因往往就隐藏在被我们忽略掉的某个地方，所以在采集病史的过程中一定不要怕麻烦，尽量将每一个细节都询问得清清楚楚、明明白白。"

秦国安得知女儿的诊断后不解地问道："我们接待客人喝多了酒就会出现胃酸反流的情况，那种感觉很明显。可是孩子这么小，怎么会出现这样的问题？"

柯小田解释道："其中的原因较多，比如胃排空延迟、胃扩张及胃内容物过多或者过少等，都可能导致胃酸反流。"

秦国安听不大明白，问道："这种病好不好治疗？"

柯小田道："只要诊断明确，治疗其实并不困难。"

听他这样一说，秦国安也就放下了心来，感激地道："医科大学附属医院的医疗技术就是好。太好了，今后再也不用经常带着孩子往医院跑了。"

这其实是一种变相的赞扬。柯小田却因为自己的误诊暗暗惭愧。

当天上午，这个患儿的胃镜检查结果出来了，反流性食管炎的诊断也因此得到了证实。

既然诊断已经十分明确，接下来的治疗也就有了明确的方向。

对于这种疾病，在治疗方案上当然主要是针对胃酸分泌过多以及胃酸反流的问题。所以首先要抑制胃酸分泌，以此缓解患儿目前的症状；其次就是使用胃动力药，比如多潘力酮等，促进胃肠道正常向下蠕动，从而控制胃酸不再朝食道的方向反流。

柯小田知道，夏晴除了自身身体状况的问题之外，更主要的是心理上对乙肝病毒的恐惧，所以，当他去向感染科专家咨询相关问题的时候就带上了她一起。

江南医科大学附属医院的感染科主任姓黄，是一位博士生导师级别的传染病学专家。黄主任仔细看完夏晴最近一段时间的所有检查结果，说道："乙肝大三阳虽然代表的是病毒复制的活跃期，但你的肝功能基本正常，暂时不需要进行治疗，不过一定要注意充分休息，合理饮食，不能饮酒，除此之外，还要尽量避开对肝脏有损伤的各种药物。"

专家的话一般具有权威性。夏晴听了黄主任的话顿时觉得一直以来笼罩在心里面的恐惧减轻了许多，问道："您指的是哪些药物？"

黄主任将目光看向柯小田："小柯也是医生，你应该清楚。"

柯小田点头："毕竟肝脏是人体主要的解毒器官，俗话说'是药三分毒'，所以很多药物，包括最常见的抗生素，比如氨苄西林、阿莫西林、头孢氨苄、红霉素、林可霉素、四环素等，还有苯丙氨酸氮芥、甲氨蝶呤、阿霉素、奥沙利铂、伊立替康、紫杉醇之类的抗肿瘤药，以及乙酰水杨酸、扑热息痛等常见的解热镇痛药物，均有一定的肝毒性，容易引起肝脏损伤。"

黄主任补充道："没错。除此之外，某些中药，比如雷公藤、黄独、何首乌、斑蝥、蛤粉、苍耳子、白果、大黄、泽泻、黄药子、相思子等都具有肝毒性，可能会造成肝脏损伤。"

从柯小田和黄主任嘴里讲出来的这一串串药物名称让夏晴再次紧张起来："那怎么办？除非是生病了不吃药。"

黄主任道："这是没办法的事情，毕竟当今的医疗手段还无法杀灭乙肝病毒，所以只能小心翼翼地去面对。"

夏晴从小到大一直笼罩在家族性传染病的恐惧之中，也因此对自己的身体状况产生了许多的无奈和认命，所以对她来说，未来孩子的健康才是她现在最为关心的问题。她迫不及待地问道："像我现在这样的情况能够要孩子吗？"

作为传染病学方面的专家，黄主任当然明白夏晴真正关心的是什么，问道："小夏，你是担心你们的孩子也会和你一样感染上乙肝病毒，是吧？"

夏晴不住点头。

柯小田一直以来最担心的也是这件事情，连忙问道："黄主任，乙肝病毒传染给下一代的过程有被阻断的可能吗？"

黄主任非常明确地回答道："只要做好了孕前、孕中及孕后的各种防范，就有很大的可能阻断乙肝病毒的传染。"

夏晴一听，又紧张了起来："只是有可能？"

柯小田连忙纠正："小晴，黄主任说的是有很大的可能。"

黄主任点头道："是的，只要防范得当，乙肝病毒就有90%以上被阻断的可能。但毕竟乙肝病毒主要是通过血液传播，其中通过胎盘传染给下一代的概率特别大，所以多多少少有些运气的成分在里面。"

虽然夏晴对这样的咨询结果并不完全满意，但90%以上的阻断率还是让她产生了巨大的希望。接下来柯小田又从专业的角度详细问问了乙肝病毒阻断过程的一些细节问题，对整个情况有了一个大致的了解。黄主任最后说道："如果需要的话，今后你们可以随时来咨询我相关的问题。"

柯小田连声道谢："今后肯定会经常来麻烦您的，具体的方案更需要您亲自处方。"

医学院校里面有一个不成文的说法：高一届就是老师。柯小田是本院的医生，所以也算得上是黄主任的晚辈和学生，对于这种举手之劳的事情黄主任当然不会拒绝："没问题，你随时来找我就是。"

夏晴对那些专业性问题很感兴趣，却发现根本听不懂，刚刚从黄主任的办公室出来她就迫不及待地问柯小田："刚才你们都谈了些什么？"

柯小田回答道："都是些关于乙肝病毒阻断方面的细节问题，总体来讲大概包括以下两个方面：孕前和怀孕中晚期的抗乙肝病毒治疗，孩子出生时以及出生后可能会出现的风险。"

夏晴不解地问道："黄主任不是说我的肝功能比较正常，不需要进行治疗吗？"

"黄主任说的是你现在的身体状况，如果要考虑怀孕的话情况就不一样了。毕竟你体内的乙肝病毒正处于复制活跃期，血液中病毒的浓度较高，传染性较强，母婴之间通过胎盘传播的风险较高，所以抗乙肝病毒方面的治疗非常必要。"柯小田一边解释一边将黄主任刚刚开的处方拿了出来，"如果我们真的准备要孩子的话，就要从现在开始治疗，当你体内的病毒浓度下降到一定的程度之后，我们就可以开始要孩子了。"

夏晴见处方签上面写的是一种叫作"丙酚替诺福韦"的药物，问道："这个药不会有副作用吧？"

柯小田道："丙酚替诺福韦是美国FDA标准中的B级药品。'FDA'的意思是食品药品法规，'B级药品'的意思是经过动物和人体试验，对母婴都没有任何副作用的药物。而且这是一种口服药，每天口服1次，每次1片，据说疗效非常不错。"

夏晴又问道："那生孩子的过程中还有孩子出生之后需要注意些什

么呢?"

柯小田道:"那是以后的事情,我们一步一步来。"

夏晴点头,不过依然有些担心:"黄主任说,即使是我们防范得当,还是可能会出现问题……"

柯小田温言安慰道:"虽然这里面确实存在一些运气的成分,可是,我毕竟是做医生的,这一辈子的工作就是救死扶伤。你也是一个心地善良的人,所以我想,上天不会对我们不公的。小晴,你说是不是这样?"

夏晴听了后很高兴:"那我从后天就开始吃药。"

柯小田诧异地问道:"为什么非得要后天,今天、明天开始不行吗?"

夏晴满脸的虔诚:"今天我要沐浴更衣,明天去山上给菩萨磕头,恳求她赐给我们一个健健康康的孩子。"

在江南省城的南面有一座名叫"龙腾"的高山,从龙腾山的山顶可以俯瞰山下的整座城市,每当夜晚来临,外地游客都会乘车前往,饱览江南省城的璀璨夜景。

慈云寺位于龙腾山背侧的半山腰,寺庙中供奉着一尊巨大的观音菩萨像。

作为医生,柯小田并不相信这些,不过他知道,夏晴心理上的阴影始终是一个必须解决的大问题,于是就答应周末和她一起上山礼佛。

夏晴非常虔诚,在上山的前一天就买好了香烛和一桶纯菜籽油。两个人乘坐公交车蜿蜒上山,一路上夏晴非得自己提着香烛和那桶5公斤重的菜籽油,柯小田试图劝说她:"生孩子是我们两个人的事情,干吗非得你一个人提?"

夏晴道:"问题在我这里,所以我要心诚才可以。"

两个人终于辗转到了慈云寺,柯小田跟着夏晴,从进大门开始一路跪拜到那座巨大的观音像前。

夏晴跪拜之后拿出来几百块钱,和菜籽油一起交给一位僧人,叮嘱道："这是我供奉给菩萨的灯油，请师父一定要每天早晚向供灯里添加。拜托了。"

一旁的柯小田暗暗觉得好笑，却又感动于夏晴的这份诚挚。

从慈云寺出来，夏晴一直肃然着的脸上终于露出了轻松的笑容，她挽住柯小田的胳膊说道："我们从明天就开始备孕吧，接下来我们三个月不要同房，你也要好好保养身体。"

黄主任开处方的时候叮嘱过，抗病毒治疗三个月为一个疗程，然后根据复查的情况考虑是否马上怀孕。柯小田不满地道："治疗和同房并不矛盾，你不要太极端了。"

夏晴却坚持道："按照你们医学的说法，只有我们两个人都处于最佳的身体状态才可以孕育出最健康的宝宝。你就忍忍吧，三个月的时间很快就过去了。"

柯小田不想惹来她的不高兴，只能答应："听说这山上有家店的红烧牛肉是一绝，要不我们去品尝一下？"

夏晴连忙捂住了他的嘴："菩萨都听见了呢。"

这一刻，一缕阳光正好穿过寺庙外高大的树木洒落在夏晴的脸庞上。柯小田看着她那泛着象牙般圣洁的光的脸庞，瞬间痴在了那里。

第六章
贯通的掌纹

  高秀英跟着丈夫进了城。丈夫在一家公司当保安，她没有什么特长，就在住家附近开了个夜市烧烤摊。

  两个人的收入微薄，租住的是省城最便宜的房子。高秀英本来不想这么早就要孩子的，心想等挣够了钱把老家的旧房子翻修后再说，没想到自己百般注意却还是怀上了。

  高秀英怀疑是丈夫故意弄破了避孕套，丈夫当然不会承认，还劝说妻子："既然怀上了，说明这孩子与我们有缘分，那就要了吧。"

  高秀英不高兴地道："家里房子翻修的钱还没凑齐呢，孩子今后读书的费用怎么办？"

  丈夫满不在意的样子："车到山前必有路，到时候再说吧。"

  孩子就这样生了下来。

  丈夫高兴坏了，特地去买来了高秀英一直都舍不得吃的榴莲。

  高秀英长期吃苦，身体强壮，丈夫又舍得花钱每天买回来猪蹄炖上，因此奶水比较充足，但是孩子每次吃得很少，还呛奶。

  高秀英无法再摆摊，天天在家里侍弄着孩子。

  好不容易等到孩子满月，高秀英的丈夫请来了几位一起做保安的同事喝了顿满月酒，希望孩子健健康康地慢慢长大。

不承想,在喝了满月酒的第二天,孩子就开始发烧。住家附近那家诊所的医生看了说是喉炎。果然,雾化治疗了3天就好了。

时间过得很快,孩子眼看要满3个月,却忽然再次发烧、咳嗽,而且脸色苍白,夫妻俩又一次抱着孩子去了附近的那家诊所。

孩子还不满3个月,手背、胳膊的静脉非常细小,诊所的医生几次扎针都没有成功,只好放弃静脉输液,给孩子开了些消炎、止咳类的冲剂让高秀英夫妇给孩子冲服。

就这样过去了3天,孩子的情况没有任何好转。高秀英的丈夫急了:"还是去大医院吧,这样拖下去可能会出大问题。"

高秀英犹豫道:"去大医院会花很多钱的。"

丈夫说道:"孩子没有了,钱拿来做什么?"

高秀英没有再坚持。是啊,没有什么比孩子的健康和生命更重要。

患儿男,2月20日龄。咳嗽伴发热3日,双肺可闻及散在痰鸣音、中小水泡及喘鸣音;门诊X线胸片显示双肺纹理增强、紊乱、模糊;患儿贫血貌。

柯小田第一眼就注意到了这个患儿的贫血貌。

所谓的贫血貌就是贫血在人体上的表现,主要指肉眼能观察到的,比如肤色和嘴唇苍白、虚弱无力、呼吸短促等。柯小田先是翻看了患儿的眼睑,发现里面也是苍白的,随后就拿起患儿的手指,轻压其指甲后松开,只见指甲恢复血色的过程比较缓慢。

接下来柯小田开始收集病史。

上次误诊的事情给柯小田留下了深刻的教训,因此他在之后收集病史的过程中力求更加详细和仔细。

问诊了半个多小时,柯小田又继续检查了患儿身体的其他部位,除了精神有些萎靡、贫血貌,双肺有散在痰鸣音、中小水泡及喘鸣音之外,并没有发现其他的异常。他想了想,在病历诊断那一栏的后面填上:

1. 支气管炎。
2. 支气管哮喘。
3. 贫血原因待查。

苏雯看了柯小田填写的病历后没有多说什么,只是随口问了一句:"在你看来,这个患儿贫血最大的可能性是什么?"

柯小田知道她其实是在考查自己对医学基础知识的掌握程度,回答道:"造成贫血的原因主要有缺铁性贫血、溶血性贫血、失血性贫血等,其根源在于铁摄取不足、吸收不良,以及先天遗传因素等。这个患儿还不到3月龄,生长发育还算良好,因为营养不良造成的缺铁性贫血以及寄生虫导致的失血性贫血可能性不大,而且患儿与其母亲之间不存在血型不合的问题,所以我觉得很可能是遗传因素,比如珠蛋白生成障碍性贫血、遗传性球形细胞增多症、血红蛋白病等。"

无论是珠蛋白生成障碍性贫血、遗传性球形细胞增多症,还是血红蛋白病,其发病机理都与红细胞中酶的缺乏、红细胞膜异常、血红蛋白的合成出现障碍有关,而且这些类型的贫血都是遗传性疾病。

苏雯问道:"为什么不考虑急性再生障碍性贫血呢?"

柯小田回答道:"急性再生障碍性贫血确实起病急,而且常以感染发热为首起及主要表现,也可能因为感染出现肺炎的症状,但该病还有一个典型的特征是出血,主要表现为消化道、眼底和颅内出血,与此同时,皮肤、黏膜出血广泛而严重,且不易控制。很显然,这个患儿的情况并不是。"

苏雯满意地点了点头:"看来你的医学基础知识掌握得还比较牢固,思路也很清晰。"

随后苏雯就到病房亲自给患儿查体。

柯小田知道,苏雯每一次的问诊和查体对他来说都是难得的学习机会,连忙紧跟其后。

苏雯性格温婉、态度和蔼,说话轻声细语,她向患儿家长询问病史的过程就像拉家常一样，看似随意，针对性却十分明确，即使是反复问及某些细节，对方也不会觉得厌烦。她习惯轻抚患儿的头或者脸，脸上始终带着和煦的微笑。

难怪孩子们都那么喜欢她。柯小田不止一次听到患儿称呼苏雯"苏妈妈"，暗暗告诉自己今后也一定要做到像她那样。

苏雯给患儿的查体过程也非常轻柔而且细致。当她轻轻拿起患儿手指的时候，忽然轻轻"咦"了一声。

柯小田朝患儿的手看去："通贯掌？"

苏雯点头道："而且是真通贯掌。"

通贯掌是一种特殊的掌纹。通贯掌有真假之分：智慧线和感情线合二为一，横贯全掌，为真通贯掌；如果合二为一的掌纹出现了分支的话就是假通贯掌。临床上先天性智力低下或者先天性发育缺陷的患儿往往会出现真通贯掌。

苏雯继续说道："刚才我问诊的时候患儿的母亲提到，患儿从出生后就喂养困难，而且孩子1个月大的时候出现过发烧，医生说是急性喉炎。结合孩子的通贯掌，患儿先天性发育缺陷的可能性极大。"

既然在诊断上已经有了大致的方向，接下来就是完善相关的检查项目。

第二天上午，患儿的各项检查结果都出来了：中度贫血，X线胸片显示双肺纹理增强、紊乱、模糊，未发现支气管发育异常；低氧血症，代谢性酸中毒，高乳酸血症，高钾血症；结核菌素试验阴性；骨穿刺及心脏彩超未见异常。

以上所有的检查结果基本上排除了肺结核、支气管发育不良以及血液系统疾病和先天性心脏病的可能。而低氧血症、代谢性酸中毒、高乳酸血症、高钾血症都是酸中毒的表现，但酸中毒只不过是某些疾病造成的结果而不是根源，结合患儿的通贯掌、贫血，基本上证实了患儿先天性缺陷的可能。

接下来就是搞清楚患儿先天性发育不全的根源。柯小田又添加了血串联质谱和尿气相色谱分析的检验项目。

血串联质谱和尿气相色谱是筛查遗传和先天性疾病的一种检查方法，主要用于筛查48种遗传和先天性代谢疾病。

根据血串联质谱和尿气相色谱的分析结果，该患儿最终被确诊为甲基丙二酸血症。

甲基丙二酸血症属于常染色体隐性遗传，其根源在于患儿体内的氨基酸代谢酶缺乏，从而造成血液中甲基丙二酸浓度过高。

这种疾病往往发病较早，一般于新生儿或者婴儿早期就开始出现临床症状。该患儿具有这种疾病的典型特征。

疾病的真相往往隐藏在某个毫不起眼的细节当中。柯小田对这句话有了更加深刻的认识和领会。

虽然甲基丙二酸血症是一种遗传性疾病，但治疗起来并不困难：首先是针对患儿呛奶的问题给予鼻饲喂养；患儿同时患有支气管肺炎，继续进行抗感染治疗；由于甲基丙二酸是由氨基酸转化而成，而氨基酸是蛋白质的基本组成部分，所以限制蛋白质的摄入就可以大大减轻患儿的临床症状；维生素B_{12}具有促进甲基转移的作用，可以降低患儿血液中甲基丙二酸的浓度，对该病的疗效十分显著。

还真是知父莫如女。夏致力去单位办好退休手续后不久就回来了。

夏致力听说女儿正在备孕的事情后很高兴，在女婿家里住了几天，后来总觉得自己是个多余的人，就坚持着搬了回去。

前段时间夏晴因为母亲和表哥的事情一直心情不好，根本就无法静下心来。开始抗乙肝病毒治疗之后，又因为满怀期盼不能静下心来，写作的事情也就停滞了下来。不过她也因此喜欢上了做家务，每天买菜、做饭，日子倒也过得清闲、充实。

柯小田白天在医院上班，中午不回家吃饭，夏晴就把自己的午餐搬到了父亲那里。

没过多久，夏晴就发现父亲有些不大对劲。

这天下午柯小田刚刚下班回家，夏晴就把自己心里的怀疑告诉了他："最近好几次上午我去我爸那里，开始他都不在家，每次午餐的时候要打电话催才回来，吃完饭后又急匆匆地出门了。"

柯小田不以为意地道："他都已经退休了，你管他那么多干吗？"

夏晴摇头："还有就是，我们俩一起吃饭的时候他也总是心不在焉，我觉得这很不正常。"

柯小田道："也许他觉得无聊，在外面找了些什么事情做也难说呢。你别去管那么多，只要他高兴就行。"

然而夏晴并没有听柯小田的。第二天午餐后，父亲刚刚出门她就悄悄跟了上去。

女人天性敏感，夏晴对父亲的猜测是正确的。

夏致力回到江南省城后不久，有一天去附近菜市场的时候注意到了那里的一个年轻女子。就在那一瞬间，他忽然有了久违的心动感觉。

那个年轻女子虽然皮肤黝黑，但模样很是俊俏。她在菜市场里面有一个摊位，每天早上从肉摊买来半肥半瘦的猪肉，和面皮一起加工成饺子售卖。因为她做的饺子味道极好，生意一直还不错。

夏致力开始的时候每天都会去买一些饺子回来，作为第二天的早餐，时间一长，冰箱的冷冻室就被装满了。不过他也因此慢慢和这个年轻女子熟悉了起来，还打听到了她的一些基本情况。

年轻女子叫肖亚燕，今年31岁，3年前因为丈夫有了外遇而离婚，如今她带着5岁的女儿相依为命。肖亚燕本来就没有工作，离婚后迫不得已在菜市场租了个摊位，勉强能够维持母女俩的基本生活。

当夏晴跟踪到菜市场里面之后，很快就发现了正在和那个年轻女子交谈着的父亲。看着父亲眉飞色舞的样子，她瞬间就明白了一切。

想到刚刚离世不久的母亲，夏晴顿时怒不可遏，冲过去就朝着父亲质问道："她是谁？"

虽然此时是中午，菜市场里的顾客稀稀拉拉，但夏晴的突然出现还是引来了不少人的注目，肖亚燕也因此尴尬得满脸通红。

夏致力没想到女儿会跟踪而来，生气地道："你跑来干什么？我的事情不要你管。"

听他这样一说,夏晴就更拿实了父亲的花花肠子,愤愤地道:"我妈尸骨未寒,你就这样,太过分了!"

肖亚燕连忙解释道:"我和老夏没什么的,你千万别误会。"

她不解释还好,结果更是激起了夏晴的愤怒:"都开始喊'老夏'了,还没什么?你们简直就是恬不知耻!"

夏致力确实是对肖亚燕动了真情,也觉得对方并不反感自己,没想到如今被女儿这么一搅和,眼看事情就要糟糕,恼羞之下扬起手就给了女儿一耳光:"滚,我的事情不要你来管!"

夏致力的这一耳光是因怒而发,没有丝毫的留手。夏晴顿时蒙在了那里,满眼震惊地看着父亲:"爸,你,你居然打我?"

此时夏致力恢复了理智,虽然心里很后悔,但又不想失掉面子,他朝着女儿怒吼道:"滚,给我滚得越远越好!"

柯小田接到夏晴电话的时候正在医院的饭堂里用午餐,电话里面传来的哭声顿时就让他急了:"小晴,你怎么了?"

夏晴哭诉着说道:"我爸打我……"

柯小田觉得很奇怪:"无缘无故的,他为什么要打你?"

夏晴没有回答,一直在哭。柯小田看了看时间:"你现在在哪里?我去找你。"

其实夏晴就是觉得委屈,只是想和丈夫说说话:"算了,你还是上班吧,等你回来再说。"

结果整个下午柯小田都魂不守舍,一到下班的时间就急匆匆地往家里赶。

听完了夏晴的讲述,柯小田轻叹了一声:"小晴,虽然你爸不应该打你,但这件事情确实是你不对。"

夏晴满心的委屈,本想从丈夫那里得到一些安慰,却不承想反倒被指责了,她顿时就发作了:"我哪里不对了?"

柯小田连忙道:"小晴,你正在做治疗呢,别发脾气,先听我把话说完好不好？"

想到自己正在备孕，夏晴这才极力克制住情绪："那你说吧，我究竟错在了什么地方？"

柯小田道："自从我们俩认识之后，我就一直在想你爸为什么很少回家。从表面上看是因为他的工作性质特殊，可是我认为这并不是最主要的原因，因为我曾经去了解过，像海员这种特殊的工作，每年都是有长假的。"

夏晴愣在了那里："是吗？我怎么不知道？"

柯小田笑了笑："所以，你其实并不了解他啊。"

听柯小田这样一讲，夏晴也就似乎有些明白了："你的意思是说，他是因为无法忍受我妈妈的坏脾气？"

柯小田点头："我觉得很可能是这样。虽然你妈妈的坏脾气是因为肝脏的问题，而且很多时候她根本就无法自控。但站在你爸的角度上讲，他在海上辛辛苦苦工作了大半年，本想回到家里好好休息一下，同时享受家庭的温暖和天伦之乐，可是每次回来面对的却是你妈妈的坏脾气和无尽的唠叨，短时间倒也罢了，时间一长，谁能受得了？"

夏晴皱眉："我承认你说得有道理，可是我妈妈这才刚刚去世不久，他就有了花花肠子……"

柯小田摆手道："你看到的还只是这件事情的表面，并没有从你爸的角度去思考问题。在我看来，你父母之间也许早就没有了你以为的那么深厚的感情，不然的话，你妈妈在临终前也就不会说出你爸巴不得她早死那样的话来。"

夏晴默然。柯小田继续说道："即使是在这样的情况下，你爸还是一如既往地在努力挣钱，给家里买房、给你妈妈治病……所以我觉得你爸还是一个很有家庭责任心的人，表面上看他现在的行为确实显得太过迫不及待，但你要知道，他可是一直在忍耐着你妈妈的坏脾气，内心被压抑了许多年啊。所以小晴，我觉得你应该理解他才是。"

夏晴惊讶地看着他："真的是这样吗？"

柯小田点头："我觉得就是如此，这就叫作透过现象看本质。"

夏晴却微微摇头："你也说了，这并不是我妈妈的错，他这样做实在是太对不起我妈妈了。"

柯小田道："两个人的事情是很难说清楚谁对谁错的。我赞同'逝者已矣，生者如斯。'小晴，你爸才50多岁，他当然有继续追求幸福的权利。你说是不是？"

夏晴定定地看着他："你的意思是，如果我哪一天死了，你也会马上就去找下一个？"

柯小田没想到自己的这番话会引来这样的麻烦，苦笑着说道："小晴，我们不是在说你爸的事情吗，你怎么扯到我身上来了？"

女人在很多时候的思维是非常奇怪的。夏晴不依不饶地问道："你还没有回答我的问题呢。你告诉我，如果我不在了，你会不会也像我爸一样，马上就去找一个年轻漂亮的？"

柯小田无奈道："小晴，你想想，现在都什么时代了，无论是法律还是道德都没有要求一个丧偶者必须孤独终老。更何况生命无常，我会不会比你先走还难说呢。"

夏晴点头道："倒也是。不过我还是不能原谅我爸现在的所作所为。"

她是站在自己母亲的角度看待这件事情。作为女儿，这似乎也可以理解。柯小田见劝说无效，也就只好罢了。

第七章
异常的大便颜色

患儿男，1岁3个月。因"反复咳嗽、咳痰伴喘息"入院。

这是刚刚入院的9床患儿的门诊病历。内容虽然简单，罗列出的却是该患儿最主要的症状。

因为有了前面几次的教训，再加上苏雯外出参加学术会议，柯小田的问诊和查体都格外详细。

经过检查，柯小田发现患儿除了肺部听诊有些异常、痰液比较多之外，并没有别的大问题，于是就按照支气管肺炎开出了常规检查及当天的医嘱。

医生也不是时时刻刻都处于忙碌的状态。柯小田管的病人大多情况良好，不需要去做特别的处理，这时候他最大的乐趣就是抱着一本专业书慢慢阅读。

在柯小田看来，阅读专业书籍的过程其实也是一种享受，特别是发病机理以及病理生理部分的内容更是意味无穷。每当他沉浸其中，脑海中的整个人体就变成了一台复杂而又完美的机器，其中清晰的脉络和纷繁复杂的化学反应都让他沉迷不已。

时间就这样在静谧而又美妙的享受中缓缓流逝，柯小田看了看时间，起身去往病房开始这一天的最后一次查房。在他刚刚进入9床患儿所在病房的时候就闻到了一股臭气，原来是家长正抱着孩子在大便。

柯小田并没有责怪患儿的家长，只是提醒道："你们最好还是抱着孩子去过道最里面的公共厕所大小便，毕竟病房就这么大，很容易造成新的感染。"

患儿家长解释道："公共厕所太打挤了，孩子刚才哭闹得厉害，所以就……下次我们一定注意。"

柯小田点头："没事，我让护士一会儿来给病房消下毒。"这时候他忽然注意到患儿大便的颜色有些特别，问道："孩子的大便一直都是这种颜色吗？"

患儿家长道："是啊，孩子的大便大多时候都是这样的。医生，这有什么问题吗？"

这个患儿的大便稍微显得有些黯黑，柯小田不能肯定："这样，我让护士马上来将孩子的大便送检，等结果出来后再说。"

从病房出来后柯小田给夏晴打了个电话，说明自己要稍微晚一些回家的原因。

夏晴问道："不是有夜班医生吗？"

柯小田解释道："也许这正好是我忽略掉的一个重要细节，我必须把这件事情检查清楚。"

夏晴很好奇："究竟是什么情况，让你这样上心？"

柯小田道："我刚才发现有个患儿的大便颜色不大对劲。"

夏晴不懂："大便颜色？什么意思？"

柯小田解释道："正常情况下大便呈淡黄色、黄色或者轻微的深黄色，这样的颜色是由胆汁中的胆红素分解氧化后形成的。如果大便的颜色变白，就说明患者的胆道系统出现了堵塞；如果大便呈鲜红色，那就很可能是下消化道出血所致。这个患儿的大便有些黯黑，唯一的解释就是他的上消化道可能有少量出血。"

夏晴摇头："我听不懂。"

柯小田笑了笑，继续解释道："上消化道，比如咽喉、食管出血后，血液进入胃部，在胃酸的作用下会变成黑色。这个患儿的大便只是稍微有些变黑，有可能是上消化道出血量不大的缘故。没事，等患儿的大便检查结果出来后再说。"

夏晴基本上搞清楚了是怎么回事，说道："那你尽量早些回来吧。"

柯小田不能确定具体什么时间可以回家，叮嘱道："你先吃饭，千万别饿着，身体的抵抗力对你来讲很重要。"

半个多小时后，患儿的检查结果出来了：粪便中发现大量的红细胞，隐血试验呈阳性。很显然，患儿的上消化道很可能存在一个出血点。于是柯小田就给患儿增开了胸部CT和胃镜两个检查项目。

又一个多小时后，柯小田拿到了检查结果：胃镜发现患儿食道损伤，CT提示支气管与食道之间可能存在一个瘘管。

也就是说，患儿反复咳嗽、喘息其实是经过食道的食物通过瘘管进入气管所致。原来是这样。柯小田终于明白是怎么回事了。

患儿的家长问道："像这样的情况怎么办？"

柯小田道："明天还要进一步做支气管和食管碘油造影，等搞清楚了瘘管的具体部位和形态后再决定是否需要手术。除此之外，像这种先天性发育不全形成的瘘管，有可能伴随其他器官的异常，所以还需要进一步做全身检查。"

患儿的家长顿时紧张了起来："万一还有其他的问题怎么办？"

柯小田安慰道："既然发现了问题，只能想办法一一去解决，光着急是没有用的，你说是不是这个道理？"

虽然柯小田的话讲得很有道理，但对患儿的家长而言，紧张和担忧是不可能因此就得以消除的。而此时，柯小田禁不住就想起了夏晴和她父亲的紧张关系，他拍了拍患儿家长的肩膀："放心吧，只要搞清楚了问题所在，处理起来就容易多了。"

第二天，气管、食管碘油造影结果显示，患儿的瘘管位于胸3与胸4椎体之间。柯小田告诉患儿的家长："还算比较幸运，除了气管食管瘘之外，没有发现孩子其他器官有发育不全的情况，不过像这样的情况最好尽快手术，不然的话可能会随着年龄的增长引发更多的问题。"

患儿的家长顿时松了一口气，问道："是不是要马上转到外科去？"

柯小田点头："我建议你们转院去儿童医院，那里的小儿外科医生更适合做这样的手术。"

像气管食管瘘这种类型的外科手术一般归普外科，柯小田的大学同学陈力就在那里。

陈力也是在大学毕业前就报考了小儿泌尿外科的硕士，后来一直攻读到博士，不过他选择了去儿童医院当外科医生。

陈力告诉柯小田："目前正是手术高峰季，我们的床位非常紧张，这个病人要住进来的话得下周了。"

柯小田想了想，说道："几天的时间问题不大，我这边继续保守治疗就是。"

柯小田所说的保守治疗主要包括以下几个方面：禁食、通过鼻饲饮食和补液以及抗感染，以此控制病情进一步的发展。

虽然这个病例终于确诊而且治愈的希望很大，但柯小田还是自责不已：像大便异常这样的情况，在问诊的时候就可以了解到的，怎么偏偏就遗漏了呢？说到底还是不够细心。如果苏老师在的话绝不会出现这样的情况，所以这一次没有误诊纯属偶然。

几天后，柯小田向苏雯汇报了这个病例的诊治过程。苏雯笑了笑说道："我也是像你这样一步步走过来的。你能够认识到自己的不足就是最大的进步。"

自从那天菜市场的事情发生之后，夏晴就开始了与父亲的冷战。

可是柯小田不能对自己的岳父不闻不问，时不时会打去电话问候一番。

这天下午，柯小田接到了岳父主动打来的电话："你今天晚上如果不值班的话，就过来和我喝两杯。"

为了防止夏晴借机生事，柯小田没有把岳父打电话来的事情告诉夏晴，只是说晚上有个学术会议，可能要晚一些回家，下班后就直接去了岳父那里。

还是在上次两个人喝酒的那家小酒馆里,夏致力随意点了几个下酒菜。柯小田第一眼就注意到了岳父蓬乱的头发和满脸花白的胡须,心有不忍地问候了一句:"爸,您还好吧?"

夏致力长长地叹息了一声:"上次的事情是我不对。小晴长这么大我还从来没有打过她,那天也不知道是怎么回事……"

柯小田连忙道:"爸,事情都过去了。其实小晴也有不对的地方,但她毕竟是您的女儿,有些事情您就别记在心上了。"

夏致力再次叹息了一声,自顾自地连喝了几杯酒,忽然问道:"小田,你对我讲实话,你是不是也觉得我不是个好人?"

柯小田并没有直接回答岳父的这个问题,反而问了一句:"爸,您对小晴的妈妈有真感情吗?"

夏致力想了想,说道:"最开始的时候肯定是有真感情的,后来就慢慢变成了亲情,但是因为小晴妈妈的坏脾气,最后亲情也被消磨得差不多了。"

柯小田觉得不能理解:"既然是这样,那您为什么不提出离婚呢?"

夏致力苦笑:"我也不是没有想过离婚,可是,如果我们真的离婚了,小晴怎么办?她妈妈的病怎么办?"

柯小田点头道:"所以我也对小晴讲了,您其实是一个非常有家庭责任感的人。"

夏致力摆了摆手:"我没有你说的那么好,其实更多的是我害怕小晴被人看不起。既然把她生下来了,那就应该对她负责,你说是不是?"

柯小田越听越觉得心里面不是滋味,也更加认为夏晴在这件事情上欠缺考虑:"爸,您放心,我会慢慢做好小晴的工作的。"

夏致力却摇头道:"小晴已经长大了,作为她的父亲,我已经做完了自己该做的事情,至于她最终能不能理解这件事情,我其实无所谓。"

真的无所谓吗?肯定不是的,不然的话他今天把我叫来干吗?柯小田明显感觉到了岳父此时的心口不一。他想了想，问道："爸，您是真的喜欢菜市场的那个女人吗？"

夏致力的双眸瞬间亮了："我是真的喜欢，从看到她第一眼的时候就喜欢上了，以至于忘记了自己的年龄和小晴妈妈刚刚去世不久的事情。"说到这里，他的神色一下子就黯淡了："可是自从上次被小晴一闹，我肯定再也没有机会了。"

柯小田惊讶地看着他："爸，您的意思是说，其实您和那个女人还并没有到那一步？"

夏致力叹息道："我都还没来得及向她说这件事情呢，结果被小晴一下子给搅和了。"

柯小田觉得岳父的想法有些不可思议："爸，您想过没有，万一对方根本就没有那样的想法呢？"

夏致力激动地道："她肯定对我有好感，我感觉得到。"他朝柯小田举杯："小田，我想麻烦你一件事情，你无论如何都得帮我这个忙才是。"

柯小田顿时预感到了什么，却又不得不表明态度："爸，您说。"

夏致力道："我想请你帮我去问问小燕——我忘了告诉你，她叫肖亚燕。小田，我想麻烦你去问问她，她究竟对我是什么态度。"

原来他今天叫我来并不是为了与小晴缓和关系，而是这样的目的。柯小田很是为难："爸，这件事情——"

夏致力继续恳求道："小田，这些年来我从来没有麻烦过你任何事情，你必须得帮我才是。"

柯小田依然犹豫："可是夏晴那里——"

夏致力摆手道："她不懂事，这都是从小我把她娇惯出来的，你别管她。"

柯小田很纠结。

在岳父恳求的目光下，柯小田只能勉强答应了他的请求，却又担心夏晴知道此事后责怪自己，所以就想着回家后直接洗漱，然后去往书房。

儿科医生笔记 | 069

夏晴上次说最近一段时间不要同房，结果每当两个人躺在同一张床上，柯小田总是会心生涟漪，一番抚摸之下让夏晴也克制不住自己。后来夏晴就把他赶到了隔壁书房的那张小床上去了。

这天晚上柯小田回来的时候夏晴就闻到了他满身的酒气，询问道："你不是说开学术会议吗，怎么还喝酒了？"

柯小田在路上的时候就已经想好了说辞："学术会议结束后吃了个夜宵。"

夏晴看着他："不对，你的眼神怎么躲躲闪闪的？"

柯小田这才意识到是自己的心虚在作怪，即刻将目光放到她的脸上："你看，我哪里躲躲闪闪的？"

夏晴疑惑地看着他："你真的没事瞒着我？"

柯小田摇头："真的没有。早点睡吧，我明天还要上班呢。"

几天后，柯小田又接到了岳父打来的电话："小田，你准备什么时候去找小燕谈我的事情？"

其实柯小田已经有些后悔了，推托道："爸，这件事情您让我再想想好不好？"

夏致力顿时就不高兴了："那天晚上你不是答应我了吗？男子汉大丈夫，怎么能出尔反尔？"

一直以来柯小田都十分在乎岳父岳母对他的印象，顿时觉得自己这样出尔反尔不大好，只好硬着头皮再次答应："好吧，我这就去。"

柯小田并不认识肖亚燕。到了菜市场一打听才知道，她那个摊位的生意每天都特别好，上午11点之前就卖完了所有的饺子，然后就早早回家了。

柯小田询问了菜市场里的好几个菜贩，可是他们都不知道肖亚燕住在什么地方，后来有个人对他说："你去问问菜市场的管理处，我们在那里都有个人信息登记。"

柯小田本想着既然找不到这个人，也就可以借故向岳父做个交代了，没想到会遇上这样一个热心人，只好朝着菜市场的管理处走去。

菜市场的管理处果然有肖亚燕的个人信息，原来她就住在附近的一个小区里。

通过从菜市场管理处得到的信息，柯小田很快就找到了肖亚燕的家。敲门后不一会儿房门就打开了，一个模样可爱的小女孩看着他问道："你找谁？"

柯小田笑眯眯地问道："你妈妈在家吗？"

柯小田是儿科医生，身上有着职业性的对孩子的亲和力。小女孩没有表现出任何的防备，转身就朝里面脆生生地喊了一声："妈妈，有个叔叔找你。"

肖亚燕当然也不认识柯小田，她警惕地问道："你是？"

柯小田心想，既然自己答应了岳父这件事情，就应该把它做好。所以他并没有一开始就讲出自己的目的："肖女士是吧？我叫柯小田，是江南医科大学附属医院的儿科医生，有点事情想和你聊聊。"

肖亚燕疑惑地道："我们家丫丫最近没有生病啊，你——"

柯小田笑了笑："我可以进来说话吗？"

肖亚燕的手一直在门上，此时更加警惕起来，即刻将房门关上了。柯小田听她在里面说道："你马上离开，不然我就打电话报警了。"

一个带着孩子的单身女人，这是本能的避险行为。柯小田连忙道："我是夏致力的女婿，我想和你谈谈。"

肖亚燕更加怀疑："你不是说自己是医生吗？"

柯小田连忙道："我确实是医生，也真的是夏致力的女婿。"

这段时间肖亚燕已经被夏致力烦透了。她犹豫了一下，才打开门看着对方："进来吧。"

柯小田大致打量了一下肖亚燕，眼前这个女人皮肤虽然黑了些，但模样倒还算俊俏。进屋后他又看了看四周，发现里面的陈设非常简单，问道："这房子是你们自己的吗？"

肖亚燕去给柯小田倒了杯水："是租的。"

柯小田不解地问道："你们母女俩的生活这么清苦，为什么每天这么早就收摊了呢？"

肖亚燕道:"头天卖得太多,第二天的销量可能就会减少。柯医生,你找我究竟有什么事情?"

她竟然懂得饥饿营销。柯小田这才说明了自己的来意:"我也是没办法,岳父非得要我来找你……"

肖亚燕的脸一下子就红了,连忙道:"我和老夏真的没你们以为的那种事情。"

柯小田觉得尴尬,不想过多拖延时间:"这个——我岳父的情况你可能是知道的,对吧?"

没想到肖亚燕却摇头道:"我就是在菜市场和他说了些话,其他的都不清楚。"

柯小田没想到会是这样的情况,尴尬地道:"那——那我就直说了吧。我岳父的情况是这样的,他从年轻的时候就在海船上工作,前不久我岳母去世了,他就去单位办了提前退休的手续。一天他在菜市场看到你,忽然就动心了,所以从此天天去那里找你。没想到这件事情被他女儿,也就是我爱人发现了,结果闹了一些不愉快。肖女士,这次来我也是向你表达歉意的。"

肖亚燕惊讶地看着他,摇头道:"我真的和你岳父没有任何关系,柯医生,你不用向我道歉的。"

柯小田顿时觉得自己的老岳父有些悲催了,不过他还是问了一句:"肖女士,你对我岳父有好感吗?"

肖亚燕的脸再次红了:"我们俩的年龄相差太大了,那样的事情是不可能的。"

柯小田心想,岳父只是叫我来问问肖亚燕对这件事情的态度,既然现在已经搞清楚了情况,那就算是完成任务了。他正准备起身离开,忽然间想起岳父那双充满着期望的眼睛,于是又多说了一句:"肖女士,你现在的经济状况不大好,又带着孩子,如果想要找一个各方面都令你满意的人可能不大容易。所以在我看来,与其如此,还不如找一个真心对你好的人好好过日子。我岳父的年龄其实也不算太大,不过50多岁,身体状况也还不错,他有一套自己的房子,而且据我所知,他还有些存款，你可以考虑考虑。"

说完后他才起身，然后准备离开。这时候肖亚燕忽然问了一句："柯医生，你爱人不会再来找我闹了吧？"

她这话是什么意思？柯小田愣了一下："应该再也不会了，我会做好她的思想工作的。"

柯小田离开的时候肖亚燕一直将他送到了家门外。

这难道就是她的态度吗？柯小田不敢肯定。

柯小田没有去岳父家里，只是给他打了个电话，翔实地告诉了他今天去拜访肖亚燕的整个过程。

夏致力听后大喜："小田，我就知道，这件事情只要你出面就没问题。"

他是不是把事情想得太美好了？柯小田苦笑着摇了摇头。

柯小田仔细想了想，还是决定将自己去见肖亚燕的事情告诉夏晴。

夏晴听了很生气："柯小田，你怎么能够去干那样的事情呢？"

自从柯小田和夏晴在一起之后，两个人一直都很恩爱，即使夏晴偶尔发发脾气，但很快就会在柯小田的安慰下平复情绪。此时柯小田听夏晴直接叫出了自己的全名，知道她确实是气急了，温言道："小晴，你还记得咱俩是怎么认识的吗？"

那一年的深秋，夏晴还是江南大学中文系三年级的学生，一个周末她去江南医科大学找一位中学时的同学。当她经过研究生宿舍楼下的时候，正好看见了在二楼阳台上弹奏吉他的柯小田：

  那一年的夏令营
  我本想去叫上那个圆圆脸的漂亮女同学
  却看见了迎面走来的她
  她不是我喜欢的圆圆脸
  却有一对圆圆的小酒窝

还有可爱的小虎牙
我说
跟我一起去夏令营吧
她问我
你是谁呀
我说
我叫柯小田
……

那时候夏晴的舅舅和姨妈还在世，妈妈金秀兰的脾气还没有那么糟糕，家族性传染病的阴影还没有笼罩到她的头上，当时的她不但活泼，而且可爱。她虽然觉得这个男生的和弦弹得乱七八糟，不过唱出来的歌词却很是有趣，禁不住就站在那里问了一句："她答应你了吗？"

柯小田朝下面一看，只见一个皮肤白皙、有着两颗小虎牙的可爱女孩子正笑吟吟地看着他，心里面顿时一震，连忙扔下手上的吉他就朝楼下跑去。

"你好，我叫柯小田。"

"嘻嘻！你不是在歌词里面唱到了自己的名字吗？对了，你唱的这首歌叫什么？"

"没有歌名，是我同学的吉他，我不大会弹，唱着玩的。"

"那个女孩答应你了吗？"

"我瞎编的。不过我现在真的见到她了，她就在我面前。"

两个人就这样认识了，然后恋爱。后来，夏晴还特地送了柯小田一把吉他。虽然柯小田一直没有学会，总是胡编乱造一些歌词唱给她听，却带给她许多的欢乐和感动。

再后来，因为舅舅、姨妈的先后去世，夏晴的情绪也因此变得阴郁起来，那把吉他就一直挂在书房的墙壁上，再也没有拿下来。

此时，夏晴听柯小田忽然提起当年的事情，久违的初恋的甜蜜感顿时涌上心头，情绪也就不再那么激动了，问道："你问我这个干吗？和我爸的事情又有什么关系？"

柯小田道："一直到现在我都还记得，当时第一眼看到你的时候那种怦然心动的感觉。由此我就想到你爸爸现在的心境。小晴，你爸爸这辈子真的很不容易，而且他现在才50多岁，今后的日子还很长。我就想，既然他已经喜欢上了那个女人，我们就应该遂他的心意才是，这其实也是我们做儿女的一种孝顺不是？"

夏晴沉默了许久之后才说道："小田，也许你说的是对的，但是我始终过不去心里面的那道坎。"

柯小田暗暗松了一口气，点头道："从我今天去见那个女人的情况看，他们两个人的事情能不能成还是一个未知数呢。小晴，你爸又不是小孩子，有些事情你不要再去管了好不好？"

夏晴皱眉道："我忽然想起来了，那个女人看上去才30多岁，你说她为什么会看上我爸？"

柯小田纠正道："是你爸看上了人家好不好？"

夏晴摇头："如果那个女人同意了，肯定就是别有所图。"

柯小田禁不住笑了起来："你爸有什么值得人家图的？"

夏晴道："当然是我爸的房子，除此之外，好像还有十几万元的存款。"

柯小田笑了笑说道："她一个离了婚又带着孩子的女人，想找个依靠难道不是一件很正常的事情吗？"

柯小田确实是这样想的，不然的话他当时就不会拿岳父的经济条件去说服肖亚燕了。

夏晴却说道："我就是怕我爸上当受骗。"

柯小田发现夏晴的想法已经改变了许多，说道："根据我的观察，肖亚燕应该不是你以为的那种女人。"

夏晴不以为然地道："小田，如果你说自己的医学知识如何丰富、如何扎实我会相信，但看人的眼光嘛就不大好说了。"

这倒是。这些年来自己大部分的时光都是在大学校园里度过的，最缺乏的就是社会经验。而且今天那个女人好像也是在自己说出了岳父的经济条件之后才改变了态度。柯小田想了想:"没事,抽空我去提醒一下老爷子就是。"

夏晴叮嘱道:"你一定要记得去提醒他。"

第八章
长达一年的慢性腹泻

赵文凯是县工商局的一名普通职工，妻子是幼儿园老师，两个人结婚后第二年就生了个白白胖胖的儿子，取名赵元朗。

小元朗在8个月的时候就莫名其妙地开始腹泻，一天下来要拉肚子两三次，夫妇俩连忙将孩子送去县医院儿科做检查。医生说很可能是吃坏了肚子，就给孩子输了抗生素氧氟沙星。

赵文凯以为是奶粉的问题，就借工作之便去那家卖奶粉的商家找麻烦，没想到人家不但拿出了合格产品的全套证明，还不依不饶地跑到赵文凯的单位去讨要说法，造成了很不好的影响，单位对他进行了严厉的批评，并对他做出了停职反省的处理。

在县医院连续几天输液下来，孩子的腹泻却没有任何的好转。医生说："可能是慢性肠炎，这个病有些麻烦，可能是肠道菌群失调引起的，目前西医对这种疾病没有什么疗效，最好是去看中医试试。"

于是赵文凯就带着孩子去了县中医院。中医院的医生也说孩子的情况属于慢性肠炎，需要慢慢调养。医生在开了几服中药后建议道："肠道菌群失调最好多给孩子吃酸奶，最好是里面有益生菌的。"

赵文凯家里有一个小院，就在县城主街道旁边。县里面正准备搞旧城改造，这个小院今后的拆迁补偿款将是一个不菲的数字，他心想反正在单位混不出个头来，还不如辞职算了。

孩子病成这样，家里确实需要有人照顾。妻子也同意丈夫的想法。

辞职后，赵文凯天天在家里给孩子熬中药，还去超市买来了富含益生菌的酸奶，可是孩子的情况依然如故，天天腹泻不止。

赵文凯的母亲有些迷信，提醒道："你和这孩子是不是撞了邪？不然的话你怎么会莫名其妙就被处分了，孩子还生了这种奇奇怪怪的病，要不你去请法师看看？"

俗话说"病急乱投医"，赵文凯觉得母亲的话很有道理，于是就带着孩子去了距离县城不远的山上的那座道观。

道观里面的一位道士听了孩子的情况后说道："这孩子不是撞了邪，是名字没取好。"

赵文凯道："当初我给孩子取名字的时候可是查了书的，书上说'赵元朗'三个字，天、地、人三才俱全，非常吉利呢。"

道士说道："单就这个名字而言，确实是立业兴家、福禄丰厚的吉象。然而正因为这个名字实在是太好了，普通人根本就承受不起。"

赵文凯顿时就不高兴了："哪里还有这样的说法？"

道士似乎看透了他此时所想，肃然问道："历史上也有个人叫赵元朗，你知道他是谁吗？"

赵文凯茫然摇头。

道士笑了笑说道："古代人取名不但有名还有字。宋朝的开国皇帝赵匡胤，他的字就是'元朗'，所以赵匡胤也叫'赵元朗'！还有，你知道赵匡胤是怎么死的吗？"

赵文凯再次茫然摇头。

道士嘿嘿笑着说道："有个典故叫'烛影斧声'，说的是宋太祖赵匡胤大病，召见他的弟弟晋王赵光义议事，有人远远看见烛光下赵光义的影子晃动，还听到斧子戳地的声音。就在当天晚上，赵匡胤暴病而亡，后来赵光义即位。你想想，赵匡胤可是皇帝，连他都承受不起这个名字，你家孩子生出这样的怪病也就不奇怪了。赶快把孩子的名字改了吧，否则恐怕性命不保。"

此时赵文凯已经完全相信了道士的话，连忙道："那，能不能请您帮我家孩子重新取个名字？"

道士故作沉吟："这个嘛……"

赵文凯顿时醒悟过来，将身上差不多一千块，全部拿了出来朝道士递了过去："今天我身上只带了这么点，等孩子的病好了，我再来向法师还愿，到时候一定好好感谢您。"

道士接过钱去，缓缓说道："人生在世，追求的无外乎'功名利禄'这四个字。官场诱惑太多，还不如利禄在身，富贵一生的好——我给你家孩子取名'元宝'，你看如何？"

县城是个小地方，过来过去都是熟人。赵文凯通过关系，很快就将孩子的名字改了过来，本以为接下来孩子的病情会慢慢好转，却不承想越来越严重，不但每天腹泻的次数增多，而且越来越消瘦。

赵文凯只好带着孩子再次住进了县医院的儿科病房。医生知道孩子改名的事情后批评道："这不是胡闹吗？疾病的发生、发展都是有根源的，要相信科学才是。"

孩子在县医院住了近半年，病情依然没有好转，而且体重持续下降。主管医生对赵文凯说道："我建议你们去省城的医院看看，看他们有没有办法治好你们孩子的病。"

> 患儿男，1岁8个月。患儿1年前无明显诱因出现腹泻，黄色稀水样便，无黏液和脓血，大便每日2～3次，无发热，无恶心呕吐，就诊于当地医院，经过西医和中医治疗后无好转，近6个月体重下降3千克。门诊以"慢性腹泻"将患儿收治入院。

面对这个患儿的情况，柯小田也感到头疼。

苏雯将县医院的病历仔细阅读了好几遍之后，问柯小田："你高中的时候一定做过许多数理化习题，你总结过解题过程中的逻辑吗？"

随着大学生就业越来越困难，比较好找工作的医学专业也变得越来越吃香，高考录取线节节升高。即使是在10年前，国内知名医学院校的录取分数也不比北大、清华低多少，更何况极其稀少的儿科专业，柯小田能够考上当然是因为学习成绩优秀。他回答道："数理化的解题方法一般有排除法、递推法、假设法……"这时候他的心里面忽然一动："苏老师，您的意思是，数理化的解题方法其实也可以应用到临床诊断上来？"

苏雯道："不是应用，诊断和解题的逻辑本来就是一样的。比如排除法其实就是我们在临床诊断过程中经常采用的鉴别诊断。递推法是由已知向下分析并寻找未知，也是通过表象发掘本质的过程。比如某个患者出现的临床症状是腹痛，那么我们接下来需要解决的就是找出他腹痛的根源究竟是什么……"

柯小田恍然大悟："好像还真是这样。"

苏雯微微一笑，继续说道："我们在递推的过程中，必须保证每一步都要脉络清晰、准确无误，尽量将所有的必要条件都找到。比如，造成患者腹痛症状的疾病有很多，包括腹膜炎、急性胆囊炎、急性阑尾炎等炎症性疾病，胃穿孔、肠穿孔等腹腔脏器穿孔，肝脏肿瘤、卵巢肿瘤、宫腔肿瘤或接近腹膜的腹部占位、肿瘤性疾病，重金属中毒以及肠扭转、卵巢蒂扭转等。我们必须根据患者的具体情况对这样的一些可能一一加以分析，最终才能够获得正确的结论。"

柯小田已经完全理解了，连忙问道："那么，假设呢？"

苏雯说道："假设是一种创造性思维方法。假设不是胡乱猜测，而是在已知的基础上对未知的一种初步判断。比如某个病人主诉左上腹部肿块多年，近来腹胀，我们首先想到的可能是肝硬化、脾大。这是根据肝硬化多有脾大与腹胀的已知规律，加上病人主诉腹部肿块与腹胀做出的假设。在临床实践中，所有在诊断结论的末尾注明问号的，都可以说是未经验证的假设，而假设在临床上最常见的应用就是治疗性诊断，也就是在假设的基础上先对患者进行治疗，如果治疗有效就证明这个假设是成立的。"说到这里，她看着柯小田："眼前的这个病例，或许我们就可以通过这样的方式获得正确的诊断。"

柯小田顿时激动起来："那我们开始吧。"

苏雯道："我们一步一步来。你先说说这个病例的基本情况和你的想法。"

柯小田整理了一下思路："患儿一年前开始出现不明原因的反复腹泻，其大便呈黄色稀水样，没有发现黏液和脓血，曾多次到当地医院检查，发现低钾血症，经过相应治疗效果并不显著；患儿在发病前身体健康，否认有过肝炎、痢疾、结核等传染病史，无药物、食物过敏史；否认家族性遗传病史；患儿体温、脉搏、血压等均正常，体重和身高明显落后于正常同龄儿。"说到这里，他停顿了一下，又说："一般来讲，患儿因为长期腹泻，出现体重、身高远低于正常同龄儿的营养不良，包括出现低钾血症的状况也很正常，可是从患儿的病历上看，当地医院曾经多次给其补钾治疗后情况并无改善，这就很难解释了。"

苏雯点头道："是啊，这确实是一个无法解释的问题。"

柯小田继续道："患儿长期腹泻，却并不是经常发热，患儿已经接近两岁，而且他的整体情况并没有糟糕到失去免疫力的程度，这又是为什么呢？"

发热是人体内白细胞在吞噬细菌或者病毒的过程中产生的一种症状，这其实是人体的自我保护机制在起作用。婴幼儿时期，一部分患儿因为免疫系统发育尚不健全，即使是在被感染的情况下也可能不会出现发热。除此之外，在身体状况特别差的情况下也可能出现这样的状况。

苏雯若有所思："也就是说，这个患儿的腹泻很可能不是因为感染引起的……那么，除了感染之外，还有哪些因素可以引起类似的症状呢？"

柯小田道："胆囊、胰腺的疾病造成的钾元素摄入不足。再比如由肾脏疾病引起的钾元素丢失过多，还有钡中毒、甲状腺功能亢进、糖尿病等导致的钾离子在体内分布不均等，还有——"

苏雯微微一笑："还有神经母细胞瘤。"

柯小田顿觉眼前一亮："对呀。神经母细胞瘤分泌大量的血管活性肠肽，从而造成慢性腹泻，而且这样的腹泻大多为水样便，造成营养不良、顽固性低钾血症。不过这种疾病在儿童中极为罕见……"

苏雯道："万一就是呢？所以相关的检查必须得做。嗯，那就先做一个腹部增强CT看看情况吧。"

CT是一种计算机断层扫描技术。增强CT主要用于观察患者腹部脏器结构是否正常，以及病变的部位，对患者腹部可能存在的炎症、血管病变，以及肝脏、胰腺及肾脏的肿瘤等都有着比较高的辨识度。

随着科技的迅猛发展，全自动生化检测仪随之出现，大多数辅助检查项目也就因此能够在较短的时间里得到结果，CT、核磁共振等更是直接而且快捷。就在当天下午，柯小田就拿到了患儿的主要检查结果：血常规未见异常，尿常规正常，大便常规正常；支原体、病毒抗体包括轮转病毒等多项病原抗体阴性；肝、胆、胰、脾、肾B超未见异常……看到这里，柯小田迫不及待地拿起了患儿的增强CT检查结果：左侧腹后壁类圆形肿块，大小约4.5厘米×4.2厘米，其内密度不均匀，见多发斑块状钙化。小肠受压向右侧移位，部分肠管积气扩张。

果然如此。柯小田的眼睛一下子就睁大了。

神经母细胞瘤是在胚胎时期因为神经嵴异常分化形成的肿瘤，恶性程度较高。这一类肿瘤的发病率较低，这也是当地医院一直以来没有确诊的根本原因。

赵文凯得知儿子患的是神经母细胞瘤后吓坏了："医生，这种病你们这里可以治疗吗？"

柯小田也知道了赵文凯去找道士的事情，说道："你孩子的这种情况只能通过外科手术治疗，而且越早做越好。但愿现在还来得及。"

赵文凯后悔莫及，忙不迭地去办理转科手续。

神经母细胞瘤不但恶性程度高，而且增长速度极快，普外科很快就安排了手术。患儿的愈后情况良好，柯小田这才暗暗松了一口气。

夏晴第一个疗程的抗乙肝病毒治疗终于结束了。她不想一个人去医院做检查，柯小田知道她对医院有心理阴影，就对她说："后天我值夜班，大后天我休息，到时候陪着你去就是。"

时间很快就到了柯小田休息的那一天，在两个人准备出发去往医院的时候，夏晴忽然忐忑起来："要是复查的结果还是有问题的话怎么办？"

　　柯小田轻松地道："继续治疗就是，反正我们还年轻，不差这点时间。"

　　夫妻之间很多时候男人的态度会显得特别重要。夏晴顿时不那么紧张了，她朝着柯小田妩媚一笑："如果真是那样的话，你就还得继续在书房里睡三个月。"

　　柯小田苦笑："其实根本用不着这样的，你就是不听。"

　　夏晴扑哧笑出声来："好吧，等检查结果出来后再说。"

　　上次柯小田去向黄主任咨询的时候，和他探讨的重点是在夏晴存在'大三阳'的情况下，如何阻断乙肝病毒传染给下一代的具体方案。接下来对夏晴进行抗病毒治疗的目的是降低她血液中乙肝病毒的浓度，以此最大限度地减少乙肝病毒通过血液进入胎儿体内的可能。

　　所以，这次夏晴复查需要做的主要是乙肝病毒基因检测。

　　乙肝病毒基因检测是用来检查乙肝患者体内的乙肝病毒数量、复制状况等最直接的指标，能够精确地判断出乙肝病毒在体内的复制、传染强弱程度。

　　复查的结果让夏晴感到惊喜："小田，我们是不是马上就可以要孩子了？"

　　柯小田也因此暗暗松了一口气，心想终于可以给父母一个交代了。他高兴地将夏晴揽在怀里："所以我们今天得去吃顿大餐好好庆祝一下。"这时候他忽然注意到了夏晴欲言又止的样子，试探着问道："要不，我们去看看老爷子？"

　　夏晴轻叹了一声，摇头道："还是算了吧。以后再说。"

　　提起父亲的事情，夏晴的情绪难免会受到一些影响，不过很快又沉浸在了已经看到的希望之中，她再次拿出那张检查报告仔细看了看，满脸憧憬地道："小田，看来上天果然很眷顾我们。"

儿科医生笔记 | 083

柯小田点头，提醒道："今后还是要注意，特别是等你怀孕到了中晚期，抗病毒治疗还需要继续才可以。"

夏晴问道："怀孕的早期不需要治疗？"

柯小田解释道："你目前的情况可以支撑到怀孕早期结束，乙肝病毒是通过胎盘传染给下一代的，怀孕早期胎盘还不成熟，而且在胚胎期使用药物的风险较高，容易引发胎儿的各种畸形，所以一般情况下，这个阶段不需要进行治疗。"

夏晴这下听明白了，又问道："那接下来我们还需要注意什么？"

柯小田道："继续备孕啊。虽然你的抗病毒治疗也是备孕的一部分，但孕前调理也是非常重要的。"

夏晴不禁有些沮丧："这么麻烦啊？"

柯小田笑了笑："其实也算不上什么麻烦，一方面是要注意饮食和营养，让身体一直保持健康的状态；另一方面对你来讲更要特别注意，那就是要随时保持愉快的心情。"

夏晴再次想到父亲的事情，轻叹了一声："我尽量做到。"

柯小田知道她的心结所在，心想，最近我得再去一趟老爷子那里才是。这时候他又想起一件事情来："你好像就是这两天来例假，是吧？"

在两个人结婚之前夏晴每次来例假的时候都会痛经。夏晴的痛经非常强烈，而且疼痛的范围延伸到了腰骶部和大腿内侧，让柯小田以为她的痛经是由盆腔里的器质性疾病所致，后来经过检查排除了相关的疾病后才知道她的痛经是原发性的。

夏晴深受痛经的折磨，当然就想搞清楚其中的缘由。柯小田向她解释道："女性在来月经的时候，子宫内膜会产生出一种叫'前列腺素'的激素，从而造成子宫剧烈收缩并缺血、缺氧，进而出现痛经。可能你的体质更容易产生较多的前列腺素，所以症状比其他人要严重许多。"

其实夏晴真正关心的是如何缓解这种疼痛："你是医生，有办法解决这个问题吗？"

柯小田笑了笑说道："最好的办法就是我们俩尽快结婚。"

当时夏晴一听，顿时满脸通红："你骗我的，是不是？"

柯小田正色道："我说的是实话。在我看来，痛经其实并不是一种病，而是女性身体得到完美进化的结果，这是你的身体在告诉你：你已经到了繁育后代的年龄了。"

幸好柯小田是医生，不然的话夏晴很可能会把"厚颜无耻"这个标签安在他的头上。而正是他的这番话才使得两个人的婚期提前到了他博士毕业之前。

此时，当夏晴听到柯小田问及自己这件事情的时候，不由得想起了过去的事情，瞪了他一眼后问道："你又想干什么？"

柯小田当然也记得当年的事情，笑了笑说道："计算你的排卵期啊，只要你保持身心健康，到时候我们就可以准备要孩子了。"

夏晴问道："排卵期怎么计算？"

柯小田惊讶地看着她："你不知道？"

夏晴道："我又不是医生，怎么会知道这样的事情？"

在柯小田看来，这并不是一个医学问题，而是作为女性都应该知道的生理常识。然而夏晴的反应又不像是在说笑，柯小田只好解释道："在月经周期正常的情况下，从下次月经的第一天开始算，倒数14天为排卵日，排卵日的前5天和后4天加在一起称为'排卵期'。排卵期成功受精的概率是最大的，我们从现在开始准备，争取到时候一举成功。"

夏晴在心里计算了一下："还有半个月，来得及吗？"

柯小田笑道："来得及。但是从现在开始你就要服从我的安排，每天营养饮食、早睡早起，更要保持心情愉快。"

这时候夏晴忽然想起一件事情来："小田，你爸妈可是希望我们生个男孩子的。"

柯小田暗暗惊讶："你是怎么知道的？"

夏晴撇嘴道："上次你爸妈来的时候，老是在我面前说你中学同学谁谁谁的孩子多大了，谁谁谁生了双胞胎。你妈更过分，一边夸我身材好，同时又说我是生儿子的面相……你说，生男生女是能够从面相上看得出来的吗？"

柯小田苦笑："别管他们。有句话是怎么说的？这个世界上的每一个孩子都是上天赐给父母的最好的礼物。所以啊，这件事情还是顺其自然的好。你觉得呢？"

夏晴道："我就担心到时候我生了女孩，他们又跑到我面前来念叨。"

柯小田笑道："男孩的Y染色体在我身上呢，到时候我向他们解释去。"

为了确保夏晴在备孕期间保持稳定的情绪，柯小田觉得应该再去和岳父好好谈一下，毕竟夏晴和老爷子父女连心，要是哪天两个人遇上再次发生矛盾的话就麻烦大了。

"爸，我和小晴准备要孩子了。"柯小田和岳父一见面就直接说道。

夏致力愣了一下，脸上瞬间堆满了笑容，喜悦之情表露无遗："这是好事情啊。"

见岳父如此大度，柯小田反倒有些不大好说出后面的话来了："爸，我有些担心小晴和您又发生上次那样的事情……"

夏致力摆手道："我是她爸，不会和她计较的。"

柯小田连忙道："爸，我说的不是这个。您也知道，其实小晴的心里面一直都是记挂着您的，现在我们马上就准备要小孩了，说不定她一高兴就会再来看您，但是我又担心你们一言不合再次争吵起来。"

夏致力顿时就不高兴了："每次都是她先惹事、先发火好不好？"

柯小田尴尬地道："我知道，确实是她不对。我的意思是说，最近是特殊时期，如果真的出现了那样的情况，您就让着她，别让她太生气。"

夏致力叹息了一声："明白了，我尽量忍吧。"

柯小田知道自己的这个请求对岳父很不公平，歉意地道："爸，谢谢您。"

对于这样的事情，柯小田当然明白"一个巴掌拍不响"的道理，回去后就将自己去找了老爷子的事情对夏晴讲了。

夏晴并没有责怪他："我还真的准备过去一趟呢……咦？你是怎么知道我有这样的想法的？"

柯小田笑道："我是学医的，心理学也是必修课呢。"

夏晴禁不住笑了起来："原来是这样，我还以为你天生就是个暖男呢。小田，你们学医的学心理学干什么？"

柯小田道："有这样一个数据：据统计，95%的癌症患者是被吓死的。再比如疑病症，有的患者其实什么毛病都没有，但他们总觉得身体不舒服，遇到这种情况，医生就给他输生理盐水，却告诉他这是针对他这种疾病的特效药，结果患者那些所谓的症状很快就消失了。由此可见，很多时候病人身体的疾病往往是由心理引起的，除此之外，医生和患者之间的沟通也需要心理学知识。"

夏晴羡慕地看着他："要是我也能够懂这些就好了，到时候专门创作一部医疗方面的电视剧剧本，一定会大火。"

柯小田笑道："我从大学本科到现在一共学了十来年的医学，你想要懂得这些似乎有些困难。俗话说'术业有专攻'，你还是先写你自己熟悉的东西吧。对了，小晴，你要去老爷子那里可以，但是不要再像以前那样和他吵架了。"

夏晴点头："不吵了，我最近一直在想，反正那是他自己的钱，只要他高兴就好，即便他的钱被人家骗光了，我们养他就是。"

柯小田发现，自从上次去医院复查之后，夏晴的心态发生了很大的变化。他高兴地道："小晴，你这样想就对了。"

第二天早餐的时候，夏晴告诉柯小田她想今天就去父亲那里。柯小田还是不大放心："这样吧，等上午下班后我陪你一起去，我们俩去那里吃中午饭。"

夏晴也担心到时候控制不住自己的情绪："这样最好。"

对内科住院部的医生和护士来讲，除了抢救病人的时候，每天上午是最忙的。医生要查房、开出当天的医嘱，接下来护士们就忙着去执行医嘱。如果遇到有新病人入院，可能整个上午的时间还不够用。

这天的情况也是这样。当柯小田忙完了所管病床患儿每天的常规工作后，已经是上午10点半，随后有两个患儿家长来找他询问孩子的病情，待他耐心解答完毕之后就到了下班的时间。

夏晴早就到了医院大门外，不过她并没有在那里傻傻等候，而是去了附近的步行街逛商场。

柯小田和夏晴会合后，发现她手上提着一袋东西，随口就问了一句："你买的什么？"

夏晴回答道："我给我爸买了一套西装，还有一条领带。他现在身上穿的质量太差了。"

柯小田感叹道："都说女儿是父亲的小棉袄，要是我们能生一个女儿就好了。"

夏晴禁不住就笑："要是生个像我这样的，到时候气死你。"

柯小田将她轻轻抱住："我知道，你心里面一直都在关心着你爸，只不过以前在方法和方式上有些问题。"

第九章
48小时内的急救

汤勇每天都期盼着早点下班，然后回家抱着孩子玩。

即将满一岁的儿子正在牙牙学语，而且对什么事情都十分好奇。每当孩子被汤勇逗乐的时候，发出的笑声格外动听。有时候他就想，人生最大的幸福或许就是如此吧。

这天傍晚，汤勇下班后急匆匆地回了家，一见到儿子就抱了起来，亲吻着孩子的脸："儿子，想我没有？"

孩子发出的动听笑声让他的整个心都融化了。

自从有了这个孩子之后，夫妻二人就很少同时吃饭了。汤勇体谅妻子带孩子辛苦，随便扒拉了点东西下肚后，就去卧室里面将妻子替了出来，然后拿起一本童话书开始绘声绘色地给孩子讲起了故事。

如果是在以往，孩子一定会高兴得手舞足蹈，可是这天汤勇却发现孩子有些异样，不但对他讲的故事毫无兴趣，还时不时地皱眉头。

汤勇问正在吃饭的妻子："孩子不应该在这个时间点睡觉吧？"

妻子道："怎么了？刚才不是还好好的吗？"

汤勇一边观察着孩子一边说道："以前我讲故事的时候他总是兴高采烈的，今天他怎么一点都不感兴趣？"

妻子道："可能是刚刚吃了东西……"她的话音还没有落下，就听到孩子忽然大声哭闹了起来。她连忙放下碗筷就朝孩子跑去："真是的，连个孩子都带不好。"

汤勇连忙解释："我什么都没做啊。"

妻子将孩子抱了起来："噢，噢，乖乖别哭，乖乖最听妈妈的话了。"她轻言细语安抚了好一会儿，可是孩子的哭喊依然没有停止。

汤勇问道："是不是刚才没吃饱？"

妻子道："怎么会呢，孩子每天每顿饭都是定量的。"

汤勇又问道："是不是拉屁屁了？"

妻子打开孩子的纸尿裤看了看："没有啊……"她将手贴在孩子的额头上："好像没发烧，也应该不是生病了。"

正说着，孩子忽然将刚刚吃下的东西都吐了出来。汤勇见状连忙道："不行，得马上带孩子去医院看看。"

> 患儿男，11月20日龄，不明原因的突发性腹痛，哭闹不安。其间，出现过呕吐。急诊以"腹痛原因待查"将患儿收治入院。

腹痛是儿童疾病中最常见的症状之一。

引起小儿腹痛的原因很多，比如急性胃炎、胃肠炎、胃肠型感冒等内科疾病，也可能是急性阑尾炎、胃和十二指肠溃疡合并穿孔等外科疾病。除此之外，还可能与患儿的情绪、天气变化导致肠蠕动过快等因素有关。

其实腹痛和发热一样，都是机体的一种自我保护机制。

这天夜班的柯小田见到这个患儿的时候，孩子并没有哭闹，而是正处于酣睡的状态。

柯小田："急诊病历上不是说这孩子哭闹得厉害吗？"

汤勇："刚才在楼下的时候还在哭呢。从今天晚上7点多开始，孩子就一直哭闹。在来医院的路上停歇了一会儿，到门诊后又开始哭闹了。"

柯小田:"孩子哭闹的时间有多久?中间停歇的时间又有多久?"

汤勇:"哭闹的时间大约有20分钟,然后就安静了,过了10分钟左右又开始了。"

柯小田:"急诊病历上说孩子还出现过呕吐?"

汤勇:"呕吐过两次。"

柯小田:"吐出来的是什么样的东西?"

汤勇:"就是晚上吃的东西,不过颜色是黄绿色的。"

柯小田:"孩子最近的大小便正不正常?"

汤勇将目光看向妻子。妻子回答道:"没有发现什么特别的情况。"

柯小田正询问着患儿家长,这时候孩子忽然就哭闹起来,脸色变得苍白,而且身体呈现出非常特别的屈膝缩腹样体姿。

面对这样的情况,柯小田不可能再继续询问病史。考虑到患儿是以阵发性剧烈腹痛为主要症状,他即刻开始检查患儿的腹部。

很快,柯小田就在患儿的右上腹部触摸到了一个长条形肿块。这一刻,他一下子就有了初步的判断,即刻戴上塑胶手套开始检查患儿直肠内的情况。

因为肛门受到刺激,当柯小田检查完将手指退出来的时候孩子马上就大便了。患儿的大便上附着一缕鲜红,他即刻对夜班护士说道:"马上带孩子去做一个腹部B超。"

汤勇忐忑地问道:"医生,孩子究竟是什么情况啊?"

柯小田道:"有可能是肠套叠,得做B超最终确定。"

汤勇愣了一下,问道:"肠套叠是什么?"

柯小田用手比画着,同时解释道:"就是一段肠管套入远端相邻的肠管腔里面,典型的症状就是腹痛、果酱样大便以及腹部包块。"

汤勇连忙问道:"那怎么办?"

柯小田道:"需要等B超检查结果出来。"

待夜班护士带着患儿离开后,柯小田即刻给普外科打去了电话:"我这里刚来了个患儿,怀疑是急性肠套叠。麻烦你们过来看看。"

普外科的夜班医生很快就来了，问道："患儿呢？"

柯小田道："做B超去了，很快就回来。这个患儿近1岁龄，阵发性腹痛，每次持续20分钟左右，间歇大约10分钟再次发作。其间，出现过呕吐，根据患儿家长的描述，呕吐物中很可能含有胆汁。我刚才给患儿查体发现其右上腹腊肠样的包块，包块表面光滑，而且并不柔软。直肠指检的过程中还发现了血便。"

外科医生听后点头道："那十有八九就是急性肠套叠了，如果情况不是特别严重的话，通过灌肠复位还来得及。"

柯小田道："我也是这个意思，只能麻烦您了。"

这时候外科医生忽然想到了一个问题："奇怪，按理说，腹部包块很容易被触及啊，急诊科应该将这个患儿送到我们那里才是。"

柯小田道："急诊病历上没有记录患儿的腹部存在包块的情况，估计当时肠套叠还没有完全形成。"

两个人正说着，夜班护士带着患儿和B超检查的结果回来了。B超结果显示：患儿腹部包块横断面扫描可见同心圆肿块图像，纵向扫描呈套筒征；肠道其他部位未见异常。

同心圆肿块图像，纵向扫描呈套筒征，都是B超对肠套叠特征性的描述，最后的诊断也因此得以确定。

一般来讲，如果肠套叠发生在48小时以内，患儿全身情况良好，无明显脱水及电解质紊乱，灌肠复位是最佳的选择。柯小田看了看检查单后面的诊断，对外科医生说道："接下来就麻烦您给患儿的肠道进行复位吧。"

肠套叠大多为原发性。由于婴幼儿回盲部系膜尚未完全固定，所以活动度比较大，容易造成一段肠管套入远端相邻的肠管腔内，从而形成肠套叠。肠套叠形成之后，使得肠内容物通过受阻，引起肠痉挛，表现出阵发性的剧烈腹痛。

肠套叠复位术一般采用空气灌肠，因为空气比液体的密度低很多，不容易因为压力过大造成肠道的损伤。

柯小田对患儿肛门进行消毒后，对外科医生说道："准备好了，您开始吧。"

外科医生问道："你以前做过灌肠复位术吗？"

柯小田道："我读本科期间在外科实习的时候，在带教老师的指导下做过一次。正因为没有把握，所以才把您给请了过来。"

外科医生笑了笑说道："灌肠术并不复杂，还是你做吧，我在一旁看着就是。你总不能今后遇到这样的情况都叫外科医生来吧？"

柯小田心想也是。如今空气灌肠复位采用的是自动控制压力的结肠注气机，不需要过多人为控制，操作的过程风险小了许多。于是他对外科医生说道："那行，麻烦您在旁边仔细看着点，如果有什么操作不当的地方就马上提醒我。"

外科医生道："你大胆去做就是。"

柯小田不再多说什么，随即将专用导管插入患儿的肛门，一边注入气体一边从旁边的显示屏上观察着肠套叠肿块的影像："怎么没多大变化？"

外科医生道："套叠得比较厉害，可以稍微将气门开得大一些。"

柯小田点头。很快地，影像上套叠的部位就开始慢慢向回盲部退缩，直至完全消失。

这时候就听到患儿的腹内传来了"咕噜咕噜"的气过水声，而且其腹部中央突然隆起。外科医生连忙道："可以了，这样的情况说明肠套已经复位。"

柯小田缓缓将导管取出，笑道："想不到这么容易就复位了。"

外科医生看着他："像你这样举重若轻的内科医生可不多见，当年你没有选择搞外科有些可惜了。"

柯小田觉得他是在变相地鼓励自己："您千万别这样说，我有几斤几两自己清楚得很。"他感激地道："麻烦您了，您早点回去休息吧。"

"休息不了。今天晚上刚刚上班不久就做了一台急性阑尾炎手术，搞不好半夜的时候还要爬起来。"外科医生苦笑着道。他看了看治疗台上已经熟睡的患儿："这个孩子运气不错，幸亏遇到了你，如果再晚一些才被确诊的话，结果就难说了。"

柯小田认同他的这句话。肠套叠继续发展下去就可能导致肠坏死，接下来患儿需要面对的就是"伤筋动骨"的大手术了。

常说中华民族是这个世界上最能吃苦耐劳的民族，其实我们在对待孩子的事情上更是如此。柯小田处理完这个患儿后，已经是凌晨两点多，当他从病房过道走过，看着那些匍匐在简易病床上酣睡的患儿家长们的时候，心里面感慨万千。

经过灌肠复位术后，患儿再也没有哭闹，一直到柯小田第二天早上交班后还在酣睡。看着孩子白白胖胖的可爱样子，柯小田的心里面充满成就感。

处于备孕期的女性，除了要养成良好的生活习惯之外，还需要营养均衡的饮食。夏晴完成了第一个疗程的抗乙肝病毒治疗之后，柯小田就精心给她制定了一份营养食谱。

对备孕阶段的女性来讲，适当补充铁、碘元素以及叶酸是非常重要的，因为铁元素具有造血、运输和携带营养物质的重要作用；碘可以促进维生素的吸收和利用，对胎儿生长发育有利；叶酸缺乏有可能会造成贫血，而且目前的医学科学已经证实，怀孕早期叶酸缺乏是胎儿神经管畸形的重要原因。

作为医学博士，柯小田早已培养出事事搞清楚其中原理的专业精神，这样的专业精神当然也会润物细无声地影响到他的行为习惯。正因如此，他做的各种菜肴味道越来越好。夏晴也从中学到了不少诀窍，每天在家里按照他制定的食谱精心烹调。

因为满怀希望与期待，夏晴的心境有了很大的改变，如今她基本上扔下了剧本的写作，将大部分的精力花在了阅读各种育儿书籍上面。除此之外，她还经常去父亲那里做饭、做家务。

总之，一切都开始变得美好起来。

夏晴最喜欢柯小田做的水煮肉片。这道菜的做法是先将蔬菜用白水煮熟，然后用炒家常肉片的方法将肉片炒到半熟，加入适量的水煮两三分钟后倒在煮好的蔬菜上面，最后的一道工序是用热油炒制花椒和辣椒，然后倒在肉片上即可。

因为这道菜不但麻辣开胃，而且荤素搭配合理，夏晴特别喜欢。不过这天晚上她将肉片换成了猪肝片，下面的垫菜用的是含铁比较丰富的菠菜。

柯小田吃了一口后，赞不绝口："进步很大，基本赶上我的水平了。"

夏晴也知道自己的问题出在了什么地方："做最后一道工序的时候火大了些，把花椒和辣椒都给炒煳了。"

柯小田笑道："煳了反而更香。"这时候他忽然注意到夏晴欲言又止的样子："你怎么了？"

夏晴还是犹豫了一下："小田，过两天我想再去复查一次，你觉得有没有这个必要？"

柯小田一下子就紧张了起来："你是不是感觉到了什么地方不舒服？"

夏晴摇头道："这倒是没有，不过我心里面还是有些不大放心。"

柯小田顿时松了一口气："既然是这样，那我就陪着你再去复查一次吧。"

其实柯小田也知道，夏晴完全是心理上的问题，所以他并没有阻止。

复查的结果和上次差不多，这才让夏晴完全放下心来。不过接下来她又生出了新的想法："小田，你说我们俩这样，到了我的排卵期后开始同房，是不是太刻意了？"

柯小田有些蒙："那你的意思是？"

夏晴道："你不是说孩子的事情最好是顺其自然吗，我的意思是，如果能够浪漫一些，岂不是更好？"

柯小田这下明白了，笑着说道："这还不简单？到时候我们利用周末的时间出去旅游一趟就是。"

夏晴高兴地问道："你觉得我们去哪里最好？"

柯小田道："你心情愉快才是最重要的，这件事情你说了算。"

时间一天天过去，有几天夏晴特别爱吃水果，甚至到了把水果当成主食的程度，柯小田及时发现了这个问题，劝阻道："你这样可不行，水果怎么能够当饭吃呢？"

夏晴道："水果是好东西啊，富含维生素，我也很喜欢吃。"

柯小田指着桌上的那些水果："你看你吃的这些，苹果、柿子、哈密瓜、葡萄、冬枣，都是含糖量特别高的水果，如果长期摄入，今后很可能会引发妊娠糖尿病的。"

夏晴惊讶地问道："真的会吗？"

柯小田点头："任何事情都要有个度，再好的东西一旦太多反而会变成坏事。我们的老祖宗不是说过'物极必反'这样的话吗？所以，合理饮食才是最正确同时也是最重要的。什么叫合理饮食？就是食物不要单一，要尽量做到营养均衡。除此之外，还要远离腌制食品，方便面、西式快餐等垃圾食品。对了，今后在热菜的时候要尽量少使用微波炉。"

夏晴不解地问道："不是说微波炉对人体基本无害吗？"

柯小田解释道："微波炉很容易破坏掉食物中的亚麻酸和亚油酸，而这两种东西都是我们人体必需而且是最缺乏的优质脂肪酸，它们在孕育宝宝的过程中非常重要。"

夏晴不满地道："这也不能吃，那也不能吃，我都不知道该怎么办了。"

柯小田指了指墙上自己拟定的菜谱："坚持按照这个来就是了。对了，从现在开始要少吃辛辣的食物，尽量清淡饮食，多吃蔬菜。蔬菜里面的维生素足够了，水果适量就行。"

夏晴道："我听说，多吃水果今后孩子的皮肤才会更好。"

柯小田哭笑不得："孩子的皮肤是由遗传决定的，和水果关系不大。"

夏晴这才完全接受了他的意见："那好吧，我都听你的。"

其实柯小田也非常注重自己的生活习惯，在医院饭堂吃饭的时候尽量避免脂肪含量高的肉类、动物内脏以及油炸食品。除此之外，他每天上下班的时候都是跑步去地铁站，周末的时候还会带着夏晴去爬山，呼吸新鲜空气。

因为满怀期盼，也因为过于注意备孕期间的许多细节，时间过得有些慢。随着夏晴每天在挂历上的标注，她的排卵期终于到来。

"想好了没有，这个周末我们去哪里？"柯小田问道。

"要是我们有辆车就好了，可以自驾出去玩两天。"夏晴遗憾地道。

"总有一天会有的。"柯小田安慰道，"你的意思是，这次你想去的地方距离省城有点远？"

"主要是你的时间太有限了，不然的话我真的很想和你一起出去旅游一段时间。"夏晴还是觉得遗憾。

柯小田想了想："我倒是有个想法，要不我们去我小时候生活过的地方吧。"

夏晴问道："就是你爷爷奶奶以前住的那个地方吗？"

柯小田点头："对，那个地方也很美，而且非常清净。"

夏晴有些犹豫："可是我还没有怀上孩子呢，就这样去见你爸妈不大好吧？"

柯小田道："没事，让他们早些知道这件事情也好。"

因为一直没有要孩子，夏晴心里面对公公婆婆有些畏惧。不过现在的情况不一样了，毕竟一切都将会改变。她点头道："那好吧。"

两个人已经有3个多月没有同床，经过最近一段时间的保养之后，夏晴的肌肤更加白皙，性格也比以前温柔了许多。柯小田已经按捺不住内心的冲动："小晴，从今天开始我们可以睡在一起了吧？"

夏晴等这一天也很久了，顿时觉得全身都在发热："那我们就先去洗了，早些睡吧。"

儿科医生笔记 | 097

为了充分利用好这个周末的时间，柯小田周五下班后就和夏晴一起坐上了去往老家的长途汽车。

柯小田的父母住的是单位的集资房，自从儿子上大学后，家里三室一厅的房子就显得空荡荡的，不过多年来也慢慢习惯了。然而，当田宁打开门见到儿子儿媳的一瞬间，还是惊喜万分："儿子，小晴，你们怎么回来了？"

柯小田一边进屋一边对母亲说道："我们还没吃晚饭呢，都快要饿死了。妈，先给我们弄点吃的吧。"

见到儿子、儿媳回来，柯文伟也很高兴，问道："怎么不提前给家里说一声？"

柯小田道："我们是临时决定的，一是想回来看看你们，二是准备陪着小晴去爷爷奶奶以前住的地方走走、看看。"

柯文伟更关心的还是抱孙子的事情，不管不顾地就当着夏晴的面问道："那你们俩准备什么时候要孩子？"

柯小田笑道："一切都准备好了，正准备要呢。"

柯小田是医生，这样的话从他的嘴里说出来很正常，也很自然，不过夏晴就有些不好意思了，一张脸顿时变得通红。

柯文伟大喜："真的？太好了。"他激动地朝着厨房里面的妻子大声道："田老师，你听到没有，我们很快就可以抱孙子了！你多弄几个菜，让儿子陪我喝几杯。"

柯小田哭笑不得，连忙道："爸，我们在备孕呢，不能喝酒。"

柯文伟愣了一下，点头道："好，不让你喝酒，我自己一个人喝。"

这天晚上，柯小田的父母因为儿子、儿媳的到来忙得团团转，过了午夜依然兴奋得睡不着觉。

躺在自己中学时期睡过的这张床上，柯小田深深地嗅闻着从床单和被单传来的熟悉的气味，喃喃道："还是家里好啊。"

夏晴问道："你以前躺在这张床上的时候，有没有想过有一天和你一起回来的那个人是我？"

柯小田道："当然想过，不然的话那天我在阳台上唱歌的时候，怎么会刚好被你给听见了？"

夏晴听了很高兴，幸福地问道："你的意思是说，我们俩能够在一起完全是因为缘分？"

柯小田道："不仅是缘分。在我看来，这个世界上根本就没有如果，所有的一切都是必然，包括我们即将到来的孩子。"

夏晴不大明白他的意思："为什么这样说？"

柯小田道："就好像是此时此刻我们俩正躺在这张床上一样。存在，出现了就是必然。其实，生老病死也都是如此。"

夏晴问道："如果我们俩这次没打算到这里来呢？"

柯小田笑道："问题是我们已经在这里了。所以，这个世界上没有如果。"

夏晴似乎明白了："你的意思是说，一切都是上天注定的？你还是医生呢，怎么这么迷信？"

柯小田摇头道："不是上天注定的，是我们自己在决定。"

夏晴觉得柯小田有时候的想法很奇怪，不过此时此刻她并不想过多地去思考这样的问题，不但不合时宜，而且很无趣。她紧紧地将柯小田抱住："小田，我们真的会有一个健康的孩子吗？"

柯小田热烈地回应着："会的，也许今天晚上他就要来了。"

第二天早餐后，柯小田和夏晴就去了距离县城不远的古镇。本来柯文伟也想跟着去的，却被妻子给拦住了："人家小两口想去那里散心，浪漫浪漫，你跟着去干什么？"

柯文伟有些吃醋："得，我反倒成多余的人了。"

田宁道："他们正在备孕呢，你吃这样的干醋干吗？"

柯文伟一听，所有的不快瞬间就都没有了："走，我们去买一只大猪蹄子回来炖上，儿子最喜欢吃这个了。"

田宁提醒道："现在我们要多考虑小晴才是，今后怀孩子的又不是我们儿子。"

柯文伟懊悔道："可是我不知道小晴喜欢吃什么呀，早晓得刚才就

儿科医生笔记 | 099

应该问问她了。"

田宁笑道："老母鸡炖汤，大补，小晴现在肯定最需要这个。"

柯小田当然不清楚父母的那点小心思，他和夏晴一起出了家门后就叫了一辆出租车。古镇距离县城很近，不到半小时就到达了目的地。

出租车还没有进入古镇的时候，夏晴就已经看到了远处碧蓝天空下的白墙黑瓦，禁不住兴奋了起来："好像真的还不错呢！小田，这个古镇叫什么名字？"

柯小田也已经很久没有回到这个地方了，心里面也很是激动，回答道："桥头古镇。"

夏晴问道："为什么叫这个名字？"

柯小田回答道："一会儿你就会看到一座古老的石拱桥，石拱桥的那一边就是古镇，这个地方就得名于此。"

说话间，出租车就到了柯小田所说的石拱桥桥头，夏晴连忙叫司机停车："我们就在这里下车吧。"

两个人下了车，夏晴像小孩子一般蹦蹦跳跳地站在了石拱桥的桥头："小田，快给我拍照。"

在柯小田的记忆中，夏晴还是在和他谈恋爱的时候像这样活泼又可爱。以前的夏晴特别喜欢照相，每当见到一处适合照相的地方，就会在那里反复地、从各个角度留下自己漂亮的身影。

现在的夏晴也是如此。她在这座古老的石拱桥上照了十多张照片，还拉着过路的人给她和柯小田拍了好多张合影。这一刻，柯小田当然也是幸福的，他感觉自己仿佛回到了与夏晴热恋时候的甜蜜时光。

白墙黑瓦上那一道道岁月留下的斑驳，参天古木那被青苔覆盖着的树干，脚下坑洼不平的石板路……这里所有的一切在夏晴的眼里都是美好的。

古镇没有商业化，宁静中带着一种古老沧桑的气息。夏晴挽着柯小田的胳膊漫步在古镇的街道上，每当见到卖农具或者当地特色食品等的小店，她都会跑进去仔细打量一圈，遇到新奇的小玩意儿还会买下来，或者即刻坐下来品尝不曾吃过的各种小吃。当然，这一路也留下了不少的照片。

就这样，当到达柯小田爷爷奶奶曾经住过的小院的时候，两个人就已经吃撑了，而且手上还拿着各种各样的小物件。

小院坐北朝南，是一座面阔三间、砖木结构的平房。小院的外面有一棵遮天蔽日的黄桷树，因为少有阳光照射，地上铺满了一层青苔。柯小田从家里带来了小院大门的钥匙，用插销式的钥匙打开那把将军锁。夏晴迫不及待地跑了进去，看了看四周，惊讶地问道："怎么这么干净？"

柯小田道："可能是因为我爸经常来这里看看吧。"

夏晴逐一将里面的陈设摸了个遍："这椅子好像是金丝楠木的，这饭桌竟然是花梨木……小田，这里面的家具可都是老物件呢。"

柯小田在这里长大，却从未注意过这些细节，问道："你是怎么知道的？"

夏晴道："几年前我参加过一部古装电视剧剧本的创作，剧组的道具老师教我认过。"她的目光朝窗户看去："啧啧！现在可是很难找到这样的雕工了啊！"

柯小田道："这镇上不是到处都是这样的窗户吗？"

夏晴道："不一样的，先前我们在镇上看到的大多是最近几年仿制的，这房子里面的物件起码在百年以上。"她又去看了另外的两个房间，每当看到那些古旧家具的时候都禁不住啧啧赞叹："小田，千万别让你爸把这些东西给卖掉了，今后你有钱也很难买回来的。"

柯小田点头道："我给我爸说说这事。"

两个人在小院里面待了很久，离开的时候夏晴轻叹了一声，说道："这地方真不错，要是能够在这里住上一阵子就好了。"

柯小田道："以后吧，等以后有了时间，我一定陪你到这儿来住一段时间。"

夏晴妩媚地看着他："你说话要算数。不过我们再来这里的时候可能是三个人了。"

柯小田笑道："不是可能，而是肯定。"他将嘴唇贴到夏晴的耳边:"今天晚上我们继续努力。"

这时候夏晴忽然想起了什么:"小田,我昨天晚上好像做了个梦……奇怪,我怎么现在才想起来?"

柯小田凑趣地问道:"什么样的梦?你还记得吗?"

夏晴想了想:"好像是我到了一座大山里面,四周烟雾缭绕的,这时候我就看见了观音菩萨。观音菩萨指着她身旁那个白白胖胖的童男对我说:'我把他送给你……'"

慈云寺里的观音像旁边不就有那样一个童男吗?柯小田暗暗觉得好笑,问道:"然后呢?"

夏晴苦笑着说道:"然后我就记不得了。"

柯小田表情夸张地说道:"不得了啊,观音菩萨给我们送来的可是善财童子,今后我们家不知道会多有钱呢。"

此时夏晴也想起了上次去慈云寺见到的场景,扑哧一笑:"钱够用就可以了,我更希望我们的孩子一直健健康康的。"

柯小田点头道:"这就对了。"

两个人坐在小院外边的石沿上,柯小田回忆着自己小时候的那些趣事,夏晴听得津津有味,时间就这样静谧而又温馨地慢慢过去。

下午刚过5点,夏晴忽然听到从远处传来一阵阵悠扬的唢呐声,同时还有欢快的锣鼓声相伴,她一下子就站了起来,问柯小田:"这又敲锣又打鼓的,发生什么事情了?"

柯小田道:"这么喜庆的唢呐声,肯定是有人结婚。"

夏晴惊讶地道:"结婚不都是在中午吗?这都要到晚上了。"

柯小田解释道:"这个地方都是晚上结婚呢,我听说以前县城也是这样,不过后来就改成中午了。"

柯小田的话音刚落,夏晴忽然想起了什么来,激动地道:"我知道这风俗是怎么来的了。东汉班固所撰《白虎通义》里有过这样的记载:'婚者,谓黄昏时行礼,故曰婚。'想不到这地方还保留着这么古老的习俗。小田,我们去看看。"

可是就在这个时候,柯小田接到了母亲的电话:"快回来吃饭了啊，我和你爸在等着你们呢。"

柯小田歉意地对夏晴说道："这个地方的婚礼有很多讲究的，比如女方出娘家门、男方迎娶都有规矩，下次回来我们就住在这里，到时候你可以完完整整地去了解婚礼的整个过程。"

虽然夏晴觉得有些遗憾，不过她也不想让公公婆婆久等，说道："好，我们下次再来。"

第二天柯文伟和田宁带着儿子、儿媳到县城里的亲戚家走了一圈，夏晴觉得自己的脸都笑得有些僵硬了。柯小田低声对她说了一句："他们这是为了显摆。"

夏晴扑哧一笑："如果我们的孩子今后也成了医学博士，我也会显摆的。"

柯小田也笑："更多的是因为你这个漂亮儿媳。你没听见我妈到处夸你是编剧、文化人啊？"

夏晴笑得更欢了。

柯小田周一要上班，两个人星期天下午就返回了省城。离开的时候田宁拉着夏晴的手说道："今后有空了要经常回来。虽然你妈妈不在了，你也不用担心，到时候我和你爸就提前退休来给你们带孩子。"

因为婆婆的这句话，夏晴从小县城一路感动到了省城的家。

第十章
患罕见病的婴儿

宁海波是做销售的,一年四季在外奔波,当初与妻子结婚没几天就离开了家,回来的时候妻子已经有孕在身,又出差几次后女儿就出生了。

妻子对他不曾有过任何的抱怨。家里老老少少好几口人,房贷压力又那么大,需要这个顶梁柱多挣钱。

女儿的出生对宁海波来讲是一件大喜事,他决定在家里多待几天。

宁海波的妻子身体有些瘦弱,奶水不足,孩子出生后就在母乳喂养的基础上补喂牛奶。

也不知道是什么原因,孩子出生不到一周就开始腹泻。县医院的儿科医生看了后说:"孩子太小,各个器官,特别是胃肠道还没有发育完善,而小孩在生长发育过程中又需要更多的营养,东西吃多了,容易造成胃肠负担过重,从而导致腹泻。"

这个孩子从出生之后就特别能吃,只要嘴唇一离开乳头和奶嘴就哭。宁海波问道:"像这种情况怎么办?"

医生道:"给孩子输点氨基酸补充能量,增强一下体质,问题应该不大。"

孩子在县医院输液后的第二天就停止了腹泻,宁海波的心情一下子变得愉快起来。而就在这个时候，厂里面通知他南方的那批货出了些问题，让他马上去搞清楚具体是什么情况，能够协调就尽量协调，力争将损失降到最低。

宁海波出差后不久，孩子再次出现腹泻的情况。县医院儿科医生给孩子做了各种检查后还是那样解释，再次给孩子输液后情况又好转了。宁海波的妻子高高兴兴地将孩子抱回家，没想到第二天孩子又开始腹泻。医生建议让孩子住院治疗。

宁海波出差回来已经是两个多月之后，孩子依然间断性腹泻，幸好胃口还算不错，再加上医院天天给孩子输氨基酸等营养物质，基本上维持住了体重。

宁海波出差回来的第二天，妻子发现孩子的大便中带有血丝，医生检查后没有发现什么异常情况。一直到两天前，孩子忽然出现发热、咳嗽，宁海波这才意识到孩子可能被误诊了，当天就带着孩子去了省城。

> 患儿女，3月龄，自出生后一直间断腹泻，4天前患儿排便带血丝，2天前出现发热，伴咳嗽。门诊以"慢性腹泻待查"将患儿收治入院。

这是一个只有3月龄的婴儿，由于从出生就一直间断腹泻，造成体重严重不足，而且贫血貌非常明显。

柯小田从病史采集中得到了以下主要信息：患儿足月剖宫产，出生时体重、身长基本正常；出生后母乳喂养，排黄色稀糊状便，每天约10次，50天后加牛奶混合喂养，排黏液便，吃奶的过程中常有呛咳，偶伴呕吐；患儿未按时接种疫苗；出生后体重增长缓慢，一直间断性出现湿疹，呈周身分布；近半个月来吃奶量少，口服益生菌后腹泻不见好转；4天前患儿排便的时候出现血丝，2天前开始发热，伴咳嗽。

经过查体发现的异常表现：双肺呼吸音粗；患儿肛周红肿，肛门处可见脱出赘生物。

苏雯在看完患儿的病历后问道:"关于这个患儿的诊断,你怎么看?"

柯小田道:"患儿的腹泻病程超过了两个月,治疗效果不好,慢性腹泻病的诊断成立;此外,患儿的体重远远低于同龄、同性别婴儿,所以蛋白质—能量营养不良症的诊断应该也是没有问题的,除此之外,患儿有发热、咳嗽、双肺呼吸音粗,说明上呼吸道感染也是存在的。"

苏雯点头:"还有呢?"

柯小田道:"因为患儿慢性腹泻伴有营养不良,同时肛门有赘生物,所以应该排除以下两种可能:一是牛奶蛋白过敏性腹泻。因为该病同样可以表现为慢性腹泻,同时伴有哭闹、生长发育滞后、大便有血丝,应该通过回避激发试验加以鉴别。"

回避激发试验是诊断食物过敏最直接有效的方法。比如眼前的这个患儿,如果让其停止食用牛奶,主要症状消失,然后再次食用,相关症状继续出现的话,就说明牛奶就是引起患儿各种症状的过敏原。柯小田继续说道:"二是患儿表现为发热、腹痛腹泻,还出现了黏液脓血便,很有可能是感染性腹泻。需要通过C反应蛋白、大便常规及大便培养进一步明确诊断并查清楚病原体。"

苏雯思索了片刻:"总的来讲,你的思路还算清晰,那就先按照现有的诊断去做相关的检查吧。"

按照苏雯提出的意见,柯小田开出了血、尿及大便常规,尿便细菌培养,腹部彩超及胸部X光片等检查,希望能够从中获得更多的信息以便指导进一步的诊断及治疗方向。与此同时,还针对患儿目前的情况给予补液、抗感染等相应的治疗。

接下来就是耐心地等待各项检查的结果。

这天,柯小田下班回家后就急匆匆去了书房。夏晴觉得有些奇怪,站在那里愣了一会儿后连忙跟了进去。

夏晴见柯小田正坐在那里翻看一本专业书,问道:"小田,出了什么事情?"

柯小田的目光依然停留在面前的专业书上，说道："今天入院了一个患儿，才3个多月的一个女婴，出生后就一直反复腹泻，今天我给她用了药，可是效果并不好，而且今天下午的时候我发现孩子的阴道内有粪便排出，我问了患儿的家长，他们说以前没有发现这样的情况。我觉得情况有些不大对劲，想查看一下专业书上面有没有同样的病例。"

虽然夏晴还没有怀孕，但这段时间备孕让她的潜意识中生发出了更多的母性。此时当她听到了这个患儿的情况后，顿时就有了一种感同身受的担心："这个孩子不会出什么大问题吧？"

柯小田朝她笑了笑："我会尽力医治好她的。"

夏晴点头："你慢慢看书，我去做饭。"

柯小田越想越觉得这个患儿的情况不容乐观，吃完晚餐后就给苏雯打了个电话："我怀疑这个患儿的情况很可能是极早发型炎症性肠病。"

苏雯很吃惊："你这么判断的理由是什么？"

柯小田道："虽然这个患儿的病史不短，符合慢性腹泻病的诊断标准，但患儿的体重增长缓慢，已经达到了营养不良的程度，提示腹泻并不是由器质性病变引起。此外，今天我在下班前发现患儿的阴道内有粪便排出，我觉得很可能是肠道的严重病变形成了直肠阴道瘘。再加上患儿同时伴有呼吸系统感染症状，结合患儿的月龄，提示很可能存在原发或者继发免疫功能不全。按照炎症性肠病的诊断标准，极早发型炎症性肠病的可能性极大。"

苏雯沉吟片刻："明天给患儿做个肠镜看看情况。"

第二天上午，患儿的肠镜检查结果出来了：整段结肠布满溃疡，肠黏膜充血水肿，呈铺路石样改变。

这是极早发型炎症性肠病的显著特征，不过该病大多由基因突变引起，所以接下来还需要进一步做基因方面的检测。

其实此时无论是苏雯还是柯小田都已经对该病有了大致的判断，只不过就差最后一步的确诊罢了。苏雯叹息了一声，说道："孩子的病情被耽误得太久了，我们尽力而为吧。"

极早发型炎症性肠病是一种罕见的疾病，如果能够在早期确诊并给予及时治疗，患儿存活的可能性还是比较大的。然而这个患儿现在的情况……柯小田的心里面还是抱有一丝侥幸："但愿我们的判断是错的。"

然而现实往往是残酷的。患儿的基因检测结果显示：单基因遗传缺陷，白细胞介素10受体A基因突变。

这正是引起极早发型炎症性肠病的根源。

宁海波的妻子听到这个情况后惊骇欲绝，哀求道："柯医生，求求你救救我们的孩子……"

柯小田的内心充满了无力感，只能用职业性的苍白语言回答道："我们会尽力的。"

这一刻，宁海波悲痛万分，但还是保持着清醒和坚强，他将妻子扶回病房后再次来到医生办公室："柯医生，真的就没有一点办法了吗？"

柯小田轻叹了一声："如果能够早些明确诊断，通过造血干细胞移植术可能会有比较好的效果，还可以通过手术解决一部分问题，可是现在……"

宁海波顿时明白了，身体踉跄了一下，问道："还有多久？"

柯小田只能如实回答："从孩子目前的情况来看，所有的药物都不会起作用，最终会因为重度脓毒血症合并多脏器衰竭……最多，还有一个来月的时间吧，如果你们想要出院的话，我这就给你们办理相关手续。"

眼前的这个大男人禁不住潸然泪下，摇头说道："不，那样的话孩子会怪我们的。"

患儿的情况越来越严重，发烧、咳嗽、精神萎靡，腹泻不止。

柯小田每次进病房的时候都不忍去看患儿父母无助且绝望的模样。面对这样的病情，一切安慰的语言都会显得苍白又虚假，所以他总是在仔细检查完患儿的情况后静静离开。

夏晴也一直关心着这个孩子的病情，柯小田每天下班回家后她都要询问患儿的情况。一直到数天之后,柯小田带回了那个孩子的最后一次消息:"她走了。"

虽然早已知道会是这样的结果,夏晴还是忍不住流下了眼泪:"她才那么小,上天太不公平了。"

这也是柯小田主管的第一例死亡病例,心情很不好:"我翻阅了大量的医学文献,我的上级医生、科室主任以及外科方面的专家都来会诊过,实在是没办法。"

夏晴"嗯"了一声之后就不再说话。柯小田知道她心里面害怕的是什么,说道:"我是儿科医生,接触到的都是患有各种疾病的患儿,像这种发病率极低,又因为各种原因耽误了诊断和治疗的病例其实并不多见。小晴,你要知道,医院是一个非常特殊的地方,各种疾病都集中在了一起,如果我们当医生的也像你这样,把所有不好的事情都和自己联系起来的话,那就没办法正常生活了。"

虽然夏晴明明知道柯小田的话很有道理,但心绪还是因为这个患儿的死亡受到了很大的影响。对此柯小田也很自责,暗暗告诉自己今后不要再在她的面前提及任何有关患儿病情的事情。

然而就在这天晚上,夏晴忽然出现了畏寒、头晕、四肢乏力的症状,柯小田用手去摸了一下她的额头,并没有感觉到特别烫,紧接着他又摸了一下自己的额头进行对比:"奇怪,没有发烧啊,怎么会畏寒?小晴,要不我们去医院看看吧。"

夏晴摇头道:"太晚了,明天再说吧。"

柯小田心想也是,夏晴现在的症状并不严重,即使是去了急诊科最多也就是留在那里做进一步的观察。

这天晚上柯小田一直没有睡踏实,半夜几次醒来都发现夏晴睡得非常安详。他有些不大放心,摸了摸她的脉搏,并没有感觉到任何的异常。

像往常一样,柯小田第二天早上起来准备好了牛奶、面包,还煎了两个鸡蛋。可是当他去叫醒夏晴时,夏晴却嘀咕了一句:"我困,还想

儿科医生笔记 | 109

睡一会儿。"然后翻过身去又睡着了。

柯小田到了医院后不大放心,就给夏晴打了个电话,结果夏晴过了好一会儿才接:"别打电话,我再睡会儿。"

柯小田更加不放心:"要不我请个假回来陪你去医院?"

夏晴睡眼蒙眬地道:"不去,我没事。"

到中午的时候柯小田又打了个电话。这时候夏晴已经起床了,柯小田问她中午准备吃什么,夏晴说道:"刚刚吃了你给我做的早餐,煎鸡蛋太油了,我吃不下。好了,就这样吧,我又困了。"

嗜睡,还厌油?柯小田一下子就担心起来:"不行,我得请个假,陪你去趟医院再复查一次肝功能。"

其实夏晴也很担心,因为从头天到现在的症状和她以前肝功能不好的时候几乎一模一样,所以就没有反对。

苏雯听柯小田说要请假,关心地问道:"是家里出了什么紧急的事情吗?"

柯小田就将夏晴的情况对她讲了:"我担心她肝脏的问题出现了反复,准备带她去医院再复查一下。"

苏雯问道:"她上次检查是什么时候?"

柯小田回答道:"一个多月前,在她完成第一疗程抗乙肝病毒治疗后去检查过一次。前不久,大概半个月之前吧,因为我们正准备要孩子,她不大放心,就又去检查了一次,结果都基本正常。"

苏雯若有所思地道:"你们准备要孩子?说不定这是早孕反应呢。"

柯小田道:"这才几天?早孕反应不会来得这么早吧?"

苏雯笑了笑:"那可不一定。有个别女性的早孕反应来得比较早,而且表现出来的主要就是你爱人的那些症状。这样吧,你先带她去复查一下肝脏的问题,如果没发现异常的话,那就说明是早孕反应无疑了。"

正如苏雯所预料的那样,这次的肝功能复查结果和前面两次相比并没有多大的变化。夏晴觉得很奇怪:"怎么回事?"

柯小田把苏雯的判断告诉了她:"那就很可能是怀孕了。"

夏晴愣了一下,激动地道:"真的?那我是不是要去做个孕检?"

其实柯小田并不能完全肯定:"现在还检查不出来,也许你是属于反应比较早的那一类人。"

听他这样一说,夏晴的心里顿时七上八下:"那我接下来怎么办?"

柯小田道:"既然你的肝脏没问题,那就不用再担心了。接下来什么都不需要做,想睡就睡,尽量多吃东西,保持好的身体状态。"

夏晴从头天开始就感到身体不舒服,现在基本上排除了肝脏的问题,而且还很可能是早孕反应,心里面特别高兴:"小田,既然你已经请了这半天的假,那就陪我去逛逛街吧。"

柯小田亲热地揽住她的腰:"遵命。"

夏晴粲然一笑:"真听话……"她看着不远处的那对夫妻:"等我们有了孩子,我们一家三口也要像他们那样手牵着手去逛街。"

柯小田也羡慕地看向那里,向往地说道:"我们很快就会迎来那一天的。"

夏晴依然嗜睡。柯小田回到家里的时候看见她竟然躺在沙发上就睡着了,连忙去卧室抱出被子盖在她的身上,这时候才注意到掉落在地上的笔记本和笔。

柯小田弯下腰准备将地上的笔记本和笔捡起来,看到笔记本上打开的那页写着:"熬鲫鱼汤的时候一定要先将姜片放在油锅里面,然后再煎鱼,这样熬出来的鱼汤才会呈现乳白色……"他正看着,夏晴就醒了:"你什么时候回来的?"

柯小田批评道:"这样的天气睡觉怎么不盖被子呢?万一感冒了怎么办?"

夏晴也担心起来:"也不晓得是怎么的,忽然就睡着了。不会真的感冒吧?感冒了会出现什么问题?"

如果真的已经怀孕,这个时候可能会因为病毒感染造成胎儿畸形,比如兔唇、先天性心脏病等。虽然柯小田也很担忧,却不想因此给夏晴造成心理上的阴影，说道："我去给你熬一碗姜汤，预防一下总是好的。"随即将笔记本和笔递到她手上："你写这样的东西干什么？"

夏晴道："我准备把自己从备孕开始到生小孩的整个过程都详细记录下来，我觉得特别有意思。"

柯小田双目一亮："这倒是一个不错的想法。不过最好是真实记录，今后等孩子长大了再看肯定很有意思。"

夏晴笑道："我也是这样想的。"

幸亏夏晴的体质还不错，并没有因为这次的不小心患上感冒。

经过这件事情之后，两个人都变得更加小心翼翼起来。柯小田在上班的时候总是会记得隔一段时间就给夏晴打电话，担心她又因为嗜睡忘记盖被子。

时间就这样在时时刻刻如履薄冰般的担心中度过。柯小田觉得，其实这也是一种幸福。

几天过后，柯小田刚刚下班回到家，夏晴就喜气洋洋地告诉他："我这个月的例假没来。"

柯小田当然记得这个非常重要的日子，而且他还知道夏晴的例假一直都比较准时，顿时大喜："真的？那我明天上午请个假，陪你去医院做检查吧。"

夏晴道："你是医生，经常请假不大好吧？一会儿我们去附近的药房买验孕棒回来测试一下就是。"

柯小田想了想："这倒是可以，不过验孕棒的准确率最高也就95%，无论测试的结果是阴性还是阳性，都得去医院做正规检查。"

夏晴不解地问道："既然是阳性了，那还去医院干什么？"

柯小田道："建立孕期档案啊，然后你就需要按照医生提供的《孕产妇保健手册》定期去医院做各种检查。"

夏晴觉得有些头大："这么麻烦呀！"

柯小田道："孕期检查非常重要，它可以让我们提前发现孕期的各种异常并及时治疗，避免潜在的问题和风险。"

夏晴反而更担心了："你的意思是说，怀孕期间很可能会出现各种各样的问题？"

虽然柯小田能够理解夏晴此时的敏感，但还是严肃地提醒道："小晴，你不要总是把那些不好的事情往自己身上想好不好？别说全世界，就是我们国家每年出生的小孩都有上千万。我刚才已经说了，孕检的目的是预防，避免潜在风险。"

夏晴连忙道："我只是担心万一——"

柯小田知道，自己作为医生，越是在这个时候，说出来的话就越不能含糊。他摆手道："只要做好了各种预防措施，就没有万一。小晴，你要坚信这一点。"

夏晴顿时觉得自己刚才的想法有些杞人忧天，歉意地道："知道了，我按照你说的去做就是。"

柯小田去小区外面的药店买回来了早孕试纸，也就是人们常说的验孕棒。

夏晴拿到后马上准备去测试。柯小田告诉她："明天早上起床后测试最好。如果你真的怀孕了，早上的时候体内的人绒毛膜促性腺激素含量最高，而且最好是取中段尿用作检测，否则的话很容易出现假阳性。"

第二天早上，夏晴难得没有睡懒觉，她起床后就直接去了厕所，出来的时候将接好的尿液递给了柯小田："你来测。"

柯小田将早孕试纸的包装打开，取出里面的试纸，将带有箭头的一端浸入尿液中："这东西使用起来很简单。你看，这第一道杠是用来对照的，如果第二道杠的颜色和第一道杠差不多，就说明怀孕了——咦？怎么会这样？"

满怀希望的夏晴一下子就紧张了起来："怎么了？"

柯小田指着试纸上的第二道杠："这一道杠的颜色怎么这么浅呢？"

确实是如此。夏晴连忙问道："这说明了什么？"

柯小田苦笑：“这说明你有可能怀孕了，也可能没有。所以，今天我们还得去医院才行。”

柯小田随即给苏雯打了个电话，说了自己请假的缘由，苏雯倒是能够理解：“没事，你去吧，你管的病床我处理一下就是。”

第十一章
严重的医疗事故

孙友德在镇上开了个特产店。虽然小镇较为偏僻,却是有名的风景区,特产店的生意一直都不错,他这些年赚了不少钱。

孙友德身材不高,头脑却很灵活,而且能说会道,甜言蜜语之下将镇上一位漂亮姑娘娶回了家。

结婚第二年,孙友德的妻子就怀上了孩子。

孙友德的妻子是景区的一名导游,人长得漂亮,最是喜欢梳妆打扮,怀上孩子后还坚持着要减肥保持身材,结果造成了孩子早产。

这个早产的孩子从生下来就因为先天不足经常生病,成了镇上卫生院和县医院儿科病房的常客。

有了孩子后,两个人的生活似乎并没有多大的改变。孙友德整天忙着赚钱,妻子当上了导游队的队长,经常去参加镇上和县上的各种活动。

孙友德算得上镇上的一个小财主,却对妻子畏之如虎,只好把孩子交给父母照管。

孩子就这样到了3岁,身体依然瘦弱,每隔一段时间扁桃体就化脓、发烧,镇卫生院已经在这个孩子身上将抗生素升级到了头孢三代。

孙友德夫妇当然还是关心孩子的,不过孩子常常生病的状况让他们慢慢变得麻木。一直到前不久孩子因为肠梗阻在县医院做了手术，他们这才意识到，如果继续这样下去，孩子可能会出大问题。

可惜的是他们醒悟得太晚了。

孩子手术后不久就出现频繁的腹泻，伴有腹胀、恶心、呕吐、发热，而且很快就出现电解质紊乱及低蛋白血症，县医院经过检查后诊断为伪膜性肠炎晚期，建议转往省城医院。

> 患儿女，3岁7个月。早产儿，出生后经常出现呼吸道症状，在当地医院多次使用各种抗生素。1个月前因为肠梗阻在县医院手术，手术后不久出现腹泻，严重时每天达30余次，粪便中可见斑块状伪膜，伴有下腹部疼痛、恶心及呕吐，3天前患儿出现头昏、四肢抽搐等电解质紊乱症状。

5床患儿是左医生管的病人。左医生笑着对正在阅读这份病历的柯小田说道："这个患儿的诊断非常明确，没什么好研究的。"

他说得没错。这个患儿的临床表现完全符合伪膜性肠炎的特征，而且在肠镜下还见到了地图状的伪膜。柯小田道："我感兴趣的是这个病例实在是太典型了。"

左医生点头："这倒是。早产、身体瘦弱、抵抗力低下，长期滥用抗生素造成肠道菌群失调，手术后免疫功能崩溃，这些伪膜性肠炎的主要病因和症状几乎全部体现在这个患儿身上。"

柯小田感叹："说到底还是患儿父母的问题。唉！这孩子太可怜了。"

左医生道："还不是钱闹的？在有些人看来，钱才是这个世界上最重要的东西。"

柯小田听后直摇头："是啊，悲剧就是这样发生的。对了，这个患儿现在治疗还来得及吧？"

左医生道："患儿目前的情况很严重：电解质紊乱、低蛋白血症，还因为病情发展迅猛造成了低血容量性休克。目前最关键的是要纠正患儿的水和电解质紊乱，补充血容量，通过输入血浆、白蛋白增强抵抗力，如果患儿能够度过这个危险期，也就为接下来的治疗赢得了时间。"

两个人正在医生办公室商讨着这个患儿的病情，左医生组的护士小瞿满脸惊慌地跑了进来："左医生，5床的患儿又休克了。"

左医生霍然起身，快步朝病房跑去。

5床是病情危重患儿，再次休克也惊动了科室主任田博达。

田博达第一眼就注意到了患儿脸上的荨麻疹，问道："测血压和体温没有？"

左医生道："收缩压不到40了，体温39.5℃。"

田博达大声道："这是输血反应，马上抢救。"

输血反应是因为血型不合造成溶血后出现的相关症状，主要表现为寒战、高热、荨麻疹以及呼吸困难等，严重者可致休克甚至死亡。

5床的患儿目前属于非常严重的状况，必须马上给予肾上腺素、氨茶碱、激素等进行急救。

然而，由于患儿身体过于虚弱，输血反应迅速造成全身多脏器衰竭，即使是田博达亲自组织抢救，最终还是没能挽回这个患儿的生命。

事情很快就查清楚了：由于6床是一个再生障碍性贫血患儿，也需要输血治疗，护士小瞿不小心将两个患儿的输血袋搞混了。幸好她还没有来得及去给6床患儿挂输血袋，否则的话也会出现同样的问题。

这是一起非常严重的医疗事故。事情调查清楚后的当天，小瞿就被公安机关带走了。根据相关法律条款，重大医疗事故造成患者死亡，护士小瞿将面临3年以下有期徒刑。

在这起重大医疗事故中，护士长邱燕也因为在管理上的失职受到了严重警告处分。

邱燕觉得自己很冤枉："我就是想到这两个挨着的床位的患儿都要输血，还特别提醒了小瞿，没想到她还是搞出了这么大的事情来。"

田博达批评道："患儿已经死在了我们这里，还是人为因素造成的。虽然你提醒过她，但事情还是出了，这说明你平时的管理就有问题。"

邱燕还想辩解："我——"

田博达即刻打断了她的话："作为护士长，你想过没有，小瞿为什么会出这么大的问题？你了解过她最近各方面的状况吗？没有是吧？这就是你的问题。"

夏晴听说了这个患儿的事情后很难受："这家做父母的太过分了，既然把孩子生了下来，就应该负责任好好把她养大才是。"她轻叹了一声，问道，"孩子的父母现在后悔没有？"

柯小田道："当然后悔。不过现在后悔又有什么用？"

夏晴的眼泪流下来了："可怜的孩子——"

柯小田不想让她太过伤感，说道："人生在世，什么样的事情都可能发生，但这毕竟是个例，你说是不是？"

夏晴微微摇头："我是可怜那个死去的孩子。算了，不说这个了。对了，既然护士长已经提醒过了，那个护士怎么还会出那样的事情呢？"

柯小田道："后来我们才知道，小瞿最近失恋了，精神恍恍惚惚的，所以才出了这么大的事故。"

夏晴更是伤感："太不值得了。她这辈子算是——小田，你今后一定要注意啊，无论遇到什么事情都千万不要像她那样，你自己的事业是一方面，更重要的是你的手上有病人的生命。"

柯小田笑了笑："我一直都很注意呢，肯定不会的。对了，明天我夜班，后天我陪你去做孕检吧。"

很多病人到医院看病都会托关系找熟人，也有人认为这是一种不信任或者依赖心理，主要是担心不熟悉的医生不认真对待病情。作为医生这个职业中的一员，柯小田心里面十分清楚，就大多数医务人员而言，他们对待每一个病人的态度都是一样的。

所以，即使柯小田是本院的医生，他还是去挂了产科一位副教授的门诊号。

关于到医院看病不用找熟人的道理，柯小田早就对夏晴讲过，夏晴也比较认同，不过这次她却特别强调了一件事情："不要找男医生看。"

柯小田道："你知道吗，妇产科也不乏优秀的男医生，而且男医生对女性有着天然的同情心。除此之外，男医生的体力更能够满足妇产科高强度手术的要求。"

夏晴却坚持道："反正我不要男医生看。"

夏晴骨子里面还是非常传统的，柯小田当然知道，笑了笑说道："今天男医生的门诊号早就没有了，我挂的正好是个女医生的号。"

夏晴顿时放下心来，问道："这个女医生是不是教授？"

柯小田道："是副教授。你不知道，副高职称的医生才是医院里面的骨干，年富力强，而且临床经验也比较丰富。除非是疑难病症，否则完全没有必要去找更高级别的医生看病。"

给夏晴做检查的医生姓吕，是一位40来岁的中年女性。夏晴讲了自己用验孕棒检测的情况，吕医生道："早孕试纸的准确率为80%～90%，你是属于比较特别的情况。这样吧，我先给你做个检查。"

夏晴躺在妇科检查床上，吕医生用窥阴器查看后说道："你很可能已经怀孕了，还是去抽血做个检查确定一下。"

夏晴从诊室出来后低声问柯小田："刚刚怀孕就可以检查得出来？"

柯小田点头："怀孕后阴道壁可能会变成紫蓝色，宫颈口也会出现一些变化。"他将化验单拿在手上看了看："我先去缴费，然后我们去检验科抽血。"

本来妊娠试验最多只需要20分钟就可以出结果，然而附属医院的病人实在是太多了，柯小田和夏晴苦苦等了一个多小时才终于拿到了报告单。柯小田看后差点没控制住拥抱夏晴的冲动："小晴，我们终于有孩子了！"

儿科医生笔记 | 119

夏晴兴冲冲地拿着化验报告再次回到吕医生的诊室。

"恭喜你。"吕医生看了化验结果后微笑着对她说道,随即将一本《孕产妇保健手册》递给她,"麻烦你把自己的基本情况填写一下。回去后你要认真阅读,好好学习《孕产妇保健手册》上面的孕期保健知识。"

夏晴问道:"最近需要注意些什么?"

吕医生道:"因为你体内的胚胎才刚刚着床不久,所以不要剧烈运动,不要有性生活,避免感冒,不要随便吃药。"

吕医生的态度很好,让夏晴顿生好感,问道:"吕教授,我爱人也是你们医院的医生,儿科的。今后我可不可以一直来找您做产检?"

吕医生笑了笑说道:"当然可以,我每周四上下午的门诊。孕早期和中期每隔两个月来进行一次孕检,孕后期的检查次数要多一些,《孕产妇保健手册》上面有大致的时间,今后你直接挂我的号就是。"

夏晴很高兴,出去后就将今后固定找吕医生做产检的事情对柯小田讲了。柯小田点头道:"这样当然最好。"

夏晴依然兴趣盎然地翻看着手上的《孕产妇保健手册》,问道:"这上面连我的预产期都有了呢,这是怎么计算出来的?"

柯小田知道,如今有关怀孕的一切事情对夏晴来讲都是新奇的。当然,他的内心也很激动,于是耐心讲解道:"计算预产期是有公式的。就是从你的末次月经的第一天算起,月份加9或减3,为预产期月份;天数加7,为预产期日。当然,这是在你月经比较规律,而且是以大多数女性月经周期28天为标准计算的。如果月经周期规律但时间比较长,比如每次来月经的时间间隔基本超过35天,则在计算结果上延后相应的天数。"

夏晴默默计算着自己的预产期,惊奇地道:"真的是这样的呢!"

本来就是这样的啊。柯小田觉得此时夏晴的样子很可爱,问道:"要不我们今天去吃大餐庆祝一下?"

夏晴想了想:"还是去我爸那里吧,得把这个好消息尽快告诉他。"

柯小田点头道:"好。"这时候他也想起了自己的父母,即刻拿起手机:"爸,小晴怀上孩子了。"

电话里面传来了柯文伟高兴的声音:"真的?太好了,我这就给你妈妈打电话,把这个好消息告诉她。"

夏致力得知女儿怀孕的事情后当然也很高兴,难得地在女儿面前絮絮叨叨了许久。夏晴并没有因此不耐烦,一直在那里笑盈盈地听着父亲的经验分享。

夏致力说到高兴处:"小田,要不我们俩喝点?"

柯小田歉意地道:"今天我只请了半天的假,下午还要去上班呢。"

夏致力看了女儿一眼,欲言又止。柯小田道:"爸,您有什么事情直接说就是。"

夏致力指了指外面:"我们出去说。"

柯小田跟随岳父去到了外面:"爸,您说吧,什么事情?"

夏致力的表情很不自然:"小田,小燕还是对我若即若离的,你帮我想想看,还有别的什么办法没有?"

柯小田为难道:"感情是两个人的事情,我确实不好再出面替您去说这件事情了。"

夏致力满脸失望:"那就算了,我自己再好好想办法吧。"

柯小田觉得老爷子有些可怜,但又不想被夏晴责怪,动了动嘴唇,最终还是没有将这件事情应承下来。

第十二章
临床思维

又到了大查房的时间。

这次大查房的病例是柯小田管的病人。

患儿女，5月龄，以"间断腹泻2个月，抽搐1次"被收治入院。患儿2个月前无诱因出现腹泻，黄色稀水样便，量不大，一日达5～6次，给予对症治疗后腹泻症状无好转。其间，在体温正常的情况下发作抽搐1次，表现为意识丧失，双手抽搐，1分钟左右恢复正常。当地医院诊断为低钙抽搐，给予乳糖奶粉喂养、对症补钙以及纠正酸中毒治疗后未见腹泻缓解，检验发现白蛋白水平持续降低，补充白蛋白后血浆白蛋白依然反复降低。

既往史：既往体健，否认肝炎、结核等传染病史，否认手术外伤史。

家族史：否认遗传性疾病家族史。

过敏史：否认药物、食物过敏史。

个人史：足月顺产，出生时体重正常，人工喂养，按时接种疫苗。

入院查体：体温36.5℃，脉搏115次/分，呼吸32次/分，血压88/56mmHg；神志清楚，精神状态一般，嘴唇干燥、皮肤弹性较差等轻度脱水貌，咽部无充血；心肺听诊未闻及明显异常，腹软，肝肋下约4厘米，脾肋下未触及，肠鸣音活跃，肢端温；神经系统无异常。

当地医院各项检查情况：尿常规正常，大便常规可见脂肪球；血浆白蛋白、球蛋白、血液淋巴细胞计数及血清钙离子均明显低于正常值。

当柯小田汇报完患儿的病情后，田博达首先问那几个本科实习生："对这个病例的诊断，你们有什么看法？"

一个实习生道："慢性腹泻，低蛋白血症。"

田博达用他那洪亮的声音道："诊断没有错，但毫无意义。为什么这样讲呢？因为当地医院已经按照这样的诊断进行了治疗，结果无效。"他将目光看向柯小田："作为主管医生，你怎么看？"

柯小田道："关键是要找到患儿慢性腹泻和低蛋白血症的根本原因。"

田博达点头："这就对了嘛。那么，你认为患儿究竟是什么地方出了问题？"

这正是柯小田没有搞明白的问题。他摇头道："我觉得目前有用的信息还是少了些，很难判断其中具体的原因。"

田博达又将目光看向左医生："你的看法呢？"

左医生斟酌着说道："患儿腹泻伴抽搐多见于低钙血症性惊厥，这样的现象在重症腹泻中比较常见，但该患儿比较突出的特征是实验室检查结果明显异常，所以我支持柯医生的意见，接下来应该做进一步的检查。"

田博达"哈哈"了两声："等于什么都没有说。"他将目光扫过在场的所有人："你们有不同的看法吗？"

见没有人主动发言，田博达顿时就激动了起来："我多次对你们讲过，一定要培养自己的临床思维。什么是临床思维？就是从一大堆繁杂的信息中将有价值的东西揪出来！然后——"他指了指自己的脑袋："然后通过丰富的想象去推理。就这个病例而言，其中最有价值的信息是什么？就是柯医生刚才总结出来的那些特点啊：5月龄的婴儿，病程2个月，腹泻伴抽搐，血浆白蛋白、球蛋白、血液中淋巴细胞计数、血清钙离子都明显低于正常值。这些都说明了什么？这说明患儿的身体里面仿佛有个巨大的漏洞，导致血液中很多成分都泄漏了出去……"

田博达的这个比喻让柯小田浑身一激灵，禁不住大声道："我大概知道是怎么回事了。"

田博达并没有因为柯小田的打断感到不快："说来听听。"

柯小田兴奋地道："您说得很对，患儿的情况确实就像是身体里面有一个巨大的漏洞，使得血液中很多成分无差别地都漏了出去。可是患儿的尿常规并无异常，这说明问题并不是出现在肾功能上面。"

田博达也激动了起来："'无差别'这个词用得好！"他指向柯小田："你，你继续讲下去。"

柯小田继续说道："关键的问题是患儿的大便常规中存在着脂肪球，而且其主要的表现为反复腹泻，因此我觉得很可能是患儿的肠道出现了问题，从而导致大量的血清蛋白以及其他成分经过肠道丢失了。再结合患儿的年龄以及淋巴细胞计数明显低于正常值的情况，我认为很可能是原发性肠淋巴管扩张症所致。"

田博达的眼神中闪过一丝惊讶，问苏雯："你觉得柯医生的这个判断正确吗？"

苏雯点头道："我同意他的这个判断。"

田博达又"哈哈"了两声："所以，这个病例其实并不复杂，只要抓住了关键点，其他问题也就迎刃而解了。这就是临床思维。"

柯小田惭愧地问道："问题是，为什么我就抓不住这个关键点呢？"

田博达道："这是个好问题！说明你的思维受到了局限，你的思维被局限在那些表面的现象和各种实验室检查数据上面了，缺乏整合、提炼，以及在此基础上丰富的想象力。"他端起茶杯喝了一口水，继续说道:"有人说,老驾驶员开车会越来越慢,因为他们经历过太多的危险,所以就变得越来越保守。但我们是医生,过于保守的结果就是故步自封、思维受限。左医生,还有在座的各位,我将这句话送给大家,希望我们共勉。"

左医生连忙道:"田主任,我记住了。"

田博达看着大家:"在临床实践中,'大胆猜测,小心求证'是非常重要的临床思维模式,我们每个人的潜力都是无穷的,千万不要将自己束缚在固有的思维里面。只有跳出三界外,才能够将五行中的一切看得清清楚楚、明明白白。好了,今天就到这里吧。散了,散了!"

虽然这个病例的诊断有了明确的方向,但接下来还需要通过进一步的检查去证实。

当天下午下班之前,患儿的检查结果出来了:腹部增强CT影像显示小肠壁弥漫性增厚和水肿,并出现晕轮征;胃镜显示十二指肠黏膜弥漫性水肿,黏膜下淋巴管扩张。

晕轮征在医学影像学中只是一个形象的描述,比如曲霉菌感染、肿瘤等都可能会出现,所以它并不具备特异性。不过这个病例的CT影像显示出这样的情况,再结合胃镜检查的结果,肠道淋巴管扩张也就基本上可以被确定。

该病是因为小肠淋巴管回流受阻,导致其扩张引起,而且病患弥漫整个肠道,所以目前并没有特效治疗方法。不过还好,总算是有了一个明确的诊断,至少可以通过对症治疗减轻患儿的痛苦,相对延长患儿的生命。

联想到上次那个极早发型炎症性肠病患儿以及前不久因为输血反应死亡的患儿,柯小田深感无力。

女性在怀孕之后更要保证营养,这不仅是胎儿正常发育的需要,也是为孕妇今后分娩和产后哺乳做好准备。如今夏晴已经怀孕近一个月,柯小田根据夏晴现在的状况重新制定了一份食谱。

夏晴看了后问道："现在的食谱和以前的不一样了，其中有什么讲究吗？"

柯小田解释道："你刚刚怀孕不久，要围绕胚胎发育的需要进行营养搭配，包括充足且优质的蛋白质、丰富的碳水化合物以及必不可少的维生素和微量元素等。"他指着面前的菜谱："鱼类、鸡蛋、肉类、豆腐，还有牛奶等，这些都是优质的蛋白质。大米、面食、玉米、红薯、土豆、山药都是碳水化合物的主要来源。除此之外，还要继续补充叶酸和其他维生素。花生、核桃、海带、木耳等含有大量的微量元素，它们对胚胎早期的器官发育有着重要的作用，这些东西都是必不可少的。"

夏晴皱眉道："每天早、中、晚的菜谱都不一样，是不是太麻烦了？而且这里面的好多菜我都不会做。"

柯小田道："小晴，每日三餐必须定量定点，千万不要怕麻烦。早餐和晚餐都是我的事情，你只需要自己做午餐就可以了。"说到这里，他又笑道："对了，今后每个月的食谱都会不一样，等你生完孩子，说不定就成大厨了。"

夏晴也笑了，她指着食谱问道："这个红烧黄鱼怎么做？"

柯小田道："首先将火腿、香菇泡软，竹笋洗净后切成薄片；在小黄鱼身上斜切刀口，放入热油锅中略微炸一下后盛出；锅中倒油烧热，放入火腿、香菇和竹笋片炒香，加入小黄鱼及少许白糖、香油、鸡精、胡椒粉，加入少量水烧开后，改小火烧至汤汁快收干，最后加入水淀粉勾芡即可。"

夏晴用心记着，问道："这么简单呀？"

柯小田笑道："有句话怎么说的？'大道至简'，做菜并没有那么复杂，关键是各种调料搭配合理，分量适度。"

第二天柯小田下班回到家，发现夏晴中午做的红烧黄鱼还有剩下的，就尝了一口："太咸了。高盐饮食容易引起高血压，从而导致孕高症。"

夏晴不高兴地道："我这几天的反应特别厉害，基本上是吃什么就吐什么，味道太淡了根本就吃不下去。"

夏晴的早孕反应比较严重，柯小田当然知道这样的情况，说道："早孕反应是因为你体内的激素变化刺激到了胃部，同时造成维生素B_6缺乏，所以更应该清淡饮食，同时还要多吃各种水果和蔬菜并补充维生素B_6。除此之外，还需要适当运动。还有就是从今天开始，我们每天晚餐后都要出去散步。"

夏晴摸着自己的下腹部："我都听你的，只要我们的孩子健康，受再多的苦我也愿意。"这时候她忽然想起一件事情来："小田，下周四你有空吗？"

其实不需要她问，柯小田早就安排好了时间："我已经把夜班换到了下周三的晚上，周四上午休息的时候我陪你去做第一次产检。"

第一次产检的项目主要是彩超，检查孕囊的具体位置、大小以及发育情况，此外还有血常规、心电图、血压、血糖以及传染性疾病检查等。

上次夏晴做过自我介绍，吕医生对她还有印象。她看完了化验单后说道："你的血压有些偏高，必须清淡饮食，否则很容易导致孕高症，甚至发生严重的子痫。还有就是你乙肝'大三阳'的问题也要注意，从怀孕第6个月开始就应该进行第二个疗程的治疗，这样才能够最大限度减小传染给胎儿的概率。"

关于'大三阳'的问题，夏晴虽然早有思想准备，不过此时她还是很紧张，问道："吕医生，像我这样的情况，传染给孩子的可能性究竟有多大呢？"

吕医生道："化验结果显示，你血液中的乙肝病毒浓度并不高，这说明第一个疗程的治疗是有效的，像这样的情况，传染给孩子的可能性不大。不过即便如此，接下来每次产检的时候最好都要复查一次。"

夏晴顿时放心了许多，又问道："我的高血压需不需要用药？"

吕医生道："目前你的血压只是略微偏高，最好不要服药，随时注意就是了。"

从诊室出来，夏晴还是担心乙肝病毒传染给孩子的事情。她对柯小田说道:"虽然吕医生说可能性不大,但可能性总是有的是不是?"

理论上确实是如此,如果孩子被传染的可能性只有1%,可一旦真的被传染上了就是100%啊。柯小田当然不会将这样的话讲出来:"小晴,你放心吧,我还是那句话,上天一定会赐给我们好运气的。"这时候,他已经注意到了夏晴的血压问题:"虽然你的血压只是略微偏高,但一定要注意。"

夏晴心不在焉地道:"只要孩子没事就好,我的身体倒是次要的。"

柯小田明显感觉到夏晴的心态发生了很大的变化。她和大多数做父母的一样,几乎将所有的注意力都转移到了肚子里的孩子身上。然而他自己却并不是这样,他提醒自己对夏晴的关心要更多一些。毕竟孩子目前只是一个胚胎,还谈不上"感情"二字,唯一高兴的就是自己即将做父亲这件事情。

也许这就是男人和女人的区别吧。柯小田这样想着。

周末的时候柯文伟夫妇果然来到了省城。田宁一见到夏晴就热情地拉住了她的手,打量着说道:"脸上长雀斑了呢,这可是生儿子的表现。"

柯小田连忙制止:"妈,您这样的说法没有任何科学道理。我觉得吧,生儿生女都是一样的。"

田宁根本就没有理会儿子,说道:"当初我怀你的时候也是这样,整个人变丑了一大圈。"她问夏晴:"你是不是喜欢吃酸的?"

夏晴点头:"刚开始的时候早孕反应有些强烈,确实是喜欢吃酸的。"

田宁很高兴:"俗话说'酸儿辣女',那就基本上可以肯定是儿子了。小田,你下次带小晴去做产检的时候,让医生顺便看看孩子的性别。"

柯小田解释道:"胎儿现在才两个多月,可能还看不清楚性别。而且做B超和彩超的医生也不会答应的。"

田宁瞪了儿子一眼:"你也是医生,说说好话人家不就给你看了?"

柯小田道："看了又怎么样？如果是女儿呢？"

田宁道："不会的，肯定是儿子。"

柯小田忍俊不禁："那您就当成是儿子好了。"

柯文伟还记得当年妻子怀孕时候的样子，他也觉得夏晴很可能怀的是男孩。他对柯小田说道："我们这次来主要是想给你们看套房子，等小晴生了我们也好搬来一起住。"

柯小田想起上次夏晴对自己说过的话："爸，爷爷奶奶的那套房子还是不要卖的好，我和小晴都很喜欢。就放在那里好了，今后休假的时候我们还可以回去住住。"

柯文伟皱眉道："不卖那房子的话，我们哪来的钱在省城买房？"

柯小田道："买房的事情以后再说吧。"

田宁即刻反对："现在这房价一天一个价，过几年就更买不起了。"

柯小田觉得让父母掏钱买房实在是有些过意不去，说道："我觉得像现在这样租房住就挺好的。"

柯文伟道："这怎么可以？没有自己的房子就不是一个完整的家。我看这样吧，房子还是要买，实在不行就贷款。"

田宁补充道："最好是在你们医院周围，今后上班方便一些。"

柯小田连忙提醒道："那一带的房价高得很。"

柯文伟将手一挥："先去看了再说。"

"这个地方的房子前不久1平方米才12000元呢，这才几天啊，就涨到15000元了。"田宁看了江南医科大学附属医院附近一个小区的房价后不禁咋舌。

柯文伟道："幸好是在我们江南省，要是北上广的话，买房的事情想都不用想。这里可是黄金地带，估计未来几年房价会翻倍，我们现在必须尽快出手。"

田宁看着不远处的儿子和儿媳，低声道："要不，让小晴爸爸也拿点钱出来？"

柯文伟即刻否定了她的这个提议："我们儿子娶了人家的闺女，哪还有让亲家出钱的道理？而且前些年夏晴妈妈一直生病，我估计她家里也拿不出来多少。我看这样吧，我们家老宅最值钱的不是房子，而是里面的那些家具。房子就留下来，把里面的家具卖出去一部分，凑个五六十万块钱应该没问题。"他叮嘱妻子："这件事情先别告诉他们，两个孩子自尊心强得很。"

　　柯文伟虽然只是县城里面的一个普通职员，但在买房这件事情上却表现出了非凡的决然，当即就订下了一套三室一厅，接近100平方米的房子。

　　柯小田见父亲竟然直接交了定金，问道："您哪来那么多的钱交首付？"

　　柯文伟轻松地道："今后你们有了孩子，我和你妈妈就提前退休搬来和你们一起住，县城那套房子就没用了，这次回去后我就把它给处理了。"

　　柯小田觉得心里面堵得慌："爸，有这个必要吗？"

　　柯文伟瞪了儿子一眼："怎么，你不想我们搬来和你们一起住啊？"

　　柯小田发现自己竟然无话可说。星期天父母离开省城回家后，他感叹着对夏晴说道："爸妈他们这一代人就是为孩子活着的。"

　　夏晴点头："现在我倒是可以理解他们了。等我们的孩子长大了，我也会像他们一样愿意为他做任何事情。"说到这里，她轻叹了一声："可是我爸就不一样，他太自私了。"

　　柯小田连忙道："你千万别这样说，毕竟他也有自己的生活。"

　　两个星期之后，柯文伟夫妇又到了省城，给开发商交了30%的首付，向银行贷款近100万元，20年还清，每个月需要还本息接近7000元。

　　柯小田一看到还款金额，顿时就头大了："一个月要还这么多钱，我们今后怎么生活啊……"

　　柯文伟道："没事，等你今后到了一定的年资就好了，前面几年的房贷我们替你还。"

　　柯小田知道，父母的收入并不高，即使存了些钱也都是省吃俭用节约下来的。他只觉得脸上发烫得厉害："爸，我读了这么多年的书，没想到现在还需要你们帮我还房贷，我真是太没用了。"

柯文伟拍了拍儿子的肩膀："年轻的时候需要用钱却没什么积蓄，到了我们这样的年龄，有了些存款又没有用处了。人这一辈子就是这样。"

因为是期房，交房的时间在一年之后。连房子都没有看到身上就背了100万元的贷款，柯小田感到了身上的压力。

夏晴和柯小田不一样，她对即将到来的新房表现出了极大的热情，还不止一次偷偷跑到工地去看项目的进展状况，没想到却因此着了凉，咳嗽、打喷嚏、发烧，感冒症状十分严重。

柯小田问明缘由后也不好责怪她，问道："喉咙痛不痛？咳痰吗？"

夏晴摇头："头昏眼花的，浑身都不舒服。小田，怎么办呀，孩子会不会出什么问题？"

柯小田解释道："感冒或者药物有可能对胎儿造成某些影响，这也是存在着概率的。"

夏晴道："我吃了家里的感冒药，怎么反而觉得症状加重了呢？"

柯小田责怪道："你怎么不先问我再吃药呢？那个是治疗风热感冒的，吃错了药，病情当然会加重了。"

柯小田去小区外面的药店买回来了风寒感冒颗粒，让夏晴用温水冲服，晚餐的时候又做了姜丝萝卜汤。

夏晴喝下姜丝萝卜汤后顿时就出了一身的汗，柯小田让她去床上躺下，又给她盖上了厚厚的被子："睡一觉就好了。"

第二天早上起来，夏晴的感冒症状果然减轻了许多，而且也不再像头天那么难受。她这才放心下来："家里有个医生还真是不错，小田，我还是第一次听说感冒要分风寒和风热呢。"

柯小田道："中医认为，风寒邪气和风热邪气导致的感冒是两种截然不同的疾病，所以在治疗上也是完全不同的。一旦吃错了药，病情反而会加重。小晴，你今后可不能到处乱跑了，容易受凉不说，工地那么危险，万一受伤了怎么办？"

夏晴很后悔："听你的就是，我再也不会了。唉，平时一切正常的时候不觉得，只有生病了才知道身体健康是多么的重要，那种不舒服的感觉太难受了。"

　　柯小田是医生，当然更加懂得健康的重要性，说道："如果你觉得一个人在家里无聊，可以去看看老爷子，也不知道他最近怎么样。"

　　夏晴道："我前几天才去看过他，他的心情好像不大好。"

　　柯小田笑了笑："估计还是因为肖亚燕没有接受他。"

　　夏晴不满地道："我爸也真是的，干吗非得要找那么年轻的？"

　　柯小田劝道："看来老爷子是真的对肖亚燕动心了。虽然在这件事情上面我们帮不了他什么，但至少不应该反对才是。小晴，你觉得呢？"

　　夏晴轻叹了一声："那好吧，也许你是对的。"

第十三章
开始进行胎教

患儿男，10岁，2周前出现尿频、尿痛伴下腹部疼痛，当地医院诊断为膀胱炎，给予静脉滴注头孢类抗生素10天，症状无明显好转。

患儿自发病以来无发热，无水肿，无恶心呕吐。既往无明确的传染病接触史和过敏史。入院查体心肺未见异常，无皮疹，下腹部轻度压痛。辅助检查尿常规白细胞正常，血常规嗜酸性粒细胞明显增高，泌尿系统彩超提示部分膀胱壁不均匀增厚。

患儿尿频、尿痛，下腹部疼痛，这些都是由膀胱刺激征引起的。柯小田觉得当地医院对患儿膀胱炎的诊断似乎并没有什么问题，苏雯却提出了这样一个问题："那么，为什么抗感染治疗无效呢？"

柯小田问道："会不会是因为抗药性？"

苏雯道："患儿既往一直身体健康，很少生病，不应该出现抗药性的问题。所以，对于这样一个病例，我们首先要排除其他疾病的可能，比如膀胱肿瘤、结核性膀胱炎等。"

患儿的膀胱壁不均匀增厚，抗感染治疗无效，确实存在着膀胱肿瘤的可能。除此之外，由于膀胱结核也可以引起膀胱刺激征的症状，也应该加以排除。

柯小田正这样想着，就听苏雯继续说道："这个病例有两个重要的特点：一是患儿有膀胱刺激征表现但抗感染治疗无效，二是血液中嗜酸性粒细胞明显增高。那么，你觉得还应该排除其他哪些问题？"

能够清晰明了地将病例中的重点罗列出来，这就是资深医生与众不同的地方。这不仅是临床经验积累的结果，更是临床思维已经深入骨髓的展现。柯小田回答道："除了血液系统的疾病之外，寄生虫病也可能会造成嗜酸性粒细胞增高。"

苏雯点头道："接下来就按照我们刚才说到的，安排进一步的检查吧。"

柯小田安排给患儿做了膀胱镜，取膀胱壁增厚部位的组织进行病理活检。同时增加了结核菌素试验、尿液细菌培养、骨髓象检查以及血清免疫学检查来检测寄主特异性抗体。

"当你排除一切不可能的情况，剩下的不管多难以置信，那都是事实。"柯小田觉得小说中福尔摩斯的这句话很有道理。

进一步检查的结果表明：患儿的尿液培养及结核菌素试验呈阴性，骨髓象也正常，粪便和血清免疫学检查排除了寄生虫病。不过膀胱组织病理检查发现膀胱壁纤维化，而且存在大量的嗜酸性粒细胞浸润。

苏雯道："很显然，患儿的症状并不是细菌感染引起的，而是嗜酸性粒细胞性膀胱炎。"

柯小田还是第一次听说这样的疾病，不禁为自己的孤陋寡闻暗暗羞愧，问道："这种病是怎么引起的？"

苏雯解释道："嗜酸性粒细胞性膀胱炎发病率极低，而且多发于男性，目前病因尚不清楚，多认为与各种刺激，例如细菌、药物、异体蛋白及食物性变应原等有关。这些变应原作为免疫刺激物，导致嗜酸细胞大量增生，浸润、破坏膀胱组织，从而引起膀胱刺激征症状。"

柯小田一听就明白了："也就是说，在接下来的治疗方案上就应该以抗过敏为主，也就是将抗组胺药和糖皮质激素作为首选药物？"

苏雯点头道："是的。不过这类疾病往往治疗效果不佳，目前已知的最长疗程达20年，而且这种疾病可能存在着其他脏器，包括心脏、呼吸道、消化道及中枢神经系统受损，所以接下来还需要对患儿进行全身性检查。如果接下来的检查结果表明只是膀胱的问题，那就请泌尿外科来会诊，如果符合手术指征的话，最好是切除膀胱被嗜酸性粒细胞浸润的部分。"

柯小田不解道："可是手术也不能解决根本问题啊。"

苏雯道："至少可以消除患者目前的症状，同时延缓其进一步发展，这样对接下来的保守治疗也是有利的。"

一周后，患儿转去了泌尿外科进行手术。其间，柯小田去过江南医科大学图书馆检索该病的相关资料，果然找到了那篇疗程长达20年的报道，除此之外，在现有的其他报道中，疗程最短的也在两个月以上。联想到以前遇到的那几例目前无法治愈的病例，柯小田心生无奈：难道某个人一旦患上了这一类疾病，就真的只能寄希望于运气吗？

带着这样的困惑，柯小田找到了苏雯。

苏雯道："运气这种东西当然是存在的，比如在中国古代，急性阑尾炎被称为'肠痈'，是不治之症。还有，在1928年弗莱明发现抗生素之前，普通的细菌感染就可能让一个人失去生命。所以，病人的运气是和时代的发展紧密联系在一起的。另外，如果一位患有疑难杂症的病人遇到了一位医术高明的医生，得以明确诊断、有效治疗，这其实也是运气的一种。"

柯小田顿时豁然开朗："您的意思是说，除了时代的发展之外，病人运气的好与坏，我们做医生的在其中起到了很大的作用？"

苏雯点头道："所以，我们都要努力让自己成为一名良医。"

苏雯的这番话让柯小田深受鼓舞，同时也想到了自己的孩子：只要接下来的每一步都完全按照科学的方法去做，就一定会获得好运气的。

儿科医生笔记 | 135

夏晴的孕期已经12周，胎儿基本成形，而且正是听觉、视觉等神经系统发育的关键时期，有的产科专家认为胎教应该从这个时候开始实施。

现代医学认为，孕妇的心理状态可以影响到胎儿的健康，所以良好的环境，尤其是欢悦、乐观的情绪以及文化的熏陶等更有利于胎儿的生长和发育。

不过对于胎教这件事情，柯小田却有着不同的看法。

这天上班闲暇时，柯小田终于向苏雯咨询了这件事情。苏雯听了后很惊讶："你不是儿科学博士吗，怎么还来问我这样的问题？"

柯小田知道她并非揶揄，回答道："虽然从理论上讲，胎教可以刺激胎儿的智力发育，但无论是你们还是我们这一代人，在出生之前大多都没有进行过胎教。《黄帝内经》讲冬天的养生要'若有私意'，我认为胎儿的教养方法也应该和冬天的养生原则相对应，要以闭藏为主。"

苏雯有些诧异："你在研究中医？"

柯小田笑了笑说道："也就是没事的时候随便看看。"

苏雯问道："我对中医的涉猎很少，很多东西都不大懂得。你刚才的话好像还没有讲完吧？"

柯小田继续道："刚才我说到了闭藏的问题。中医所谓的'闭藏'就是'无扰乎阳'，意思是不要提前去扰动胎儿这个大阳物，比如不宜交合，不宜大喜大悲或者大动，这些都是最容易扰动胎儿阳气的行为。如果胎儿的阳气藏不住，严重的可以直接引起流产或者早产。所以中医认为胎教就要养阴，而不是扰阳，不宜在孕妇的肚皮上进行过于丰富、过于频繁的外部刺激。比如按摩、光照、听音乐等五花八门的胎教，无一不是在胎儿期扰乎阳。这样的刺激极有可能造成胎儿在出生后没有足够的阳气来生发，抵抗力弱，容易生病。比如孩子常见的四肢冰凉、精神不振、瘦弱无力的情况，中医称之为'痿厥'，这些都是儿童阳气生发不起来的典型表现。"

苏雯听后道："你说的好像也很有道理，不过从医学统计学数据上看，胎教对刺激胎儿的智力发育有利确实也是事实，所以我觉得中西医的说法各采纳一半似乎最好。"

柯小田不大明白："各采纳一半？"

苏雯道："不少人认为胎教是为了培育小天才，创造奇迹，这显然是错误的。因为影响一个孩子成为小天才的因素有很多，除了胎教，还有遗传、出生后的继续教育和环境，以及个人的兴趣、意志、品德等。所以，从理论上讲，胎教只不过是让孩子成为小天才的可能性有所增加而已。"

柯小田是儿科学博士，当然明白其中的道理，点头道："是的。"

苏雯继续道："你刚才讲得也很对，因为从现有的统计学数据上确实看不出接受胎教后出生人群的智商优势，但有科学的数据表明受过胎教的孩子对艺术相对比较敏感，而且情绪也相对比较稳定，在我看来，这其实是胎儿在生长发育过程中一直处于愉悦的环境所致。有人给奶牛放音乐，甚至在蔬菜大棚里面安装音箱，以此达到盛产的目的，其中的道理应该就在于此。所以，我觉得你可以尝试一下，看看孩子究竟喜欢音乐还是故事，抑或是父母的声音，简单一些，不要太复杂就好，太复杂就成你说的扰乎阳了。"

这倒是一个比较折中而且很不错的办法。柯小田点头道："您说得很对，那就等孩子有了胎动后再说。"

当天回到家里后，柯小田就将苏雯的建议对夏晴讲了。夏晴很不理解，着急地问道："为什么要等孩子有了胎动后再说呀？"

柯小田解释道："有了胎动才知道孩子究竟喜不喜欢胎教啊。而且常规来讲，胎教也应该从怀孕接近16周的时候开始，这也正好是胎儿开始出现胎动的时候。"

夏晴道："可是《孕产妇保健手册》上说，从3个月开始就可以进行胎教了啊？"

柯小田道："《孕产妇保健手册》里面的内容只是建议。我觉得苏老师的建议更合理，胎儿还那么小，千万不要胡乱去折腾。比如现在很多家长让很小的孩子学奥数，学各种乐器，这样做真的有意义吗？童年时期最重要的是什么？当然是快乐。胎儿更应该如此。"

夏晴终于被说服了。

柯小田将这个月的食谱递给她："你还是继续操练厨艺，其他的事情都不要管。对了，第二次产检是在你孕期16周的时候，到时候需要做的事情就会慢慢多起来的。"

半个月后。

夏晴感觉到肚子里面孩子胎动的那一瞬，激动得从床上直接跳了下来，拿起电话就给柯小田拨打："小田，我感觉到孩子在动了。"

柯小田也很激动："这小家伙，终于长大了。"

回到家后，柯小田就迫不及待地去抚摸妻子的肚子，又将耳朵凑上去仔细倾听，可是却什么都没有发现。夏晴道："我真的感觉到了的，今天出现了好几次呢。"

柯小田这才意识到自己犯了一个错误，点头道："开始的时候胎动比较微弱，只有你自己才感觉得到。"

夏晴依然沉浸在幸福的喜悦之中："是啊，就好像蝴蝶在扇动着翅膀似的。"

夏晴是编剧，柯小田相信她描述的准确性，点头道："看来孩子很健康，接下来胎动会越来越明显的。"

夏晴满眼温柔："小家伙肯定很可爱。"

柯小田笑道："那是当然，也不看是谁和谁的孩子。对了，你的孕期马上就要到4个月了，我还是将下周的夜班调到周三晚上，周四上午陪你去做产检。"

上次田宁到省城的时候特地抄录了一份夏晴的产检时间，这天也打电话来询问了情况。当她得知夏晴有了胎动后就迫不及待地问道："孩子动得厉害不厉害？"

夏晴在激动之余难免有些夸大："厉害着呢，这一天就动了好几次。"

田宁更是高兴："当初小田在我肚子里的时候也是这样，所以你肚子里的肯定是个男孩。"

夏晴也受到了婆婆激动情绪的感染，说道："我也觉得很可能是男孩，正准备给孩子取名字呢。"

田宁道："你爸已经给孩子取好名了，就叫田颂。'歌颂'的'颂'，怎么样，这个名字不错吧？"

夏晴却觉得有些俗气，试探着问了一句："要不用'诵读'的'诵'？让孩子今后好好读书，像他爸爸一样一直读到博士。"

此时柯文伟就在田宁旁边，他也觉得这个字似乎更好一些，点头道："行，就这个诵。"

柯小田听后也觉得不错："这个名字好，男孩女孩都可以用。"

柯小田的话让夏晴顿时担忧了起来："小田，如果我生了个女孩的话，你爸妈会不会很不高兴？"

柯小田不以为意地道："也许会不高兴，但我觉得孩子的健康才是最重要的。"

柯小田说的是实话。他本身是男性，并不觉得自己有多大的性别优势，更何况他还是一名儿科医生，在他的眼里男孩和女孩都一样可爱。

夏晴的孕期已经到16周，这也就意味着进入了孕中期。

第二次产检的主要项目是唐氏筛查。

首先是通过B超测量胎儿颈后的透明带。如果胎儿颈后透明带存在增厚的情况，唐氏综合征的可能性较大，接下来就需要抽血化验甲胎蛋白、人绒毛膜促性腺激素以及雌三醇，如果这些指标依然异常，还要进行羊水穿刺，进一步检测胎儿的染色体。

唐氏综合征是一种偶发性的染色体疾病，该病与母亲的妊娠年龄关系密切，孕妇年龄越大唐氏综合征的发生率就相对越高。夏晴在做检查之前还是有些担心和紧张，不过B超检查的结果并未发现异常，柯小田也就趁机安慰道："毕竟唐氏儿在普通人群中的发生率只有不到千分之一，所以你根本就不用老是把不好的事情往我们孩子身上想。"

排除了唐氏儿的可能，夏晴也放下心来。她知道柯小田真正想要说的并不是这件事情本身，点头道："其实我也知道，我们和孩子都会有好运气的。"

因为目前胎儿的状况基本正常，吕医生就给夏晴开出了全身检查项目，其中包括血常规、凝血、血糖、肝肾功能，以及专门针对她乙肝方面的复查等。

夏晴的整体情况不错，乙肝方面的检查也没有发现波动的情况，唯一的问题就是血压依然偏高。吕医生叮嘱道："还是需要注意观察，情绪要稳定，尽量清淡饮食。还有就是，保险起见，到了孕中期的时候最好是再进行一个疗程的抗乙肝病毒治疗。"

对夏晴来讲，只要孩子一切正常，自己乙肝病毒感染的状况稳定，就不需要有太多的担忧了。她问道："吕医生，接下来我们是不是可以对孩子进行胎教了？"

吕医生道："你的孕期已经4个月，而且也感觉到了胎动，当然可以进行胎教了。"

夏晴真正想要咨询的是柯小田的想法，大致说了后又问道："吕医生，您觉得究竟哪一种说法更有道理呢？"

吕医生斟酌着说道："你丈夫是儿科医生，他讲的也很有道理，你们自己根据情况看着办吧。"

柯小田听了夏晴的转述后笑着说道："其实你不用专门问她的，其中的道理很简单，如今都在提倡给孩子减负呢，胎教当然不需要搞得那么复杂。想想你自己，从小到大学了那么多乱七八糟的东西，累不累啊？"

夏晴禁不住笑了起来："倒也是。"

从医院回家的路上，柯小田和夏晴去了一趟音像店，买了一盒CD，里面都是适合胎教的柔美舒缓的轻音乐，其中包括《摇篮曲》《维也纳森林的故事》《G大调弦乐小夜曲》等，到家后就迫不及待地放来听，结果却反响平平。夏晴并没有感觉到胎动变得频繁，皱眉对柯小田说道："这孩子是不是没有音乐天赋？"

柯小田也觉得奇怪。不管怎么说，轻音乐这种东西毕竟可以带来愉悦的情绪体验，应该多多少少对胎儿有些刺激作用才是，怎么就没有一点反应呢？他想了想，说道："也许孩子还是太小了，等过一段时间再看看。"

又过了一个多星期之后，夏晴的胎动感觉越来越明显，但是对音乐的反应依然不是那么强烈，柯小田无奈地道："想当年我学吉他怎么都学不会，看来这个孩子和我一样，确实在这方面没有天赋。"

夏晴顿时想起自己和柯小田相识的过程，笑着道："我觉得你唱歌还不错，挺好听的。得，孩子不喜欢就算了，我们换别的吧。"

柯小田道："也许孩子像你，喜欢写作，要不我们给他讲故事听？"

第二天夏晴就买回来了一大堆童话故事书，然后就读给肚子里的孩子听，没想到胎儿的胎动很快就有了变化，慢慢变得频繁起来。

柯小田回家后接下了夏晴的工作，两个人躺在床上，柯小田照着书上的内容声情并茂地开始讲故事，可是孩子却并没有出现太大的反应，他疑惑地问道："怎么回事？"

夏晴将柯小田手上的书接了过去，继续读着后面的内容。不多一会儿，胎动忽然出现并频繁了起来。柯小田这才醒悟过来："孩子感兴趣的不是这书里面的故事内容，而是你的声音。"

开始的时候夏晴还不大相信，又让柯小田尝试了一下，发现果然如此。夏晴难免有些遗憾："这孩子，好像没什么特长啊。"

柯小田哭笑不得："小晴，你想过没有，以前我们为什么一直没有要孩子？对于我们俩来讲，能够有一个健康的孩子就心满意足啦。至于是儿是女、孩子聪不聪明等，都不是最重要的。你说是不是？"

夏晴惭愧地道："确实是我有些得寸进尺了。"

其实柯小田并没有责怪她的意思，说道："得寸进尺也没有什么不对，我只是担心想要的太多，今后反而会失望。"

夏晴点头："你说得对，俗话说'知足常乐'，这样也才会懂得感恩。小田，你能够有这样的心性，肯定会成为一个好医生的。我就不行，难怪我一直写不出好作品来。"

柯小田道："也许你还需要更多的生活积淀吧，不用着急，我相信有一天你一定会成功的。"

夏晴朝他嫣然一笑:"你吃不吃凉面?我给你也做一份。"

凉面是这个月食谱中的一道主食,柯小田在食谱上注明了这道菜有益于胎儿大脑发育,夏晴特别喜欢,做了一次后就再也停不下来。柯小田连忙道:"我对营养的需求没有你那么大,最近跟着你吃都长胖好几斤了。"

不过眼看夏晴碗中的凉面很快就消失了一大半,柯小田还是没有抵住诱惑,将自己的虾仁焗豆腐推给了她:"我们俩换换。"

夏晴禁不住就笑:"你也真是的,怎么像个小孩似的,每次说不吃,结果总是来抢我的。"

柯小田叹息着说道:"完了,天天跟着你这样吃,今后很可能会变成一个大胖子。"

夏晴笑得更欢了:"等我生了孩子,坐月子的时候你还这样,不变成胖子才怪。"

柯小田却摇头道:"你坐月子的食谱和其他妈妈的不一样,因为你不能给孩子喂奶。"

夏晴放下了手中的筷子:"不是说母乳才是最好的吗?"

柯小田道:"乙肝病毒的阻断分为五步。第一步就是在孕前控制住你血液中的病毒浓度;第二步就是在你怀孕的中晚期继续进行抗病毒治疗,目的也是如此;第三步就是严防生产过程中病毒进入孩子的身体;第四步是孩子出生后马上注射免疫球蛋白和乙肝疫苗;最后一步,我们要充分考虑到你奶水中存在着乙肝病毒的情况,所以只能进行人工喂养。"

在此之前,柯小田曾经给夏晴讲解过阻断乙肝病毒传染给孩子的大致过程,不过还从来没有讲得如此详细。夏晴问道:"也就是说,除了不能母乳喂养之外,到时候我只能剖宫产?"

柯小田道:"无论是在经过产道时还是剖宫产手术过程中,胎儿都有可能被感染,所以两种方式都存在着一定的风险。"

夏晴神色黯然地用双手抚摩着小腹:"可怜的孩子,是妈妈对不起你。"

其实刚才柯小田并没有告诉她另外一种情况,那就是前面的阻断过程失败,以至于孩子在孕期就发生了感染。一旦出现这样的情况,注射乙肝疫苗和人工喂养也就没有多大的意义了。柯小田安慰道:"你不要太担心了,要相信我们的好运气。"

夏晴点头:"嗯。不过不能给孩子喂奶还是让我觉得有些遗憾。"

柯小田继续安慰道:"这个世界上遗憾的事情多了去了,事事圆满也不一定就是好事。"

柯小田的劝说无疑是有作用的,至少能帮助夏晴正确面对现实。当然,她心中的那份遗憾肯定是依然存在着的,也正因为如此,她在接下来的很长一段时间里,把自己大部分的精力都放在了做美食和与孩子对话上面。

柯小田看过夏晴的日记,她写得非常认真,日常的点点滴滴,包括做菜的详细过程、与孩子的每一句对话以及胎动的细节等都记录得非常详细而且生动。

柯小田反而因此越来越担心,他担心万一孩子今后有个三长两短,夏晴会承受不了,可是又不知道该如何去劝说,唯有尽心尽力、小心翼翼地呵护。

瓜熟蒂落并不那么容易,虽然这样的过程充满着期盼与幸福,但也同时让人感到无比煎熬。

第十四章
负责任的老师

"你们现在是不是都不去家访了？"

张静璇的外婆以前也是一名小学老师，已经退休多年。这天，她问了外孙女这样一个问题。

张静璇回答道："如今通信这么发达，通过电话、QQ、微信都可以交流，为什么非得登门去家访呢？"

外婆反驳道："人与人之间要面对面沟通才更真诚，效果也更好。"

张静璇觉得也是，不过还是解释道："其实并不是我们不愿意去家访，主要是现在和你们那个年代不一样了，学生家长大多都很忙，上门家访会给他们增添许多的麻烦。"

张静璇笑着继续说道："一般情况下我们会通过微信或QQ与家长交流。如果有需要实时了解的情况，我会通过电话和家长沟通，或者将家长请到学校来面谈，效果其实是一样的。"

然而班上发生的一件事，让张静璇迎来了从教以来的第一次家访。

张静璇是班主任，最近她发现班上一个叫沈庆红的男生忽然变得异常起来。上课的时候不认真听讲，还在那里挤眉弄眼，批评了他好多次都没有效果。

这天上午刚刚上课的时候，沈庆红一进教室就引来了全班学生的哄堂大笑。张静璇一看，原来他将上衣当成了裤子，两条腿穿在了袖管里面，上身穿的却是一条裤子，大半个肚皮都露在了外面，看上去十分怪异。

张静璇哭笑不得，批评道："沈庆红，你也太调皮了，怎么这样穿衣服呢？"

平时有些怕老师的沈庆红竟然还了一句嘴："我就要这样穿。"

张静璇在师范读书时学过儿童心理学。这一刻，她意识到沈庆红很可能不仅是因为调皮，于是就给他的家长打去了电话。

可是连续打了好几个电话，对方都处于关机状态。张静璇想到沈庆红的特殊情况，只好放学后跟着他来到他家里。

张静璇对沈庆红的父亲讲了孩子最近的情况后问道："你们平时是不是对孩子的关心不够，这才让他如此'别出心裁'地去表现自己？"

沈庆红的父亲歉意地道："最近孩子的爷爷、外婆都生病了，需要人照顾，我们两边跑，实在抽不出时间去管孩子。"

张静璇倒是能理解，不过还是提醒道："再忙也得有人照顾孩子，万一孩子出了什么事情怎么办？还有就是，我觉得沈庆红现在的情况有可能不是我们以为的调皮，你们最好抽空带他去医院看看心理医生。"

沈庆红的父亲不解地道："心理医生？"

张静璇点头："我觉得孩子的表现有些像儿童多动症。如果真是那方面的问题，最好是能够早诊断、早治疗。"

沈庆红的父亲为难地道："等我们忙过这一段时间再说吧。"

张静璇在心里面轻叹了一声，问道："你的电话怎么一直打不通？今后要是孩子有什么事情，我们怎么与你联系？"

沈庆红的父亲连忙道："昨天晚上孩子的爷爷病情忽然加重，我在医院里面陪了一夜，忘充电了。张老师，今后有什么事情您直接给我打电话就是。"

张静璇是临时决定去家访的，没想到从沈庆红家去往附近公交车站的路上忽然下起了倾盆大雨，全身被淋了个透，一回到家就开始打喷嚏、流鼻涕。

患儿男，9月龄。患儿母亲3天前患急性上呼吸道感染，患儿接触后出现发热，最高体温38℃，4～6小时发热1次，咳嗽，无痰，不伴喘息。2天前出现双眼睑水肿，1天前患儿出现少尿，尿常规显示尿蛋白阳性。门诊以"急性肾功能不全"将患儿收治入院。

患儿既往史、出生史、疫苗接种及家族史均无异常。

入院查体：体温、脉搏、呼吸及血压等均正常，神志清楚，一般状态差，面色晦暗，周身皮肤黏膜未见皮疹及出血点，浅表淋巴结触及增大，双眼睑明显水肿，心肺及腹部查体未见异常，双手、双足水肿，肢端温暖，神经系统无异常。

在询问病史的过程中，柯小田敏锐地注意到了患儿母亲3天前有过急性上呼吸道感染这个重要线索，由此认为患儿的症状和体征或许与此密切相关。除此之外，患儿水肿及尿蛋白阳性的情况表明，肾脏方面的问题也应列入重点考虑之列。

接下来柯小田根据这样的思路开出了相关的辅助检查项目：

1. 三大常规及血液生化。
2. 病原学检测。
3. 免疫学检测。
4. 骨髓穿刺。
5. 泌尿系统及胸腹部影像学检查。

当所有的辅助检查结果都出来后，柯小田顿时傻眼了——他没有想到报告中会出现如此多的阳性。

太多的信息反而会产生极其复杂、无法明确的指向，从而带来诊断上的困难。此时柯小田就面临这样的问题。

苏雯仔细看完患儿的病历和辅助检查结果后问道："你想问我的是什么？"

柯小田不好意思地道："患儿的阳性结果太多，我一时之间抓不到重点。"

苏雯道："只要是阳性就说明出现了问题，就都是重点。现在我们一项一项来分析。首先，你总结一下这个患儿的病例特点。"

总结、提炼病例特点是对住院医生最起码的要求。柯小田道："患儿为婴儿，病程仅有3天，临床表现为水肿、少尿。"

苏雯摇头："你说漏了一个非常重要的东西，那就是患儿被感染的情况。你继续说。"

柯小田尴尬地笑了笑，说道："接下来就是这些辅助检查结果了。"

苏雯提醒道："辅助检查的结果也可以放到临床表现里面去，比如尿常规中的血尿和蛋白尿，还有其他的。"

柯小田顿时觉得思路变得清晰了些："患儿血红蛋白和血小板明显减少，病原学检测发现乙型流感病毒核酸检测阳性，大便培养阴性；骨髓穿刺显示骨髓象增生活跃，粒细胞和红细胞比例倒置，巨核细胞产板不良，网织红细胞比值增高；血涂片检查发现无核细胞大小不等，可见球形、大红细胞、盔甲形、椭圆形等改变，红细胞碎片约占0.8%……"

苏雯用柔柔的声音打断了他："你只需要告诉我，这些情况说明了什么就可以了。"

柯小田道："贫血和溶血。"

苏雯点头："嗯。你继续说下去。"

柯小田一边翻看着化验单，一边说道："患儿的血液生化发现肌红蛋白、肌酸激酶和肌酸激酶同工酶都明显升高，说明肾功能出现了很大的问题。"

苏雯点头："就是这些情况。首先，患儿感染后出现水肿、少尿、血尿和蛋白尿，化验结果显示进行性溶血、血小板减少和肾功能不全，溶血性尿毒症综合征的诊断可以成立；其次，患儿有发热病史，偶有咳嗽，肌红蛋白明显增高，应该考虑为感染后肌炎；最后，患儿接触急性呼吸道感染亲属后出现发热，而且病原学检测乙型流感病毒核酸测定阳性，所以乙型流感病毒感染的诊断也明确。"

苏雯讲的是入院诊断。对许多患儿来讲，疾病的诊断结果往往并不是单一的，入院诊断可能并不是最终的诊断结果，却是制定治疗方案的前提和基础。

柯小田从苏雯刚才的归纳中很快就厘清了思路，问道："接下来是不是还需要排除其他疾病的可能？"

苏雯道："当然。患儿存在着水肿、少尿、血尿和蛋白尿、血小板减少以及肾功能不全等情况，必须排除遗传性及获得性血小板减少性紫癜、流行性出血热，还有其他原因引起的溶血性尿毒症的可能。所以接下来还需要进一步做相应的辅助检查。"

柯小田感到有些头大："我怎么觉得还是一团乱麻呢？"

苏雯道："已经有线头露出来了，那就一条一条地将它们理顺。"

接下来进一步的辅助检查结果显示：患儿的血尿遗传代谢筛查未见明显异常，遗传性及获得性血小板减少性紫癜以及流行性出血热也被排除，所以最终的诊断也就得以明确：

1.乙型流感病毒感染。
2.继发性溶血尿毒症综合征。
3.感染后肌炎。

其实这三个病症都是由乙型流感病毒感染引起的，只不过由此引发出来的机体反应有所不同罢了，在治疗上应该针对这三种情况分别加以处理：血浆置换，连续静脉血液透析；间断输注红细胞及血浆，利尿等对症治疗；抗病毒。

因为明确了诊断，治疗也就有了针对性，患儿的病情很快好转。

这个病例得到确诊后，柯小田将该患儿的病历重新阅读了一遍，试图从中整理出苏雯当初的诊断逻辑。他发现，很可能从一开始苏雯就已经将乙型流感病毒感染这个信息列为重要的线索。

如此一想，柯小田的思路也就变得明晰起来：乙型流感病毒感染引发溶血性尿毒症综合征，造成肾脏功能严重受损，并出现肌炎。也就是说，虽然这个病例的临床症状和辅助检查结果看起来复杂，其实一样有着清晰的逻辑可循。无论是从一开始将病毒感染设置为前提条件还是接下来的鉴别诊断，其实就是一个大胆猜测、小心求证的过程。

张静璇得知孩子的病是被自己淋雨感冒后传染引起的，心里面很是愧疚，同时对医生的及时诊断和治疗充满着感激。半个月后，孩子痊愈准备出院的时候，张静璇去往医生办公室向柯小田表达谢意。

这个患儿能够得到快速诊断和有效治疗，柯小田的心里面还是很有成就感的。不过患儿的家长来向他表达谢意的时候，他还是谦逊地道："这都是我们应该做的事情，而且主要还是因为你们将孩子送来得早，病情没有被拖延。"

张静璇当然知道这是他的客气话，心里面对这个年轻医生的印象更好了，就问了一句："柯医生，我可以向您咨询一件事情吗？"

柯小田微笑着道："当然可以。"

于是张静璇就将班上那个叫沈庆红的学生的情况大致讲述了一遍，问道："柯医生，像这样的情况会不会是多动症？"

柯小田思考后说道："多动症主要表现为注意力集中短暂、容易分散，活动力过盛以及缺乏对情绪的克制力，进而导致孩子学习困难。从你刚才讲的情况来看，确实有些像是多动症的表现。不过要确诊的话还需要做一系列的检查，比如精神检查、心理测验以及协调性检测等。"

张静璇问道："那我可不可以带他来请您看看？"

想到眼前这位老师的敬业，柯小田很是敬佩和感动，不过他还是如实相告："多动症的确诊首先要排除孩子脑部、颈椎等受损的可能，需要向孩子的家长询问病史。在排除了身体疾病的可能性后，无论是精神、心理还是协调性检查，都需要一个严谨而且科学的过程，所以关于这个孩子的问题，作为儿科医生，我有两个专业性的建议。"

张静璇这才知道自己把事情想得太简单了："柯医生，您说。"

柯小田道："第一，考虑到孩子的问题有可能是出生的时候或者以前的外伤所致，最好是由他的父母带着一起前来就诊，以便医生详细了解孩子的病史；第二，在多动症的检查和治疗方面，附属儿童医院更专业一些，那里有专门诊治这种疾病的科室以及儿童保健科，我建议带孩子去那里就诊。"

张静璇点头道："我明白了。柯医生，我一定把你的建议转告给学生的家长。"

夏晴从柯小田那里知道了张静璇的事情后也很感动："要是我们的孩子今后也能够遇到这么负责任的老师就好了。"

柯小田道："老师和我们医生一样，是需要有较高职业操守的，这位张老师则做得更好。"

夏晴点头，忽然摸着肚子："哎哟，这小家伙又开始调皮了。"

夏晴的孕期已经进入第5个月，胎动的频率更高了些。柯小田将手掌放在了夏晴的小腹上，果然清晰地感觉到了孩子的动静。这一刻，他真切地感受到了自己与这个鲜活生命之间血浓于水的奇妙情感。与此同时，他似乎也明白了：原来这就是幸福的滋味。

从此柯小田每天最期盼的就是能够早些下班回家，与夏晴一起享用美味的晚餐，洗漱后躺在床上，用耳朵和手去感受她肚子里面那个可爱精灵制造出来的所有动静。

"他在里面干什么？"夏晴问正将耳朵紧贴在她肚皮上的柯小田。

柯小田道："他好像在里面拳打脚踢呢。这小家伙，今后我要让他去学中国武术。"

夏晴不住地笑："万一是个女孩呢？"

柯小田依然津津有味地在享受孩子闹出来的动静："也要送她去学，让她今后成为'大姐大'。"

夏晴笑得更欢了："那样的话，要是她不听话你就没办法教训她了。"

柯小田道："我喜欢都来不及，为什么要教训她？"

夏晴伸出手轻摩着柯小田的头："你会把孩子惯坏的……孩子的胎心没问题吧？"

一般情况下，孕妇怀孕4个月左右的时候，专业医生就可以在脐下正中线附近听到胎心音了。柯小田是儿科医生，胎心监测的事情当然由他负责。柯小田道："频率为每分钟136次，很正常。"

夏晴问道："上次你测的是每分钟145次，怎么变慢了呢？"

柯小田解释道："胎心率在每分钟120次到160次都是正常的。随着胎龄的增加，胎心率会逐渐变慢，到出生的时候可能每分钟只有120次。对了，我得继续去把你下个月的食谱整理出来。"

夏晴问道："我一直没问你，每个月的食谱你是根据什么制定出来的？"

柯小田回答道："专业书和你的《孕产妇保健手册》里面都有孕期各个阶段的营养要求，这些内容都是根据常规情况下孕妇和孩子的需求总结出来的，我只不过是把相关的内容转化成具体的菜谱罢了。"

夏晴笑着问道："比如呢？"

柯小田道："比如你现在的孕期到了第5个月，这个时候胎儿生长发育所需要的营养物质会增多，因此需要补充更多的维生素、蛋白质以及多种微量元素，尤其要多补充钙质和铁，否则的话可能会造成胎儿发育不良以及孕期贫血等问题。"

虽然柯小田说起来很容易的样子，夏晴却知道菜谱里的每一道菜都倾注了他大量的心血："你也要早点睡，别累着了。"

柯小田笑道："哪里会累着我？我乐在其中呢。"

第十五章
急性阑尾炎

肖亚燕已经不记得最开始的时候夏致力是如何向她搭讪的，很可能是当时的情况并不特别，他应该和其他人一样是来问饺子的价格，于是自己就随口回答了他。

没想到的是，这个人后来竟然每天都来买她做的饺子，而且每次都要和她说很多的话。即使是这样，她也完全没有往那方面去想。也许是这个人寂寞、嘴碎，而她作为商户又不可能撵人家走。

一直到这个人的女儿前来大吵大闹，她才终于明白了是怎么回事。

当时肖亚燕也很震惊。她想不明白：一个50多岁的男人，怎么会有那么强大的自信，不顾一切地来追求她。

我肯定是不会答应他的，这是绝对不可能的事情。肖亚燕对自己说。

因前夫和别的女人有染……肖亚燕愤怒之下提出了离婚，从此对婚姻彻底失望。

让肖亚燕没有想到的是，夏致力的女婿柯小田会特地登门向她提及此事。

当时肖亚燕对这件事情感到很恼火，觉得这家人做事情有些奇葩，不过心地善良的她不忍将对方晾在门外。

当肖亚燕见到柯小田后,心里面的恼火一下子就减轻了许多。她发现眼前这个人很和善,脸上的微笑也是那么真诚,就连女儿丫丫也似乎在见到他的第一眼就喜欢他。

当然,肖亚燕是不同意柯小田的那些说法的。女人为什么就非得要找个男人做依靠?如果男人真的靠得住,自己怎么会离婚?更何况夏致力都50多岁了,和她父亲的年纪差不多。所以,她直接拒绝了柯小田的游说。

不过肖亚燕完全低估了夏致力追求她的耐心和决心。

夏致力依然每天去往菜市场和肖亚燕闲聊。面对这样的情况,肖亚燕不可能在大庭广众之下与他翻脸,最多就是不搭理他。

可是夏致力却毫不在乎,依然每天准时前往。到后来甚至自作主张地每天下午去幼儿园接丫丫回家,还会在肖亚燕家里给她们母女俩做饭。

肖亚燕几次要撵夏致力离开,却被丫丫给拦住了。很显然,丫丫早已接纳了夏致力的关心与爱护。

随便他吧,反正我是不会答应他的。肖亚燕无法走出曾经那段失败婚姻的阴影,也不能接受一个比自己大20多岁的男人。

这天,夏致力像往常一样去幼儿园接丫丫回家,顺便在附近的菜市场买了条鱼,准备回去红烧了吃。

夏致力做菜的手艺还是不错的,丫丫吃了不少。当夏致力收拾好厨房准备离开的时候,丫丫忽然说肚子不大舒服。

丫丫已经5岁,小时候感冒了经常会腹痛。最近天气多变化,头天还是大太阳,今天却阴雨绵绵、气温陡降,肖亚燕也就没有在意,对孩子说道:"去睡一会儿就好了。"

夏致力却不想放弃这个表现自己的机会:"我女婿是儿科医生,要不我把他叫来看看孩子是什么情况?"

肖亚燕不想见到柯小田,她觉得自己在这个人面前没有底气,说道:"我们家孩子没那么金贵,动不动就去看医生。"

两个人正说着,丫丫却在那里痛苦地呻吟了起来:"妈妈,我肚子里面真的很不舒服。"

肖亚燕忽然想到了什么,看着夏致力:"你买回来的是不是死鱼?孩子肯定是吃坏了肚子。"

夏致力不住叫屈道:"我怎么可能买死鱼回来给你们吃呢?这条鱼是我亲自从鱼缸里面捞出来的,当时还活蹦乱跳呢。"

丫丫痛苦地叫嚷道:"妈妈、夏伯伯,你们不要吵了,我的肚子好痛——"

肖亚燕见孩子脸色苍白,这才意识到情况不对,连忙用手去摸了一下孩子的额头:"好烫!这怎么办啊?"

夏致力拿起电话给柯小田拨打了过去。

此时柯小田也刚刚吃完晚餐不久,正和夏晴兴趣盎然地说着下一次产检的事情。

岳父在电话里着急地道:"丫丫肚子痛得厉害,你能不能马上过来看看?"

柯小田是儿科医生,不至于像岳父那样慌张,问道:"您别着急,先告诉我一些孩子的大概情况。"

肖亚燕连忙将电话接了过去:"丫丫吃了晚饭后不久就说肚子里面不舒服,到后来就越来越痛了,我刚刚摸了一下她的额头,发现烫得厉害。"

柯小田问道:"拉不拉肚子?呕吐过没有?"

肖亚燕道:"没有拉肚子,也没有呕吐过。"

柯小田继续问道:"最近两天感冒没有?有没有咳嗽、胸痛什么的?"

肖亚燕道:"都没有。一直都好好的,就是刚刚吃完了饭她就说肚子里面很不舒服。"

柯小田问道:"学校最近给孩子吃打虫药没有?"

肖亚燕道:"半年前吃过,最近没有听说啊。"

腹痛,急性起病,没有其他胃肠道反应,之前没有咳嗽和胸痛,应该不是胃肠型感冒。学校最近没有发放打虫药，蛔虫引起的肠梗阻也基本上可以排除。柯小田又问道："她觉得肚子里面哪个具体的位置痛得最厉害？"

肖亚燕回答道："她说整个肚子里面都不舒服，其他具体的也说不上来。"

柯小田想了想，说道："小燕姐，你带着孩子直接去附属儿童医院急诊科，我这边也马上出发赶过去。"

夏晴在一旁将电话里面的内容听得真真切切，问道："孩子可能是什么情况？"

柯小田道："引起急腹症的原因很多，现在还说不清楚，具体的情况得检查了才知道。你先睡吧，我这就去一趟医院。"

夏晴不满地道："我爸也真会折腾人。"

柯小田道："既然找到我了，我肯定会尽量帮忙的。说不定通过这件事情老爷子和肖亚燕的关系能更进一步呢。"

"你这个做女婿的——"夏晴哭笑不得，后面的话也说不出口了，"去吧，去吧。"

肖亚燕住的地方距离儿童医院稍微远一些，夏致力他们比柯小田晚几分钟到。在那期间柯小田与陈力通了电话，没想到他今天晚上正好值夜班。

陈力在电话里面告诉柯小田："从你说的情况看很可能是急性阑尾炎。我给急诊科的夜班医生打个招呼，如果基本上能够确诊的话，就马上收治入院，我这里正好有一张空床位。"

丫丫被送到医院的时候体温很高，因为剧烈腹痛脸上全是冷汗。值班医生在给她做检查的过程中发现右下腹出现了反跳痛，对柯小田说道："很可能是急性阑尾炎。"

柯小田也轻压了孩子的右下腹，然后猛然放开，孩子再次痛苦地叫喊了一声。柯小田点头："应该就是了。那就直接入院做手术吧。"

既然基本上明确了诊断，急诊科值班医生即刻就开出了住院单。肖亚燕很快办完了住院手续，交纳了基本费用，然后带着孩子和柯小田一起去往外科大楼，见到陈力后柯小田客气地道："麻烦老同学了。"

陈力笑着道："嘻！你还和我这么客气干什么。"他看了夏致力一眼，低声问道："这个孩子和你岳父是什么关系？"

柯小田不好回答："可能是亲戚吧。"

陈力见夏致力和肖亚燕年龄相差那么大，也就没有往别的方面去想，吩咐护士道："打电话催问一下检验科，患儿的检查结果出来了没有？"

护士打完电话后告诉他："结果已经出来了，白细胞和淋巴细胞都大量增加。"

陈力很快给丫丫做完了腹部的检查，对柯小田说道："基本上可以确定是急性阑尾炎，得马上做手术。考虑到孩子今后的美观问题，我建议最好采用腹腔镜。"

柯小田去将肖亚燕叫了过来，陈力又将自己的建议对她讲了一遍。

肖亚燕求助地看着柯小田："我不懂是什么意思，你帮我拿主意就是。"

柯小田道："腹腔镜是手术的一种方式，比常规手术的创口要小很多，而且手术后恢复较快，孩子长大后肚皮上的疤痕很小，但费用上要高一些。"

肖亚燕正犹豫着，一旁的夏致力说道："不用考虑钱的问题，就按照医生说的做吧。"

急性阑尾炎虽然只是小手术，但术前的相关准备也必不可少，比如血型检查、凝血以及麻醉药物过敏试验等。

如今国内大型医院早就配备了各种全自动检验检查设备，检查结果很快就出来了。陈力看了一下后没发现有异常的情况，将一份《手术同意书》递给肖亚燕，指了指后面的位置："在这里签字就可以了。"

肖亚燕正准备签字，又不放心地翻看了一下《手术同意书》里面的内容，她拿着笔的手猛然间颤抖了起来。

医生告知我孩子的阑尾手术可能发生的一些风险，有些不常见的风险可能没在此列出，具体的手术方式根据不同病人的情况有所不同，如果我孩子有特殊的问题可与医生进行讨论。

1.我理解任何手术麻醉都存在风险。

2.我理解任何所用药物都可能产生副作用，包括轻度的恶心、皮疹等症状到严重的过敏性休克，甚至危及生命。

3.我理解此手术可能发生的风险：

（1）麻醉并发症，严重者可能导致休克，危及生命。

（2）术中大出血，导致失血性休克，严重者死亡。

（3）术中肠管损伤。

（4）术后腹腔内出血，可能需要进行第二次手术。

（5）术后腹腔感染，盆腔脓肿，出现发热、腹痛、腹泻。

（6）术后阑尾残端脓肿形成。

（7）术后静脉炎、肝脓肿、脓毒症。

（8）术后粪瘘、腹壁窦道形成。

（9）阑尾残株炎、残端囊肿、残株癌。

（10）术后粘连性肠梗阻。

（11）术后胃肠道出血，应激性溃疡，严重者死亡。

（12）女性不育症。

（13）有急性、慢性阑尾炎误诊的可能。

（14）伤口积液、感染、裂开、延迟愈合或不愈合，瘘管形成，切口疝。

（15）如果卧床时间较长，可能导致肺部、泌尿系统感染，褥疮，深静脉血栓形成及肺栓塞、脑栓塞，等等。

（16）其他目前无法预计的风险和并发症。

夏致力见肖亚燕忽然间脸色苍白，嘴唇和手都在抖动，连忙上前拿起《手术同意书》仔细看了看，顿时也大惊失色："为什么要签这个东西？"

儿科医生笔记 | 157

陈力解释道："很多人认为签署《手术同意书》是医生以及医院在逃避责任，其实并不是这样的，因为不管手术的结果是好是坏，最终的责任都在我们医生这里。毕竟隔行如隔山，作为患儿的家长，你们并不了解手术的相关过程。所以医生必须把这些用通俗易懂的语言讲解给你们听，目的就是要你们充分了解这个手术。也就是说，签这个《手术同意书》的目的只不过是告知你们手术可能存在的风险及预后。只有得到了你们的信任，手术才会顺利开展，问题才会得到更好的解决。"

夏致力道："我们当然相信医院和医生，用不着在这个东西上面签字，你们直接做手术就是。"

柯小田当然懂得其中的道理和规矩，说道："阑尾炎只不过是一个小手术，任何患者在做手术之前，其本人或者亲属都要在《手术同意书》上面签字，这不仅是医院的规定，更是医患之间相互信任的保证。《手术同意书》里面罗列的事项只不过是告知，发生的概率极小。今后小晴生孩子的时候，我也一样要在这个东西上面签字呢。小燕姐，情况没有你想象得那么严重，赶快签字吧，时间拖久了，万一丫丫的阑尾化了脓，搞不好还得冲洗整个腹腔，那样的话就麻烦了。"

肖亚燕是第一次遇到这样的事情，还是拿不定主意。夏致力问柯小田："签了字后真的不会出问题？"

柯小田怎么可能随便向他保证，说道："这样的话谁也不能随便去讲，喝水还可能呛死人呢，您说是不是？你们应该相信医生，医生是治病救人的，不可能害病人，您说是不是这个道理？"

夏致力绝不会怀疑自己的女婿，点头对肖亚燕道："小田说得没错，既然这是常规手续，那你就快签字吧。"

肖亚燕差点没了主意，听了夏致力的话，顿时觉得有了主心骨，即刻在《手术同意书》上面签下了自己的名字。

陈力将《手术同意书》收好，吩咐护士道："将患儿送去手术室，我马上就去。"随即转身对柯小田说道："我办公桌上有本小说，要不你去坐会儿？"

柯小田觉得应该给岳父和肖亚燕留出空间，问道："我可以去参观一下你做手术的过程吗？"

陈力道："当然没问题。"

陈力完成术前消毒换上手术服的时候，丫丫已经处于麻醉状态。陈力一边给丫丫的腹部消毒，一边说道："微创手术其实比常规手术更简单、更方便，只需要在脐部上方或者下方做一个1厘米的切口，待寻找到阑尾后，结扎阑尾的动脉和静脉，接下来直接切除就可以了。"

虽然两个人在说着话，陈力的手却没有停下。他很快就通过显示屏找到了阑尾的位置，然后分离阑尾系膜，切断其供血，在结扎了阑尾根部后快速将它切了下来。

"就这东西，你看，里面已经化脓了。"陈力将阑尾取出来后切开，对柯小田说道。

柯小田看了看时间，发现他做完这个手术花费的时间还不到半个小时，赞道："你这技术还真是不错。"

陈力谦逊地道："天天都在干这个，熟能生巧罢了。"

丫丫手术后的第五天就出院了。夏致力对柯小田说道："你这个外科医生同学挺不错的，手术做得好，人也很客气，你抽空把他约出来，我请人家吃个饭。"

柯小田道："我和他是大学同学，关系一直都不错，用不着的。"

夏致力道："说不定今后还会麻烦人家呢，而且这次他帮了那么大的忙，起码的人情世故还是要讲的嘛。"

柯小田觉得，要是岳父请吃饭的话陈力不一定会答应，而且他也不想让老同学知道太多家里的事情，万一到时候岳父和肖亚燕没能在一起就闹笑话了。他说道："这件事情您不要管，等我抽空请他出去喝一杯就是。"

夏致力点头道："这样也行。总之就是不要让人家觉得我们失了礼数。"

外科医生在上班期间随时都可能上手术台，柯小田给陈力打了好几次电话，陈力不好拒绝老同学的这番心意，就将吃饭的时间定在了周四的晚上。陈力戏谑地对柯小田说道："最好是随便找个地方，五星级酒店我可不敢去。"

柯小田哈哈大笑："你想得美，那么高级的地方我可消费不起。就在你们医院外边找家火锅店吧，到时候咱们俩再好好聊聊。"

这天下班后，两个人就在儿童医院附近的一家火锅店见了面。柯小田点了些常规菜，要了本地产的啤酒。不多一会儿，锅里的红油开始翻滚，香气顿时扑鼻而来。

柯小田朝陈力举杯："这次的事情多谢你了。"

陈力摆手道："早知道你这样客气，我就不该答应你来喝酒。对了，做手术的患儿和你岳父是什么关系？"

柯小田讪讪笑了笑："是我岳父女朋友的孩子。"

陈力愣了一下，禁不住笑了起来："你岳父真了不起，竟然找了个那么年轻的女朋友。"

柯小田连忙转移话题："别说这件事情了。陈力，你怎么还不结婚呢？"

陈力苦笑："我是从小地方来的，家里的条件不大好，身无长物，每次相亲的时候，对方听说我无房无车转身就走，结什么婚啊？"

柯小田根本就不相信："你可是小儿外科学博士，人也长得不错，不可能没有真正喜欢你的女孩子吧？"

陈力摇头："现在的女孩子都现实得很。"

柯小田继续追问："医院里面那么多的护士，我就不相信没有喜欢你的。"

陈力道："我可不想找同行，结婚了两个人都上夜班，今后孩子谁来管？"

柯小田似乎明白了："说到底还是因为你没有遇上自己真正喜欢的女孩子。要不让我家里的那位给你介绍一个？"

陈力连忙道："别，科室的护士长成天给我介绍女朋友，搞得我都害怕了……老同学，我一直不明白一件事情，博士毕业后你为什么没有选择我们医院？"

江南医科大学的儿科系是全国四大儿科专业之首，其附属儿童医院是整个江南片区唯一的，同时也是国内少有的儿童综合性医院。作为儿科专业的博士生，当然应该把这所医院作为工作地的首选，所以当初柯小田确实是在这件事情上纠结了很久。此时听陈力问起，他解释道："因为儿童医院是综合性医院，科室分类如同成人医院一样，十分精细，比如你们小儿外科的脑外、泌尿、骨科等，但由此造成的结果就是医生诊治疾病的界限非常明确。"

陈力似乎明白了："毕竟一个人的精力有限，一辈子能够精通某个类型疾病的诊治就足够了啊。"

柯小田摇头道："无论是我们医院还是你们儿童医院，都有着得天独厚的病源资源，各种病例数量庞大。这么好的条件，让我一辈子只能接触某个单方面的疾病，那实在是太乏味了。"

陈力想了想："你说得好像也很有道理。"

柯小田笑道："你和我不一样，你是小儿外科学博士，儿童医院当然是你最好的选择。"

陈力也笑："倒也是。我总不可能学了这么多年的小儿外科，然后去给成年人做手术。"

两个人是医学本科时期的同学，后来因为选择的专业不同，平时很少见面，此时坐在一起顿时谈兴大发。其间，两个人分别谈到了各自工作上面的一些事情，更来了兴致。陈力问道："最近有什么有意思的病例没有，说来听听？"

患儿男，11岁。15天前无明显诱因出现发热，最高体温39.5℃，每日发热1~2次，当地化验检查发现肺炎支原体感染，口服罗红霉素5天后退热，随即出现左腿痛，走路不稳，跛行，偶有腰痛、膝关节疼痛。当地医院骨科检查未见异常，左膝关节和髋关节X光片未见异常。患儿自从生病以来无咳嗽，无喘息，无呕吐、腹泻、腹痛，睡眠可，大小便均正常。

门诊以"肢体疼痛待查"将患儿收治入院。

陈力一下子就被这个病例吸引住了，问道："患儿的既往史及入院查体情况呢？"

柯小田道："患儿既往无特殊病史，出生史及过敏史也均无异常，否认肌肉、骨、关节病及其他异常代谢病家族史。入院查体双膝腱及跟腱反射正常，四肢关节无红肿，其他也均无异常。"

陈力皱眉："辅助检查的情况呢？"

医学生都是经过长时间记忆力训练的，当然其中有比较特别的方法可循。柯小田道："患儿的血常规正常；降钙素原偏低，白细胞介素及C反应蛋白均异常增高；病原学检测提示柯萨奇病毒阳性；但是血气分析、血氨、血乳酸、甲状腺功能、凝血功能、肝功能、心肌酶、肾功能等均未见异常；免疫指标、尿常规、红细胞沉降率、人类白细胞抗原及结核感染T细胞斑点试验等都是阴性，不过神经元特异性烯醇化酶及免疫球蛋白均增高。还有就是，影像学检查发现患儿髋关节左侧积液，局部骨髓水肿，四肢肌电图却又未见异常。"

陈力沉吟道："降钙素原、C反应蛋白和白细胞介素都是细菌感染的特异性标志物，而且证实了患儿柯萨奇病毒感染，这样的结果是相呼应的。不过神经元特异性烯醇化酶是一种神经元和神经内分泌细胞所特有的酸性蛋白酶，如果数值偏高的话，就很可能是神经系统、呼吸系统的肿瘤，以及内分泌异常等所造成，难道——"

柯小田却摇头道："问题是，影像学检查包括分辨率较高的核磁共振并未发现患儿的头、颈部及胸腔存在异常情况，患病部位髋关节也不过只是炎症和积液而已。"

陈力顿时陷入了沉思："不是肿瘤造成的？这个病例确实很有意思。患儿病初有发热的情况，难道仅仅是感染所致？不对呀，柯萨奇病毒是一种肠道病毒，它导致的疾病与脊髓灰质炎很相似，大多侵犯咽部或者脊髓，应该出现脑膜炎、脑炎之类的临床症状才是。不，除此之外，还可能引起心肌炎、心包炎、胸肌疼痛等。"

柯小田赞道："老同学，你的医学理论知识掌握得可真够全面的。"

陈力依然沉浸于思索之中："不过很显然，我的结论是错误的，患儿并不是这样的情况对不对？"

柯小田道："你刚才说得都很对，既然排除了肿瘤的可能，患儿的关节疼痛以及各种异常的辅助检查结果就只能是感染造成的了。不过也正如你所说的，虽然证实了患儿柯萨奇病毒感染，但临床症状却又并不支持，这说明了什么？"

陈力猛地一拍桌子："那就说明患儿的身体里面还存在着其他类型的感染。"

柯小田点头："正是如此，所以接下来就必须把其他的感染证据找出来。"

陈力恍然大悟："你说得没错。那么，这个病例的最终诊断结果究竟是什么？"

柯小田道："为了寻找患儿其他的感染证据，接下来我对其进行了骨髓穿刺。经过骨髓细菌培养发现马耳他布鲁氏菌生长，进一步做布鲁氏菌抗体检测的结果也呈阳性。于是我再次去询问病史，患儿家属确认孩子在发病前食用过牛羊肉，于是这个病例最终被确诊为布鲁氏菌病引起的关节炎。"

陈力点头道："布鲁氏菌大多存在于被感染的牛羊肉里面，由此可见，收集病史的过程非常重要。"

柯小田深以为然："所以我一直在思考一个问题，最开始的时候我为什么就遗漏掉了这么重要的信息呢？"

陈力想了想："如果是我的话也一定会遗漏掉，毕竟这个信息太不显眼了，不可能无凭无据地问及。老同学，其实你们内科也挺有意思的，这样的诊断过程简直就是一种挑战和享受啊！"

柯小田开玩笑道："我知道，你们搞外科的大多瞧不上我们内科医生。"

陈力连忙道："没有，绝对没有。以前我觉得内科的工作有些婆婆妈妈，不像我们外科那么直接有效，现在看来还是因为对你们不够了解。"

柯小田笑着再次朝他举杯："所以，我们今后要多接触、多探讨才是。"

陈力也举杯："嗯，理解万岁。"

柯小田禁不住笑了起来："怎么就呼起口号来了呢？"

陈力也笑："上大学的时候我们不是经常这样吗？"

柯小田感叹道："那时候真好。来，为了我们曾经的青春干杯。"

陈力却不答应了："我们都还年轻呢，别这样老气横秋的。"

柯小田道："我都要当爹了，不得不老气横秋。老同学，你也得加把劲儿才是。"

陈力羡慕地看着他："是吗？看来我确实要加把劲儿了。"

两只啤酒杯清脆地碰在了一起，两个老同学的手上都是荡漾出来的啤酒泡沫。

"干杯！"

"干杯！"

第十六章
长不高的女孩

孙小兰从3岁开始就生长缓慢，个子明显矮于同龄儿童，整个小学期间的座位都是在教室的最前面。

孙小兰的父亲孙大才的身高一米七多点，母亲不到一米六，弟弟今年9岁，比大他3岁的姐姐高出了半个头。

孙大才在镇上开了个小饭馆，生意不算太好，养家糊口倒是没问题。

女儿长不高这件事情让孙大才很烦恼，带着孩子去县医院看了后，医生说是侏儒症，最好是去省城医院进一步检查造成这种情况的具体原因。

孙大才知道去省城看病的花销有些大，顿时就犹豫了，对孩子的妈妈说道："女儿长大了就是泼出去的水，就不去省城看病了吧。"

孩子的妈妈觉得女儿可怜，说道："兰儿一直这个样子，长大了估计很难嫁得出去。如果给她治好了病，身体长高了，今后还可以收彩礼钱不是？"

孙大才心想确实是这个道理，这才带着女儿去了省城。

患儿女，12岁2个月，学生，因身材矮小就诊。患儿足月顺产，无产伤窒息史，出生时体重、身长分别为3.1千克、49厘米。出生后母乳喂养至6个月，3岁后发现身高明显低于同龄儿童，平均每年身高增长3~4厘米。患儿父亲身高171厘米，母亲159厘米。查体：125厘米，体重28千克，身材匀称，营养状况良好，心肺、四肢、脊柱及外生殖器均无异常，不过患儿明显缺乏第二性征，乳房、臀部均不发达，外阴如小女孩。

柯小田第一眼看到孙小兰的时候，就在心里面暗暗叹息。

眼前的这个女孩身材匀称，一双灵动且清澈的眼睛格外让人怜爱，只可惜个子矮小了些。

身材矮小是指患儿的身高低于本民族、本地区、健康、同年龄、同性别平均身高2个标准差，或者3个百分位者。

我国12岁女孩的正常身高范围为141~163厘米，平均身高156.3厘米，身高每年平均增长6~10厘米。该患儿的身高明显低于正常值，而且生长缓慢，侏儒症的诊断十分明确。

柯小田问苏雯："侏儒症的患儿常见吗？"

苏雯道："每10万儿童中有25个左右，男女发病的比例为3∶1~4∶1。造成儿童身材矮小的原因较多，包括内分泌紊乱、慢性疾病、青春期延迟、遗传性及染色体畸变、骨病、代谢性疾病、中枢神经系统疾病、社会心理障碍等。"

柯小田又问道："也就是说，接下来我们需要将您刚才所讲到的可能一一加以排除？"

苏雯道："这个患儿的身材比较匀称，明显缺乏第二性征，除此之外并无其他症状，我觉得最大的可能是垂体性侏儒。不过为了防止误诊，最好还是进行全面检查。"

这个世界上很多现象还是遵循统计学规律的。该患儿的各项辅助检查结果证明了苏雯的判断：患儿血清中生长激素的浓度明显低于正常值，核磁共振未见脑垂体器质性病变，其余均未见异常。

也就是说，这是一起单纯性的脑垂体分泌生长激素减少造成的侏儒症。

然而，从诊断的过程上讲，这也是一起典型的采用"大包围"的方式最终确诊的病例。柯小田问苏雯："既然一开始就判断出患儿最可能是脑垂体侏儒，是不是可以最先只做脑垂体相关的检查？"

苏雯觉得他的这个想法不够成熟："你能够保证这个患儿就不是属于多种疾病并存的情况吗？"

这倒是。柯小田默然。

苏雯似乎有些明白柯小田的想法，说道："你的想法也不错。这个患儿的身材比较匀称，皮肤没有特殊斑纹，没有明显的三角眼等面部特征，以及畏寒、精神不振等临床症状，也就基本上可以排除染色体畸变、糖尿病和甲状腺功能减退的问题了。不过临床上我们一般不会那样去做，因为一旦出现误诊的情况，不仅容易引发医患矛盾，而且还会耽误患儿的病情。"

柯小田没想到这里面的情况如此复杂，问道："资深医生的话应该不存在这样的问题吧？"

苏雯摇头道："越是资深、级别高的医生往往越注重自己的名声，所以他们更加小心翼翼。我这样对你讲吧，如果我们按照你说的那样只做脑垂体方面的检查，肯定会受到田主任的严厉批评。不仅我们这里是这样，其他科室也都是如此。比如外科，大多数的患者在接受外科手术之前都必须做全身检查。"

苏雯一边看着患儿的检查报告一边补充道："我们必须按照规矩办事。这个患儿的运气不错，骨龄只有9岁，骨骺线还没有闭合，现在开始治疗还来得及。"

柯小田将患儿家长叫到了医生办公室，向他们讲明了孩子的情况："对于单纯性脑垂体分泌生长激素减少造成的侏儒症，在治疗上最关键的是看骨骺线是否闭合。你们家孩子的骨骺线尚未闭合，所以，通过补充生长激素有可能让她的身高恢复正常。"

孙大才问道："需要花费多少钱？"

柯小田回答道："主要是生长激素的价格比较昂贵，整个疗程下来要三四万块钱。"

孙大才吓了一跳："多少？三四万？太贵了，算了算了，不治了。"

柯小田劝说道："孩子还有很大的治愈希望，这关系到她未来一生的幸福，我希望你们再考虑一下。"

孙大才摇头道："我们家里本来就不富裕，她是女孩子，今后反正要嫁人的，花这么多钱不划算。"

虽然柯小田知道重男轻女的思想目前在某些地方、某些人的观念中仍然比较严重，但还是不能理解患儿家长的这种做法："孩子的骨骺线还没有闭合，完全有成为正常人的希望，你们就这样放弃了治疗，她今后会埋怨你们的。"

患儿的父亲却淡然说道："怨就怨吧，谁让她得了这种花钱的病呢？"

后来苏雯也去劝了，可是孙大才仍然选择了放弃治疗。柯小田心情沮丧地问苏雯："难道真的就没有别的办法了吗？"

苏雯也唯有叹息："孩子生了这样的病本来就是一种不幸，她生在这样的家庭就更是一种悲哀，也许这就是一个人无法摆脱的命运吧。"

柯小田根本不相信所谓的命运之说，回到家后就问夏晴："如果我们的孩子患上了某种需要花费很多钱才可以治愈的疾病，你会怎么做？"

夏晴毫不犹豫地道："这还有什么可说的？即使是倾家荡产也得治疗啊。"说到这里，她顿时紧张起来："小田，你干吗问我这样的问题？"

柯小田就将那个患儿的事情对她讲了："我想，大多数做父母的都会像你这样吧。可是我遇到的偏偏是一个特别重男轻女的患儿家长，而且根本就不听劝告，对自己的女儿冷漠到让人愤怒和绝望。"

夏晴感到不可思议："想不到现在还有这样的人，那孩子太可怜了。小田，你是医生，得想办法帮帮这个孩子才是。"

柯小田苦笑："我也拿不出这笔钱啊，而且医院里面那么多家庭困难的患儿，我哪里帮得过来？"

夏晴道："民政局、红十字会呢？能不能去找他们想想办法？"

柯小田顿觉眼前一亮，问道："他们会出面解决这个孩子的问题吗？"

夏晴道："我也不知道，只是觉得他们可能会管这样的事情。要不你去试试？说不定真的能给这个孩子带来希望呢。"

第二天上午上班后，柯小田就给省民政局打去了电话。民政局的工作人员告诉他："我们确实有大病医疗救助政策，不过救助的对象是城乡低保、农村'五保户'、城市'三无人员'以及政府支持的孤残儿童等，像你说的这种情况并不在救助的范围内。"

柯小田很失望，不过还是问道："像这样的情况，应该找哪个部门呢？"

民政局的工作人员道："我也不大清楚，要不你去红十字会问问？"

柯小田即刻就给省红十字会打去了电话，没想到竟然获得了一个有希望的回答："我们这里确实有一个矮小症赠药项目，不过需要你们医院出面申请办理。"

柯小田大喜，问道："可以告诉我具体的申请程序吗？"

那位工作人员道："需要患者本人提出申请，由住院科室负责人签字同意，医院盖上公章后交到我们这里来就可以了。"

刚刚打完电话，孙大才就来了："柯医生，我们想今天就出院。"

虽然柯小田非常气愤此人的铁石心肠，但更同情那个孩子的不幸，说道："我刚才给省红十字会打了个电话，他们说可以赠送药物给你们孩子进行治疗。"

孙大才愣了一下，问道："需不需要花钱？"

柯小田哭笑不得："这种疾病主要的治疗费用花在药品上，既然药品是赠送的，至少可以解决大部分的费用问题。"

孙大才似乎明白了："也就是说，你们医院还是要收钱？"

柯小田竭力克制着内心的愤怒解释道："孩子住在医院的病床上，占用的是社会资源，当然需要交纳床位费和常规的检查以及治疗费用。"

孙大才依然犹豫："那我再考虑考虑。"

柯小田的心里充满着愤怒，却又无可奈何，他想了想，跟着孙大才来到了病房里，问孩子："小兰，你想不想长高？"

孩子害怕地看了父亲一眼，还是朝着柯小田点头说道："想！"

柯小田看着孙大才，诚恳地讲道："我希望你能够站在自己女儿的角度，设身处地地去感受一下：如果是你自己患上了这样的疾病，而你的父母却因为舍不得医药费不给予治疗，你的心里面会怎么想？作为孩子的父亲，你怎么能够如此冷血地对待自己的亲生骨肉呢？"

孩子的母亲在一旁眼泪直流。

孙大才顿时动容。

柯小田拿着患儿本人书写的申请书去了田博达的办公室。

田博达听完了柯小田的讲述后并没有马上在申请书上面签字："柯医生，从你刚才所讲的情况来看，其实患儿家庭的经济条件是有能力支付这笔治疗费用的。所以，我不能在这份申请书上面签字。因为红十字会的这个项目是非常紧缺的社会资源，我们应该把它用到家庭真正困难的患者身上。"

柯小田一听顿时急了："田主任，这个患儿的家庭经济情况确实不算特别差，但要支付这笔治疗费用也是比较困难的。而且孩子父亲严重的重男轻女思想使她丧失接受治疗的希望，所以我觉得她完全符合申请这个项目的条件。"

田博达依然摇头："柯医生，你想过没有，如果我们同意了这份申请，难道不是在变相纵容这种重男轻女的封建思想吗？"

这是一个医学伦理问题，而大多数医学伦理问题本身就是难以明辨是非曲直的悖论，站在不同角度的人可能会做出截然不同的取舍。柯小田依然坚持道："田主任，现在的问题是，如果我们不同意这份申请，那么患儿就得不到治疗，这样的结果对患儿的人生来讲是非常残酷的，这也完全违背了我们作为医生治病救人的根本目的和出发点。"

田博达皱眉想了想，在申请书上面签了字，说道："柯医生，你说得对。作为医生，我们需要站在病人的角度去思考和处理问题。"

夏晴的孕期已经到了20周。还是周四的上午，柯小田陪同她到产科门诊做第三次产检。

夏晴先去检验科抽了血，然后在柯小田的陪同下去往妇产科门诊的彩超室。

三甲医院的妇产科每天的门诊量巨大，很多的检查项目都是专门设置的。夏晴和柯小田到达彩超室的时候外面已经排起了长队。

柯小田不想让夏晴太累，就让她坐在一旁等候，自己加入排队的队列当中，好几个挺着大肚子的孕妇向夏晴投去羡慕的目光。

等候了一个多小时，终于轮到了夏晴。柯小田紧跟着她进入了彩超室。

彩超医生是一位胖胖的中年女性，她见柯小田竟然跑到检查室里面来了，怒道："你一个大男人跑进来干什么？"

柯小田连忙道："老师，我是本院儿科病房的医生，我叫柯小田。"他指了指夏晴："这是我爱人。"

彩超医生的态度随即缓和了许多："既然你是本院的医生，就应该知道这地方不能随便进来啊。"

柯小田解释道："我这不是担心万一她肚子里面的孩子出现什么情况吗，所以就想进来看看。"

彩超医生不满地道："你这是不相信我的诊断技术？"

柯小田这才意识到自己刚才的话冒犯了对方，连忙低声道："我就说实话吧，其实我是想看看孩子的性别。虽然在我的心里面男孩女孩都是一样的，但家里面的老人特别关心这件事情。"

彩超医生恍然大悟："这样啊。不过你也知道，我们是不允许告诉孕妇孩子性别的。"

柯小田道："我当然知道，所以我才想着自己进来看啊，只要你不说出来就不算违规是不是？"

彩超医生想了想："不行，这是原则问题，你还是在外面稍等一会儿吧。"

四维医学超声成像技术可以为临床超声诊断提供更加丰富的影像信息，尤其是在产科方面，它不但可以立体显示胎儿各器官的发育情况，还可以让医生随时观察到胎儿在母体里面的状态，为胎儿发育异常、心血管畸形等疾病的早期诊断提供精细且直观的依据。

此时夏晴眼前的就是一台四维彩超机，它其实就是在医学彩色超声成像的基础上加上第四维的时间矢量，所以呈现在显示屏上面的孩子的影像非常真实且鲜活。

彩超医生一边在夏晴肚皮上移动着超声探头，一边说道："头部，没有唇裂，脊柱很正常，心脏也没有问题，大动脉——嗯，也很好。"

不多一会儿，夏晴从里面出来后就迫不及待地告诉柯小田："太好了，医生说我们的孩子很健康！但是，没能看到性别，爸妈会不会失落？"

柯小田笑道："没关系，孩子的健康才是最重要的，爸妈不会介意的。他们要是问起来，你就这样回答……"

夏晴了然，但还是满脸的遗憾："算了，等生下来就知道了。"

柯小田也说道："这样也好，免得到时候没有了惊喜。"

夏晴这次的检查结果除了血压有些高之外其他都正常，特别是经过一段时间的治疗之后，血液中乙肝病毒的浓度又回落到了怀孕之前的状态，这也就意味着孩子被传染的可能减少了许多。夏晴的心情这才又变得阳光起来。

这天晚上，夏晴又接到了田宁打来的电话："今天你去医院做产检的结果怎么样？"

夏晴高兴地回答道："都很正常呢。"

田宁又问道："你不是说小田会自己去看孩子的性别吗，他看到了没有？"

夏晴按照柯小田安排好的说辞回答道："小田说孩子的臀部对着我

的腹部，所以没看到。"

田宁不大相信："你让小田来接电话，我问问他究竟是怎么回事。"

柯小田这才知道，原来今天去医院之前夏晴竟然把所有的事情都告知了父母。他只好硬着头皮接过电话。

田宁在电话里面问道："你真的没有看到孩子的性别？"

在父母面前撒谎对柯小田来讲有很大的压力："妈，我确实没有看到。孩子还有不到5个月就出生了，是男是女到时候不就知道了？"

田宁道："我觉得很可能就是男孩，早些知道不是更高兴吗？"

柯小田想到父母一直以来对夏晴生男孩执念般的期盼，心里不由得开始不安起来。

第十七章
苍白的初生儿

自从怀孕之后,唐雯雯就成了全家人关注的焦点,家里所有的一切都开始围绕着她一个人转。

想到十月怀胎,过不了多久就要做母亲,唐雯雯的心里面当然是甜蜜又幸福的。

唐雯雯第一次产检的时候就被发现贫血,南城区妇产科的医生给她做了全面检查,并没有发现特别的问题。而且考虑到她贫血的情况并不是很严重,只是叮嘱她回去后要加强营养,注意保胎。

时间一天天过去,唐雯雯每次产检的时候贫血依然存在,不过其他情况都比较正常,医生解释说可能是她身体吸收的营养跟不上孩子的需要所致,只要不是太过影响到孩子的生长发育,问题就不大。

虽然贫血的状况给唐雯雯造成了很大的心理压力,但孩子的情况一直都很好,而且她自己也能够感受到频繁的胎动,也就慢慢放下了心。

没想到在临近预产期的时候出现了胎动异常,南城区医院诊断为胎儿窘迫,很可能出现胎死腹中的情况,于是紧急实施了剖宫产手术。

孩子出生时体重2600克,脐带、羊水、胎盘无异常,出生时新生儿评分8分,其中肤色、心率较差,各被扣1分。患儿出生后肤色一直明显苍白，心率低，立即给予复苏囊正压通气，约1分钟后心率恢复正常，但肤色仍明显苍白，在给予吸氧下紧急转院。

患儿女，出生后10分钟，因"呻吟、吐沫、皮肤苍白"入院。

这是一个刚刚出生不久的婴儿，病情十分危重，柯小田只花了不到一分钟就浏览完南城区医院妇产科的病情记录，随后又快速完成了对患儿的查体。

苏雯一进检查室就问柯小田道："孩子的情况怎么样？"

柯小田整理了一下思路，首先讲了患儿母亲孕期的情况，然后继续说道："患儿出生时体重2600克，脐带、羊水、胎盘无异常，出生时新生儿评分8分，其中肤色、心率较差，各被扣1分。患儿出生后肤色一直明显苍白，心率低，立即给予复苏囊正压通气，约1分钟后心率恢复正常，但肤色仍明显苍白，在给予吸氧下紧急转送至我院。"

苏雯点头，又问道："给患儿查体的情况呢？"

柯小田道："患儿的体温、脉搏、血压都在正常范围内，不过体重和身长都低于正常新生儿水平，可能是怀孕不足月所致；患儿的神志比较清楚；弹足4次依然哭声弱，说明患儿的反应一般；患儿周身皮肤及四肢末端颜色苍白，四肢张力正常；前囟平坦，张力不高；呼吸急促，鼻翼煽动，三凹征阳性，口周略发绀，双肺呼吸音粗，未闻及明显干湿性啰音；心音整齐，未闻及病理性杂音；腹软，可触及肝肋下4厘米，质软，未触及包块，肠鸣音正常；脐带未脱落，原始反射引出不完全。"

苏雯听后点头道："你的病史采集虽然有遗漏的地方，但在查体方面还算比较细致。小柯，你能够从这些情况中总结出这个病例的特征吗？"

柯小田思索了片刻："患儿出生后即出现了肤色差、心率缓慢，查体发现患儿呼吸困难，所以我怀疑患儿是由于胎粪吸入引起的呼吸窘迫症。"

苏雯问道："那么患儿的皮肤和四肢末端苍白，吸入氧气后肤色无改变如何解释？"

柯小田心里面一动："难道是新生儿贫血？"

苏雯未予置评，又问道："如果真的是这样，引起这个患儿贫血的原因究竟是什么呢？"

柯小田道："可能是新生儿溶血性贫血、胎粪吸入综合征或呼吸窘迫综合征。"

苏雯摇头道："新生儿溶血性贫血是由于母婴血型不合引起的，如果是这种情况，患儿除了贫血之外还应该出现黄疸；胎粪吸入固然会造成呼吸急促，但在胎儿娩出时产科医生会根据羊水是否混浊，在第一时间发现这个问题；呼吸窘迫综合征的主要表现为呼吸困难，并进行性加重，并不能解释患儿贫血的问题。所以以上情况均可以暂时排除。"

柯小田想了想，问道："苏老师，您的意思是？"

苏雯道："很显然，你忽略了病史中患儿母亲在妊娠期一直贫血这个关键性的信息，以至于在采集病史的过程中遗漏掉了患儿母亲血型这个非常重要的信息。"

柯小田恍然大悟："难道是胎母输血综合征？"

苏雯点头道："很可能就是这样。虽然新生儿溶血和胎母输血综合征都是由母婴血型不合引起的，但前者是单向的，只是胎儿出现溶血性贫血，不会造成母体贫血的症状。而后者是胎儿的红细胞通过胎盘进入到母体血液循环系统引起的，造成的损害是双向的，一方面因为胎儿不同程度的失血引起贫血，另一方面同时引发母体的溶血性反应造成母体贫血。"

柯小田问道："那么胎儿的呼吸困难如何解释？"

苏雯道："很显然，这是同时出现了新生儿肺炎的情况。由于新生儿的免疫系统发育还未成熟，所以并没有出现体温升高的保护性症状。正因为如此，在新生儿疾病的临床诊断过程中，体温并不是重要的参考指标。"

接下来的辅助检查完全证实了苏雯对该患儿胎母输血综合征以及新生儿肺炎的诊断结论。

由此柯小田更加意识到了自己综合能力的欠缺，而不是诊断方法出了问题。他问道："引起胎母输血综合征的病因有哪些？"

苏雯道："目前该病的病因尚不完全清楚，有可能是在胎儿脐动脉与子宫绒毛间隙压力差的作用下，胎儿的血液直接进入绒毛间隙，并逆流进入母体血液循环系统，但其中最根本的原因还是母婴血型不合。"

柯小田问道："也就是说，可能很多胎儿都出现了血液逆流进入母体血液循环系统的情况，只不过母婴血型相合，所以才没有表现出胎母输血综合征的临床症状？"

苏雯摇头道："胎儿的血液逆流进入母体血液循环系统，本身就是一种不正常的现象，造成这种高危状况的原因包括胎盘、脐带、母体以及医源性等因素，比如绒毛膜血管瘤，绒毛膜癌，胎盘早剥，孕妇吸烟、多产、外伤、高血压、羊膜腔、脐带穿刺等，所以产前检查非常重要。"

柯小田顿时对这种疾病有了更加全面的认识，他又问道："关于这种疾病的治疗需要注意些什么？"

苏雯道："胎母输血综合征影响巨大，如果发现不及时，可能会出现死胎或者严重的神经系统损害。除此之外，大量的胎母输血还可能导致严重贫血，因此对于妊娠32周以上的孕妇，一旦超声检测到胎儿大脑中动脉收缩期血流峰值过高，就应该紧急实施剖宫产手术终止妊娠；对于已经发生胎母输血综合征的患儿，治疗的重点就是积极输血，改善贫血症状。"

苏雯本以为柯小田还会有其他问题要问，却见他忽然沉默了下来，疑惑地问道："我刚才说的有什么问题吗？"

就在刚才，当柯小田问及有关胎母输血综合征细节的时候，忽然担心起了夏晴和她肚子里的孩子，心里有些不安，一下子走了神。他连忙道："苏老师，对不起，刚才我忽然想到了自己还没出生的孩子——"

苏雯笑着道："你这是典型的疑病症。我们这里是儿科病房，什么样的病例都可能会出现。如果你老是从这些病例联想到自己的孩子身上，就无法集中精神为患儿诊治了。"

这个道理柯小田当然懂得，而且以前他还用同样的方式批评过夏晴，然而事情到了他自己这里就无法自控地担心起来，这确实是典型的疑病症。他摇头苦笑道："说到底还是关心则乱。"

苏雯的嘴唇动了动，最终却只是轻叹了一声，然后转身离去。

柯小田觉得莫名其妙：她这是怎么了？

夏晴的孕期已经到了第24周，按照《孕产妇保健手册》的相关记录，需要去医院做第4次产检。

第4次产检的内容除了继续检查血压、体重、宫底高度、腹围、胎心率、血常规和尿常规等常规项目之外，糖耐筛查是这次产检的重点。

孕期糖尿病将严重威胁母婴的生命安全，糖耐筛查正是为了排除孕妇妊娠合并糖尿病的可能。

因为该项检查要求在抽血前12小时空腹，早上柯小田抓紧时间和白班医生交了班。

虽然夏晴没有低血糖，但在抽血之后还是觉得有些头晕。柯小田早就给她准备好了糖果和饼干："先吃点，补充一下能量。"

每一次产检前，夏晴和柯小田的心里都有些惴惴不安，却又不得不一次次去面对，不过他们都没有将这样的不安表现出来，唯有在心里暗暗祈祷。

和前几次一样，夏晴根本不敢去看自己的检查结果，而是将手上的报告单递给了柯小田。

柯小田也就只好装出一副轻松的样子，然后一张张仔细去看。当他看完之后顿时就觉得全身轻松了下来，咧着嘴对夏晴说道："没事，都比较正常，最关键的是你血液中的乙肝病毒浓度没有增加的迹象。"

"真的？"夏晴这才伸手将报告单拿了过来，"感谢上天，真是太好了。"

肖亚燕终于答应了夏致力和他正式相处。很显然，上次丫丫顺利手术的事情起到了很大的作用。在肖亚燕看来，夏致力这个人即使有再多的不足，起码在关键的时候还是可以依靠的。

　　夏晴得知这个情况后虽然不大高兴，但最终还是接受了这样的现实。她叮嘱柯小田道："你抽空去一趟我爸那里，提醒他不要被那个女人给骗了。"

　　柯小田相信自己的直觉：肖亚燕不像是那样的人。不过为了让夏晴安心，也就只好答应。

　　不过之后柯小田就把这件事情抛在了脑后，一方面是他不想另生事端，另一方面他觉得岳父还不至于糊涂到那样的程度。

　　然而柯小田却低估了岳父追求爱情的巨大勇气和热情。

　　在外人看来，夏致力、肖亚燕和丫丫三个人的组合很像祖孙三代，但夏致力根本不在乎他人的指指点点。在他的心里，肖亚燕就是他未来的妻子，丫丫和夏晴一样都是他的孩子。

　　有一天，夏致力对肖亚燕说道："我们开一家小食店吧，专门卖饺子。你做的饺子馅味道不错，我们可以做水饺、蒸饺，还有锅贴，生意肯定不错。"

　　其实肖亚燕早就有了这样的想法："这一带的门面租金特别贵，50来平方米的小店起码得投资10多万，我哪来那么多的钱？"

　　夏致力道："开这个店是为长远考虑，50平方米怎么行？起码得100平方米。钱的事情我来解决，你放心好了。"

　　肖亚燕顿时心动："那，今后我们俩怎么分成？"

　　夏致力看着她："小燕，难道你现在还不明白我对你的心意吗？"

　　肖亚燕的脸瞬间就红透了，低声道："我可以答应你，但我有个条件。"

　　夏致力大喜："什么条件？我都可以答应你。"

　　肖亚燕沉默了好一会儿："我们可以在一起生活，但不能结婚。"

　　夏致力惊讶地问道："这是为什么？"

　　肖亚燕微微摇头："我不想丫丫被同龄人嘲笑。还有，我是有过失败婚姻的女人，说不定你哪天就厌倦了我。与其如此，还不如到时候好聚好散。"

夏致力想到自己和金秀兰的婚姻，也觉得那张纸并不重要，点头道："这样也行，只要你不觉得委屈就行。"

两个人的关系确立之后，夏致力就将极大的热情投入了饺子馆的事情上。

以前肖亚燕所在的菜市场旁边不远处有一家服装店正好转让，面积有100多平方米，两个人都觉得这个地方不错，于是就决定把这个地方盘下来。

夏致力手上只有10多万元的存款，可是这家店却没有任何饮食制作的器具，再加上必需的桌椅板凳什么的，资金缺口比较大，于是夏致力就用自己的房子做抵押向银行贷款20万元。

店面租下来之后，接下来就是简单地装修，办理营业执照等。待一切准备就绪，饺子馆终于在一个黄道吉日开始营业。也就是从这天开始，肖亚燕母女俩搬到了夏致力那里。

这当然是夏致力主动提出来的，而且他的理由很充分："小燕，反正我们俩迟早都要住到一起，你早些搬过来还可以节约一笔租金。"

柯小田曾经给岳父打过几次电话，询问他目前的情况，可夏致力总是闪烁其词，只是说和肖亚燕处得还不错。所以柯小田和夏晴对老爷子和肖亚燕开店的事情毫不知情。

柯小田喜欢自己的这份职业，纯粹且充满着未知，特别是在面对那些疑难病症的时候，他总是会有一种跃跃欲试的冲动。当病情的外在表现被一层层揭开，最终呈现出它本来面目的那一刻，挑战成功的喜悦实在是让人难以自禁。当患儿在他精心的治疗之下终于痊愈出院，更是让他的内心充满成就感。

这天，岳父打来电话说他开了一家饺子馆的时候，柯小田顿时就明白了怎么回事，问道："这个店是您和小燕姐一起开的吧？"

夏致力道："小燕已经答应和我在一起了，所以这个店就是我自己开的。小田，这个周末你来尝尝饺子的味道吧。"

柯小田很是替岳父感到高兴，问道："要不我把小晴也叫上？"

夏致力高兴地道："她愿意来的话当然最好。对了，记得来之前先给我讲一声。"

柯小田不解地问道："不就是来吃饺子吗，有这个必要吗？"

夏致力解释道："我担心小燕会紧张，所以提前给她讲一声，也好有个思想准备。"

看来老爷子确实是再次尝到了幸福的滋味。柯小田禁不住笑了起来。

这天回家后，柯小田就把老爷子的事情告诉了夏晴，夏晴听后顿时就急了："你看看，我说得没错吧？这下好了，我爸的存款一下子给折腾没了。"

柯小田道："小晴，话不能这样讲。据我所知，肖亚燕以前在菜市场里的饺子摊生意还不错，现在只不过是换了个地方，想来应该不会亏钱的。"

夏晴想了想："倒也是。"

柯小田问道："那你到时候去不去？"

夏晴犹豫了一下："我总是有些不大放心，还是去看看吧。"

两个人商量后就把时间定在周五柯小田下班之后。

虽然夏晴不能理解夏致力追求肖亚燕这件事情，但她的心里始终是记挂着父亲的，此时因为事情已经确定下来，顿时心情大好："小田，我们去吃火锅吧。今天我从一家火锅店门前经过的时候，里面飘出的香气让我直流口水。"

柯小田道："我知道你说的那家。不过那种气味不正常，太香了，可能汤料里面加了飘香剂。我们医院附近有一家老火锅店，那味道才是真的好。要不我们去那里？"

夏晴笑着道："吃个饭跑那么远，还是算了吧。下次我去做产检的时候顺便尝尝。"

柯小田却说道:"为了陪你做产检,我都是把夜班调到周三晚上,但周四下午我们科室大查房,中午不能吃火锅的。"

夏晴不解地问道:"这是为什么?"

柯小田解释道:"医生这个职业,身上浓烈的气味很可能影响到对疾病的诊断,还会让患者对我们产生反感的情绪。"

夏晴这才明白:"没想到你们这个职业还有这样的讲究。"这时候她忽然想到父亲和肖亚燕的事情,轻叹了一声:"如果他不是我爸就好了。"

柯小田听她忽然冒出这样一句莫名其妙的话来,问道:"为什么这样说呢?"

夏晴微微摇头:"如果他不是我爸的话,我就不会去管这样的事情了。"

时间很快就到了周五。

夏晴远远看见身着漂亮西装的父亲的时候,禁不住对柯小田说了一句:"我从来没见他穿得这么正式过。"

柯小田道:"你爸知道你要来,所以早早就在那里候着了,这说明他心里是非常在乎你的。"他指了指饺子馆门口:"你看,那么多人进进出出,看来生意还不错。"

夏致力见女儿女婿到了,连忙殷勤地道:"你们来啦!小晴,去里面坐,一会儿我亲自去给你们打饺子调料。"

夏晴见父亲受宠若惊的样子,心里面既感动又后悔。然而当她抬起头来,看到饺子馆门楣上的牌匾的那一瞬,刚刚涌起的感动一下子就变成了愤怒。

柯小田也注意到了饺子馆牌匾上"亚燕饺子馆"几个字,连忙朝着马上就要发作的夏晴说道:"小晴,我们进去吧。"

夏晴却根本没有想要动弹的样子,她直直地看着父亲,问道:"这家店您投资了多少?"

夏致力还处在女儿到来的喜悦之中,根本没有注意到夏晴表情的变化，说道："也不太多，就20多万元。"

夏晴惊讶地看着他："您哪来那么多的钱？"

夏致力道："我把家里的房子拿去做了抵押贷款。"

夏晴顿时就爆发了："那房子是我妈留下的，你凭什么拿去抵押给银行？"她越想越生气："我看你就是被那个'狐狸精'迷昏了头！"

此时进进出出饺子馆的客人都停住了脚步，更有人从里面跑出来围观。柯小田见势不妙，连忙制止夏晴："小晴，你少说两句，爸做事情会有分寸的。"

夏晴的情绪已经发作，根本就控制不住自己，大声叫嚷道："他这还叫有分寸？说不定哪天被那个'狐狸精'骗得倾家荡产了都还在替她数钱呢。"

夏致力没想到女儿会当着这么多人的面突然发作，惊愕之下瞬间恼羞成怒，指着女儿怒声吼道："我的事情不要你来管，滚，你给我滚！"

柯小田见事态已经不能控制，连忙拉着夏晴离开。夏晴一边挣扎着一边朝饺子馆里面叫嚷："肖亚燕，你给我出来把话说清楚！"

柯小田费了好大力气才终于把夏晴拉离了饺子馆，劝说道："小晴，你别这样，这样不是给人家看笑话吗？"

夏晴依然处于愤怒之中："我爸被那个'狐狸精'迷昏了头，难道我不应该管？"

柯小田道："那是你爸自己的钱，他想怎么处理就怎么处理，你管那么多干什么？"

夏晴不能理解柯小田这样的态度："他是我爸，我怎么可以不管？"

柯小田道："刚才你也看到了，这家饺子馆的生意还不错，应该不会亏钱。退一万步说，即使是亏了，你们家那房子也不止值20万元啊。你爸都50多岁的人了，如今又没有别的事情可做，既然他喜欢，就当他用这笔钱投资好了。"

夏晴摇头："我不能眼睁睁看着我爸被那个女人骗了。你看，刚才她都一直没有露面。"

柯小田道："她不露面是害怕你，我觉得她也不像是你说的那种人。如果你爸真的被骗了，我们不是还可以报警吗？"

柯小田劝说了许久，夏晴的情绪才终于平复了下来，歉意地道："我刚才做得是不是太过分了？可是我真的忍不住……"

柯小田温言道："没事，事情已经过去了。你饿了没有？要不我们找个地方随便吃点？"

夏晴刚刚和父亲争吵过，再去饺子馆肯定不大合适了。

夏晴轻叹了一声："我不饿，不想吃东西。"

柯小田劝道："你怀着孩子呢，不吃东西的话怎么行？"

柯小田的这句话说到了关键点上，夏晴点头道："那好吧，我听你的。"

刚才夏晴生气的样子让柯小田很无奈，同时也很心疼。亲情也有可能带来伤害，其根源在于己所欲、己所不欲偏偏都要施于人。柯小田知道，夏晴主要的心结还是放不下对她妈妈的那份情感，所以他也不能继续劝解。

但愿时间能够解决这一切。柯小田在心里面想道。

第十八章
放弃治疗

曾林有三个女儿，他这辈子最大的心愿就是媳妇能给他生个儿子。

为了这个目标，曾林将三个孩子扔给了父母，带着媳妇从偏远的山区来到省城。他白天在建筑工地打工，晚上在马路边的人行道上卖烧烤，妻子在一所中学的食堂找了份临时工作，几年下来已经稍有了些积蓄。

媳妇的肚子很争气，很快就又怀上了孩子。

农村人生活过得粗糙，再加上前面已经生过三个孩子，曾林的媳妇这次怀上后也没有特别当成一回事，家里的什么脏活、累活都干。没想到怀孕刚满8个月没几天，她就发现胎动不大正常，也没告诉丈夫，自己就去了附近的区医院。

经过检查，医生发现胎盘内羊水过少，胎儿缺氧严重，于是立即做了剖宫产手术。

曾林闻讯后急匆匆地从工地赶到医院，听说媳妇又生了个女儿后，整个人一下子就蔫儿了。

更糟糕的是，医生告诉他："孩子出生后就出现了呼吸困难，双下肢明显水肿，目前正在抢救。你现在赶快去把费用交了。"

曾林欲哭无泪，不情愿地去了医院的收费处。

孩子虽然抢救过来了，但近日出现的水肿加重以及肺部感染让区医院的医生也束手无策，于是建议将孩子就近转院到江南医科大学附属医院儿科。

曾林悄悄和媳妇商量："干脆不治了好不好？"

媳妇知道他的心思，责怪道："这是一条命呢，还是你的亲骨肉，你就这么狠心？"

曾林想到今后还需要媳妇一起完成生儿子的大事，连忙道："你别生气，我也就这样一说。"

患者的生命高于一切，不能有一丝一毫的侥幸心理。

对于这样一个病情危重的患儿，柯小田不敢，也不能擅自去处理。他马上向苏雯汇报了这个患儿的病情。

患儿女，9日龄。患儿胎龄34周时，因羊水过少剖宫产娩出，出生时体重1990克，羊水Ⅱ度混浊，黄绿色，胎盘未见异常。患儿出生后出现呼吸困难，逐渐加重，X光片提示右侧气胸，给予机械通气，第3天撤离呼吸机。8天前患儿出现尿少、双下肢及背部水肿明显，血肌酐进行性增高，白蛋白明显偏低、高脂血症及大量的蛋白尿，给予控制体液，并针对水肿和感染治疗5日，病情反而加重。

苏雯听后问道："你怎么看？"

柯小田整理了一下思路："患儿为早产儿，出生后即起病，表现为尿量逐渐减少至无尿，水肿、白蛋白降低、高脂血症及大量的蛋白尿。我觉得这些情况基本上符合先天性肾病的表现。"

苏雯点头道："那就马上检查患儿的肾功能。"她思索了片刻，又问道："你在查体的过程中发现患儿外生殖器有异常吗？"

柯小田道："除了大阴唇未覆盖小阴唇之外，未见其他异常。苏老师，您的意思是？"

苏雯道："根据患儿目前的情况，肾功能不全基本上可以肯定，结合其他的症状以及化验结果，对该患儿先天性肾病综合征的诊断应该是没有问题的，但是造成先天性肾病综合征的原因有很多，比如芬兰型先天性肾病综合征和继发性肾病综合征等，我们必须尽快搞清楚究竟是属于哪一种情况，这样才可以对患儿进行针对性治疗。"

芬兰型先天性肾病综合征又称"婴儿小囊性病"，是先天性肾病综合征中最多见的一种。该病属于染色体隐性遗传，患儿往往在宫内就出现症状，出生后不久即出现严重的肾病综合征，并迅速恶化，激素和免疫抑制药物治疗无效，多数患有该病的新生儿会在产后6个月死于严重的并发症。

继发性肾病综合征往往与先天性梅毒、肾静脉血栓、巨细胞以及弓形虫感染等有关，需要经过实验室检查加以证实。除此之外，这一类疾病往往与基因突变有关，基因方面的检测也是必需的选项。

虽然患儿是急症病人，但相关的检查项目大多是需要时间的，所以目前只能暂时给予对症治疗。

当患儿的各项检查结果出来之后，柯小田顿时傻眼了。他万万没有想到这个女婴的染色体核型竟然为正常男性的46XY。

不过也正因为如此，这个病例的诊断得以明确。

Fraser（弗雷泽）综合征是一组与基因突变有关，以进行性肾病、男性假两性以及泌尿系统畸形为特征的临床综合征。

曾林从未听说过这种带有洋名字的病，不过他听到柯小田说这个孩子原来是个男孩的时候，一下子就惊呆了："怎么可能？明明就是个女孩嘛。"

柯小田解释道："刚才我已经说过了，是假两性畸形，但他其实是个男孩。"

曾林还是没弄明白："你的意思是说，她今后会变成男孩？"

柯小田耐心地道："她自己是变不成男孩的，今后可以通过手术解决这个问题。孩子目前的病情非常危重，现在最重要的是治疗。"

曾林最关心的还是孩子的性别问题："做手术后，他能不能结婚生孩子？"

患儿是假两性畸形，睾丸发育严重滞后。柯小田沉吟道："生孩子可能有些问题。"

听他这样一讲，曾林就开始打退堂鼓了："像这样的病真的能够治好？"

柯小田道："像这一类的疾病，肾移植后的存活率还是很高的。"

曾林听说过肾移植，皱眉问道："肾移植的话，需要多少钱？"

柯小田顿时就有了一种很不好的预感，不过还是实话实说道："肾移植的关键是要找到和孩子匹配的肾源，肾移植手术完成后对抗排异反应的治疗也很关键，而且这部分的费用也比较高，大约需要20万元。"

曾林目瞪口呆："要那么多钱？还不如把我拿去卖了。"

柯小田劝道："我希望你再考虑考虑，毕竟通过治疗，孩子能活下来的希望还是很大的。"

曾林道："救活了又怎么样？还不是个不男不女的怪物。有这笔钱还不如重新生一个。"

柯小田没想到他会说出这样的话来，生气地道："这可是你们的亲生骨肉，作为孩子的父母，你们有责任尽量去挽救他的生命。"

曾林决绝地道："我们没钱。不治了。"

后来苏雯也去劝了很久，可是曾林最终还是放弃了对孩子的治疗。

柯小田无法理解："他们怎么会这样做呢？"

苏雯苦笑："以前也遇到过类似的情况，也去咨询过律师，律师告诉我们，目前国内没有法律规定父母在任何情况下都必须救治婴儿，而且放弃治疗不仅有金钱的因素，还包括婴儿能否健康成长等复杂的情况，所以任何其他机构或个人都无权对父母放弃治疗的行为进行民事或刑事责任追诉。"

这一刻，柯小田心中"生命第一"的崇高理念受到了这个患儿家长的重击。

苏雯年轻的时候也曾有过柯小田这样的困惑、悲哀与无力，完全能够理解他此时的心境,她拍了拍柯小田的胳膊:"小柯,这只是个例,我们也因此更应该做好自己的每一件事情。你说是不是这个道理?"

柯小田虽然在点头,心里面却依然万分沉重。

夏晴的孕期到了第7个月,也就意味着进入了孕晚期。这一阶段正是胎儿,特别是大脑的快速发育期,无论是夏晴还是她肚子里的孩子,对各种营养的需求量更大了。

柯小田正是按照这样的原则制定出了这个月的食谱:

芥蓝腰果炒香菇(帮助消化,促进胎儿大脑发育):芥蓝300克,腰果30克,鲜香菇50克,红椒、青椒适量。

蜂蜜柠檬腌鲜蔬(补充维生素,润肠通便):白萝卜、胡萝卜、西芹、红黄彩椒、小黄瓜、樱桃萝卜、仔姜、柠檬、白醋、蜂蜜、盐、黑胡椒粉等。

南瓜杂粮粥(调节血脂,补充营养):南瓜、大米、糙米、麦仁、玉米等。

……

进入孕晚期后,按照《孕产妇保健手册》的要求,夏晴的产检将从原来的4周1次变成2周1次,然后一直持续到孕期36周之前。

为此,柯小田去向苏雯说明了情况,希望将今后一段时间的夜班都调整到每周三。

苏雯当然是欣然同意,关心地问道:"你爱人的情况还可以吧?"

柯小田道:"就是血压稍微有点高,其他的倒是都比较正常。对了,我听小晴说最近的胎动不像以前那样频繁,正说带她去医院看看呢。"

苏雯笑了笑说道:"这是正常的表现。30周的胎儿在短时间内长大了许多,子宫的空间一下子变得相对狭小起来,胎儿的活动也就因此受到了限制。"

柯小田恍然大悟，即刻打电话将胎动减少的原因告诉夏晴。夏晴还是不大放心，问道："孩子今后会一直这样吗？"

　　柯小田道："再过两周左右，胎盘会随着孩子的继续长大调整空间，那时候因为胎儿越来越强壮，胎动的频率和幅度会越来越明显。"

　　夏晴这才放下心来。

　　很快就到了第5次产检的时间。这次产检的主要项目是检测孕期高血压的情况。

　　夏晴自从怀孕之后血压就一直偏高，这次的检查结果依然如此。不过其他方面都还算比较正常，血液中乙肝病毒的浓度也没有什么变化。

　　夏晴的心情因此又一次变得阳光起来，她看着柯小田："小田，我们——"

　　柯小田见她欲言又止的样子，大概明白了她此时心中所想，问道："你是不是想去看看老爷子？"

　　夏晴点头。

　　柯小田笑了笑："那我们就去那里吃午饭吧。"

　　这次柯小田没有提前通知夏致力。现在他才明白，有些事情还是顺其自然的好，太刻意、太注重反而容易造成更大的失望。

　　柯小田和夏晴到达饺子馆的时候已经是中午12点半，此时正是店里生意最好的时候，前来就餐的顾客在店门外排起了长长的队。

　　柯小田指了指那些人，对夏晴说道："你看，老爷子的这个店不可能会亏。"

　　夏晴嘀咕了一句："这个店的老板可不是我爸。"

　　柯小田道："老爷子和丫丫妈妈现在是一家人，就好像我们俩开个店写上你的名字一样，用不着分得那么清楚。"

　　夏晴没有和他争辩："我们进去吧。"

　　为了节约成本，夏致力和肖亚燕没有请帮工。肖亚燕负责厨房里面的事情，招呼顾客的事情就归在了夏致力身上。如今电子支付简便快捷，偶尔有人要用现金支付也花不了多少时间，所以就连收银员都不需要了。

柯小田和夏晴刚刚进门夏致力就看到了，过来招呼道："你们来了！等一会儿我给你们找个座位。"

柯小田偷偷拉了一下夏晴的衣服。夏晴连忙道："爸，这是我给您买的衣服，您一会儿试一下，如果不合适的话我拿去换。"

夏致力很高兴："肯定合适，肯定合适。"

柯小田见父女俩就这样冰释前嫌，连忙道："爸，我们不忙吃饭，先来帮你吧。"

夏致力道："不用的，我忙得过来。"

柯小田直接去往出餐口，端起一个装有煎饺的餐盘问肖亚燕："小燕姐，这是哪一桌客人的？"

肖亚燕见是柯小田，说道："哎呀，怎么能让你做这样的事情呢？"

柯小田笑道："没事。我们不是一家人吗？"

夏晴不愿意和肖亚燕面对面，就去帮父亲清理餐桌了。就这样一直忙活到下午1点，待店里的顾客慢慢少了之后才坐下来准备吃饭。

柯小田还是要的水饺。夏晴是第一次来，夏致力就自作主张给她每样都准备了一些。

夏晴早就听柯小田说这里的调料是一绝，迫不及待地夹起了一个水饺。柯小田道："我建议你先吃煎饺和蒸饺，最后再吃水饺。"

夏晴不解地问道："为什么？"

柯小田道："这叫延迟满足……"他的话还没有说完，就听到从门口传来了一个声音："夏伯伯，我回来了。"

原来是肖亚燕的女儿丫丫。夏致力笑眯眯地迎了过去："丫丫，今天怎么这么早就回来了？"

丫丫道："我们老师身体不舒服，就让我们提前放学了。"

这时候肖亚燕也从厨房里面出来了："你自己回来的？老师怎么也不给我们说一声，真是的，万一出了事情怎么办？"

丫丫道："学校其他老师把我送回来的。"

肖亚燕看了看饺子馆的门口："老师呢？"

丫丫道："老师送的又不是我一个人，你真笨。"

夏致力批评孩子道："丫丫，别这样和妈妈说话。"

丫丫嘟起嘴："我知道了。"

夏晴见父亲对肖亚燕的女儿百般疼爱的样子，心里面很不舒服。肖亚燕早已注意到了夏晴不高兴的表情，连忙对孩子说道："走，跟我到厨房里面去。"

这时候丫丫已经看到了柯小田："我记得你，你是那个医生叔叔。"

柯小田见气氛又变得有些尴尬，赶紧对丫丫说道："来，来挨着叔叔坐。"

夏致力对孩子道："丫丫，你得叫他姐夫才对。"

丫丫看着夏晴："那她呢？"

夏致力小心翼翼地看着女儿："她是你姐姐。"

夏晴的脸色一下子变得难看起来。柯小田低声提醒道："不用这样，不就是个称呼吗？"

丫丫才5岁多，哪里懂得成年人的世界有那么复杂。她坐到了柯小田的旁边，问道："你真的是医生？"

柯小田点头："真的是。"

丫丫问道："我们老师的嘴巴里面长了很多白色的东西，那是什么病？"

柯小田一惊，问道："你们老师多少岁？"

丫丫指了指夏晴："应该和姐姐差不多大吧。"

"是不是舌头上——"柯小田指了指自己的脸，"还有这里都有很多那种白色的东西？"

丫丫点头："是的呀。"

柯小田斟酌着说道："你们老师的病可能有点严重，估计最近你们得换另外一个老师了。"

丫丫和柯小田说话的时候肖亚燕就站在那里，她不知道自己是应该坐下来还是离开，这时候正好有个顾客进来了："我要3两水饺。"

肖亚燕趁机离开了，不过在离开前还是刻意看向了夏晴："你们慢慢吃，不够的话我再煮。"

　　柯小田看了看时间："我已经吃饱了，得马上赶回医院去，下午还要上班呢。"

　　柯小田要离开，夏晴当然得跟着，她也不想自己一个人尴尬地留在这个地方。

　　夏晴离开的时候特地去到父亲面前："爸，试过衣服后给我说一声，今后我才好给您买尺寸合适的。"

　　夏致力道："别再买了，我的衣服够穿了。"

　　夏晴道："您的那些衣服质量太差了，到了您这样的年龄就应该好好享受才是。"

　　夏致力觉得女儿的话有些刺耳："我还年轻呢。"他挺了挺腰："你看，我这身体没问题吧？"

　　夏致力长年在海船上工作，经历过无数风吹雨打，身体倒是被打磨得不错，而且不胖不瘦，身材很标准。夏晴禁不住就笑了："那行，您需要什么就给我讲一声。"

　　夏晴的笑容让夏致力的心情变得格外好，待送走了女儿女婿之后，兴奋地跑到厨房里面亲了肖亚燕一口。

　　肖亚燕吓了一跳："外面有客人呢，都这么大年纪了，还这么疯。"

　　夏致力大笑。

　　在去往地铁站的路上，夏晴问柯小田："今天之前你和那个叫丫丫的女孩真的就只见过一次面？"

　　柯小田道："是啊，怎么了？"

　　夏晴不解道："可是我发现她挺亲近你的。"

　　柯小田禁不住笑了起来："这有什么奇怪的，因为我是儿科医生啊。"

　　夏晴看着他："什么意思？"

　　柯小田笑了笑："我打一个并不是特别恰当的比方吧。这就好像一

儿科医生笔记 | 193

个家里养了狗狗的人,其他狗狗在遇到这个人的时候往往就喜欢去亲近他,因为他的身上有狗狗的气味。我是儿科医生,在孩子面前的一举一动会不经意间表露出职业习惯,比如微笑,还有温和的语气,等等。"

夏晴顿时明白了是怎么回事,又问道:"丫丫的老师是什么病?我看你刚才的神情有些不大对劲。"

柯小田道:"鹅口疮,就是口咽部念珠球菌过度增生引起的。"

夏晴问道:"念珠球菌是什么?"

柯小田道:"这个问题不重要。鹅口疮是身体免疫功能低下引起的,所以一般情况下,婴幼儿和老年人最容易患这种疾病。如果中青年出现了这种情况,那问题可能就大了。"

听他这样一讲,夏晴基本上懂了:"那具体会是什么病?"

柯小田道:"就是免疫力出现了问题啊,比如红斑狼疮、艾滋病什么的。"

夏晴吓了一大跳:"艾滋病?那会不会传染给丫丫?"

柯小田连忙道:"小声些。没有你以为的那么严重,艾滋病是通过体液和血液传染,一般接触是不会被传染的。而且免疫系统的疾病多了去了,还可能是因为大量使用抗生素导致体内菌群失调所致,所以目前并不能判定。"

夏晴依然心有余悸:"不行,最近我不能再去那里了。小田,你也不要去。"

柯小田苦笑:"小晴,你不要这样——算了,等我问问情况后再说。"

对于普通人来讲,他们在面对某些疾病的时候,会不由自主地产生恐惧心理。柯小田暗自后悔,自己不该把对丫丫老师病情的怀疑一股脑告诉夏晴。

第二天中午,柯小田去了一趟丫丫所在的幼儿园,以那位生病老师远房亲戚的名义打听到了大致的情况,随后就给夏晴打了个电话:"丫丫的那个老师已经被确诊了,是红斑狼疮。"

夏晴问道:"这是一种什么病?"

柯小田道："是一种不明原因的免疫系统疾病。这下你可以放心了吧？"

夏晴没想到柯小田会心细到这样的程度，幸福感更是满满："小田，你真好。"

就夏晴的情况而言，能够控制住体内乙肝病毒的浓度，尽可能减少传染给下一代的可能就是最大的目标。然而这样的目标达到之后，柯小田更希望她能够随时保持愉快的心情，然后在身心都处于最佳状态的情况下迎来孩子的出生。柯小田并不认为自己这样的想法是贪得无厌，因为在他看来完全可以做到这一步。

曾经有一段时间，有人在网上探讨一个问题：人生不过百年，最终都要死去，那么人生的意义到底是什么？当时柯小田也觉得这是一个难以回答且让人悲观的问题，不过现在他明白了——人生的意义不就是像自己如今这样，不抱怨，不退缩，一次次去直面当下吗？

第十九章
药物过敏

十年前，陈建生从江南医科大学儿科专业本科毕业后回到了家乡的县医院。那时候国内儿科专业的学生还比较稀缺，他刚刚参加工作就成为县医院的重点培养对象，如今已经是儿科病房的科室主任。

县医院虽然不缺病源，但重大疾病和疑难杂症患者都去了上面的大医院，县医院儿科最常见到的基本上都是感冒、发烧或者腹痛之类的常见疾病。

这天，儿科病房收进来一个患儿。发热、喘息、身上伴有皮疹。主管医生丁洋将这个病例诊断为支气管炎。

丁洋大学刚毕业不久，用药比较小心，给予患儿口服红霉素和止咳糖浆。可是两天过后患儿的情况并无好转，于是将这个病例汇报给了陈建生。

陈建生给患儿查体后对丁洋说道："患儿阵发性咳嗽，有痰咳不出，还伴有喘息，支气管炎的诊断没有问题。口服抗生素吸收较差，改用静脉输液吧。抗生素可以稍微高级一些，就用头孢替唑钠……"他斟酌后说道："再加点激素，这样效果更好一些。"

丁洋很犹豫："现在就用这么高级的抗生素？还要加入激素？"

激素具有较强的抗炎作用，能够抑制物理、化学、免疫、生物等多种原因引起的炎症，从而达到快速减轻甚至消除临床症状的目的。可是，毕竟激素的抗炎并不是抗菌，它的作用只是激发机体的防御功能，一旦这样的激发机制失效，就会导致机体的免疫功能崩溃，后果不堪设想。

陈建生知道丁洋在担心什么，说道："我们不像医学院校的教学医院有严格的用药规范，因为我们的条件不允许。举一个简单的例子：病毒性感冒，我们加了激素后患者很快就可以退烧，各种症状好转，不然的话病人会认为我们没有尽心治疗。教学医院不会这样做，因为他们有多年来的良好声誉和底蕴作为支撑，病人相信他们所做的一切都是对的。"

丁洋虽然明白了其中的缘由，还是觉得风险太大："可是……"

陈建生当年刚刚参加工作的时候，也和如今的丁洋一样，完全遵从老师在课堂上讲的治疗原则，后来他才发现有时候正规和标准化的东西在实践中需要灵活运用。他耐心地解释道："人体的免疫系统非常强大，激素导致免疫系统崩溃的可能性极小。我在这里工作十来年了，从来没有出过大问题。"

既然是科室主任亲自下达的治疗方案，丁洋只好遵照执行。与此同时，他还针对患儿的哮喘症状增加了平喘药对患儿进行雾化治疗。

从理论上讲，无论是支气管炎还是哮喘，这一套治疗方案实施下来，患儿的病情应该很快会好转才是，然而眼前的情况却并不是如此。

丁洋发现，经过一系列治疗后患儿反而出现咳喘加重、高烧、呼吸困难的危重状况。

陈建生也觉得奇怪，连忙吩咐丁洋将患儿转入重症监护室，并下达了一系列治疗指令："给予吸氧，激素继续使用，维持雾化治疗，将抗感染药换成阿奇霉素。除此之外，给患儿做一个痰培养，一定要找到引起感染的具体原因。"

丁洋被如此生猛的治疗方案吓得后背直冒冷汗，但在陈建生严厉的目光下别无选择，只能照令执行。

然而，在继续给患儿使用激素、平喘药以及更高级的抗生素后病情依然无好转。陈建生再次下达指令："给予气管插管、呼吸机辅助治疗，升级抗生素为头孢噻肟钠。"

丁洋胆战心惊地执行了陈建生的医嘱。

还好，患儿的体温很快就降了下来。陈建生也终于暗暗松了一口气，吩咐丁洋道："就用这个方案，一直到患儿的病情彻底好转为止。"

一周后，患儿的情况终于有所好转，体温稳定，咳嗽、喘息的症状也基本消失。陈建生给患儿做了全身检查后对丁洋说道："可以将激素撤下来了。"

从这个患儿入院开始，丁洋就一直提心吊胆，此时听陈建生说可以撤去激素了，心里紧绷着的那根弦才终于放松了下来。

可是就在当天下午，患儿的体温忽然再次升高，而且躯干部出现了淡红色的皮疹。次日，患儿的皮疹加重，并逐渐波及全身。

患儿的痰培养结果终于出来了：鲍曼不动杆菌大量繁殖。除此之外，再次肺部CT的结果显示患儿右肺上叶炎症，于是陈建生决定继续执行之前的治疗方案。

又过了4天，患儿的发热、皮疹症状依然没有任何好转的迹象。陈建生傻眼了，只好无奈地建议患儿家长转院去往上级医院。

患儿男，1岁5个月。主因"发热16日，喘息12日，皮疹6日"入院。

患儿16天前开始出现阵发性咳嗽，有痰咳不出，伴有喘息，喉部发出"哐哐"声。口服红霉素、止咳糖浆后咳嗽无改善。15天前于当地医院治疗，给予头孢替唑钠、甲泼尼龙静脉滴注，同时使用沙丁胺醇及布地奈德雾化吸入治疗，然后出现咳喘加重、呼吸困难、发热、不能入睡等症状。给予气管插管、呼吸机辅助治疗，升级抗生素为头孢噻肟钠，体温有所降低，持续治疗一周。5天前停用激素，当日体温忽然升高，躯干部出现淡红色皮疹，皮疹无融合、无瘙痒。4天前患儿皮疹加重，逐渐波及全身。患儿住院期间痰培养发现鲍曼不动杆菌，肺部CT显示右肺上叶炎症，继续抗感染治疗4天，患儿的发热无好转，皮疹无减轻。

当地医院的用药竟然如此生猛。柯小田仔细看完县医院转来的病历后，只觉得一阵阵头皮发麻。

当然，柯小田不可能在患儿的家长面前评论县医院的治疗方案，现在他最需要做的是明确这个病例的诊断与治疗。

当柯小田常规性地完成了病史收集和对患儿的查体后，顿时就傻眼了：还是同样的一些症状，可是问题究竟出在哪里呢？他思索了很久，脑子里面依然一团乱麻，找不到方向。

"小柯，新收的这个患儿什么情况？"也不知道过了多久，柯小田的沉思忽然被一个声音打断。

见是苏雯，柯小田随即将自己目前掌握的情况向她做了汇报，疑惑不解地道："苏老师，从患儿现有的症状，特别是肺部CT的结果来看，重症肺炎的诊断似乎可以成立，除此之外，患儿哮喘的症状也比较明显，可是我始终找不到皮疹产生的原因。"

苏雯思索了片刻："那就先按照重症肺炎给予治疗。接下来除了常规检查及肝、肾功能检查之外，首先要查清楚究竟是细菌、病毒还是支原体感染。除此之外，还要查过敏原并排除血管内凝血的可能。"

检查过敏原和血管内凝血都是为了弄清楚无痒性皮疹究竟是怎么回事。按照苏雯的意见，柯小田开出了包括血、尿常规，肝肾功能以及细菌培养等10多项检验和检查项目。

除了细菌培养之外的其他检验结果都出来了，眼前一系列的阴性结果让苏雯和柯小田再次傻了眼。

苏雯想了想："我去向田主任汇报一下这个患儿的情况。"

不多久田博达就来了，他仔细看完了病历和检验、检查结果后，又去对患儿进行了查体。

田博达问苏雯和柯小田："你们想过没有，即使是细菌培养的结果出来了，证实是鲍曼不动杆菌或者衣原体感染又怎么样？能够解释患儿皮疹产生的原因吗？"

苏雯有些尴尬："田主任，您的意思是？"

田博达将目光看向柯小田："你的病历写得还是很不错的，将患儿在当地医院的诊治过程以及症状等都描述得非常清楚，也比较准确。但是作为临床医生，一定要学会从各种错综复杂的现象中敏锐地去发现其中最本质的东西。"说到这里，他停顿了一下："既然肺部CT已经明确告诉我们患儿的右肺上叶存在炎症，那么重症肺炎的诊断当然是成立的。你们现在的问题是，非要把哮喘和皮疹与重症肺炎联系在一起，思路上不走进死胡同就怪了。"

苏雯道："可是，过敏原和血管内凝血导致皮疹的可能性已经被排除了，这就说明导致皮疹的原因很可能与患儿的主要病症有关。"

田博达看着她："那我问你，既然如此，又如何解释在针对性地使用了抗生素的情况下，患儿依然高烧不退呢？"

苏雯默然。

田博达指着病历上面的一段描述说道："看来你们都没有注意到其中的细节。柯医生，你告诉我，患儿的皮疹是什么时候出现的？"

柯小田回想了一下："是在停用了激素之后。"

田博达看着他，又问道："这说明了什么？"

柯小田又想了想，顿觉眼前一亮："您的意思是说，之所以在那之前没有出现皮疹，是因为激素在起作用？"

田博达道："基层医院在抗感染治疗的同时使用了激素，结果误打误撞把皮疹的症状给遮掩了。也就是说，激素对皮疹是有效的。那么，患儿的皮疹究竟是什么原因产生的呢？"

这一瞬，苏雯顿时就明白了："是药物，头孢类抗生素，还有阿奇霉素！"

此时此刻，柯小田也想起了患儿住院的第一天就使用了红霉素，后来进入重症监护室又换成了阿奇霉素，而这两种抗生素都可能使患者产生过敏的副作用，只不过因为一直都有激素在同时使用，这才抑制住了皮疹的产生。

田博达微微一笑，点头道："没错。很显然，患儿的皮疹是药物引起的过敏反应所致，像这样的情况在临床上被称为'药物超敏反应综合征'。"

在一般情况下，诊断明确之后，接下来的治疗也就不会再出偏差。在停用头孢类药物和阿奇霉素的基础之上进行抗过敏治疗即可。

新的治疗方案实施后不久，患儿身上的皮疹慢慢消失，体温也随之恢复正常。

这无疑是一例疑难病例。柯小田十分清楚，自己能够搞明白其中的关键，完全是得到田主任提醒的结果。

从众多错综复杂的现象中敏锐地发现有用的信息，这样的能力可不是一般人能够拥有的。带着满心的敬佩和崇拜，柯小田去了田博达的办公室："田主任，您是怎么一下子就想到这个患儿的皮疹是由药物引起的？"

田博达笑了笑："这是一个好问题，但要回答清楚却有些难。"他沉默了片刻："说到底就是临床思维。"

柯小田搔着自己的头发："可是临床思维这个概念太抽象了。"

田博达道："佛教里面的《心经》《金刚经》什么的，你说抽象不抽象？但对那些有悟性的僧人来讲，他们却能够领悟到其中的真谛，唱诵起来甘之如饴，所以抽象也是相对的。"

柯小田问道："您的意思是说，只能靠自己去悟？"

田博达点头道："是的，关键还是得靠你自己去悟。我来问你几个问题，也许对你今后领悟临床思维有一定的帮助。"他看着柯小田："第一个问题：你认为临床思维的核心是什么？"

柯小田想了想，摇头道："我说不清楚。"

田博达即刻替他做了回答："在我看来，临床思维的核心其实就是深入疾病的本质。也许你还是觉得这样的说法比较抽象，不过没关系，我再问你第二个问题：疾病诊断的过程包括哪些步骤？"

这个问题柯小田能够回答："采集病史，初步诊断，辅助检查。"

田博达似乎有些不大满意，问道："还可以说得更详细一些吗？"

柯小田想了想：“初步诊断就是将患者所患疾病归列到已知的疾病分类中，这时就可能有多个疾病可解释患者的临床症状，所以接下来还需要鉴别诊断。辅助检查的目的是寻找支持或不支持初步诊断的证据。若辅助检查支持，则将疾病进行更细的分类。”

田博达点头道：“回答得非常好。所以，疾病诊断的本质其实就是分类学，当你根据患者的临床表现及各项实验室检查，将疾病分类到一定的程度后，正确的答案也就呼之欲出了。当然，要做到这一点并不容易，除了需要渊博的医学理论知识作为支撑之外，还必须具备丰富的临床实践经验，二者缺一不可。”

见柯小田满脸沮丧的样子，田博达饶有兴趣地看着他，问道：“你觉得自己能够成为一名优秀的儿科医生吗？”

柯小田没有想到他会问自己这样一个问题，不好意思地道：“我正在努力争取。”

田博达不满地道：“我问你，在你看来，成为一名优秀儿科医生需要具备哪些条件？”

柯小田想了想回答道：“首先要具备扎实的医学基础理论知识以及丰富的临床经验，其次要有爱心。除此之外，还要细心、吃苦耐劳……”

田博达"哈"了一声：“你说的这些都是完全正确的废话。”

柯小田尴尬得满脸通红。

田博达自顾自地继续说道：“我说的是优秀，不仅是合格。什么叫优秀？那就是万里挑一，就是最顶尖的意思。”紧接着他得意扬扬地道：“比如说我，就基本上是了。”

柯小田并不觉得他的这个自我评价有什么问题，不过还是禁不住笑了起来：“您当然是最优秀的儿科医生了。”

田博达竟然谦逊地道：“应该在'最优秀'的后面加上'之一'两个字。”

柯小田一下子就乐了：“您说了算。”

田博达咧嘴笑道：“我是看你在我面前太紧张，就逗你一下。好了，我们继续刚才那个话题。"

柯小田不想错过这个难得的学习机会，连忙道："田主任，您觉得什么样的人才能够成为一名优秀的儿科医生呢？"

田博达道："除了你刚才说到的那些之外，更重要的是具备高情商和高智商。"

柯小田是第一次听到这样的说法："这是什么道理？"

田博达道："高情商的人最大的长处就是善于控制自己的情绪，任何时候都能做到头脑冷静、行为理智，抑制感情的冲动，克制急切的欲望，并能够及时化解和排除不良情绪对自己的影响，始终保持良好的心境，心情开朗，胸怀豁达，心理健康。"

柯小田不再紧张："要做到这些似乎并不难。"

田博达看着他："尊重所有人的人权和人格尊严，你能够做到？"

"能。"

"不将自己的价值观强加于他人呢？"

"能。"

"对自己有清醒的认识，能承受住任何的压力？"

"能。"

"自信而不自满？"

"我会随时提醒自己。"

"人际关系良好，和朋友或同事能友好相处？"

"我本来就是一个很好相处的人。"

"始终认真对待每一件事情？"

"这是一种对事对人的态度，我能够做到。"

田博达又一次"哈"地一笑："如果你自始至终都用'能够做到'这几个字回答我，那就是在吹牛。"

柯小田也跟着笑，问道："为什么还需要高智商？"

田博达道："如何才能做到透过表面现象看透事物的本质？说到底就是一个'悟'字。这个'悟'字虽然简单，要真正做到却很难。"

柯小田沮丧地道："我自认不是什么天才。"

田博达"嘿嘿"笑了两声："你的自信呢？怎么一下子没有了？"

柯小田连忙道："不是我没有了自信，而是我清醒地知道自己确实不是天才。"

田博达道："这个世界上哪来那么多的天才？那些所谓的天才与众不同的地方无外乎就两个方面：时时刻刻都在问为什么，在寻求真相的道路上从不懈怠。"

柯小田疑惑地问道："这样就能够成为天才？"

田博达点头："当一个人将我刚才说的那两点深入骨髓，成为习惯性思维的时候，就肯定是天才了。"他看着柯小田："所以，要想成为一名优秀的儿科医生，高情商和高智商缺一不可。好好努力吧，小柯医生。"

柯小田问道："我真的能够做到？"

田博达摇头："别问我，能不能做到你自己才知道。"

这天过后，柯小田不止一次地回想及思考田博达当时说过的每一句话，越来越觉得真正要做到高情商、高智商兼备，实在是一件非常困难的事情，特别是"深入骨髓"几个字，那更是难上加难。

这时候他又想到了田博达所说的要"克制急切欲望"的话，猛然间就醒悟了：有些事情是需要用时间去积淀的，所以，厚积薄发才是必然。

夏晴的孕期到28周的时候去做了第6次产检。这次产检主要是为了排除子痫前期的可能。

当拿到各项检查结果后，夏晴一下子就紧张了起来："小田，情况好像有些不大对劲。"

柯小田将检查结果拿过来仔细看了看，说道："蛋白尿只有一个'＋'，血压确实比前几次高了些，不过还不算特别严重，今后注意观察就是了。"

夏晴这才放心了许多，问道："如果蛋白尿和血压特别高的话会怎么样？"

柯小田诧异地问道："这样的问题你怎么不问吕医生？"

夏晴撇嘴道："你们这些做医生的，总是喜欢把病人的情况说得很严重，我哪里敢去问她？"

柯小田笑着解释道："我们有时候确实会把病情说得严重一些，这是为了引起患者本人和家属的高度重视，以免因为病情拖延造成更加严重的问题。"

夏晴问道："那你们有时候将严重的病情说得轻描淡写的，这又是怎么回事？"

柯小田道："那是担心患者的心理压力过大，从而加快、加重病情的发展。"

夏晴禁不住笑了起来："反正道理都在你们医生那里……你还没有告诉我呢，如果我的蛋白尿和血压问题比较严重的话，会出现什么样的情况？"

柯小田道："如果真是那样的话，就有可能出现下肢水肿、抽搐甚至惊厥。小晴，至少你暂时还不会出现这样的情况，所以你放心好了。"

夏晴依然担忧："我自己的情况倒是无所谓，现在我最担心的还是我们的孩子。"

虽然柯小田也很担心，却不得不劝慰道："小晴，你去看看产科病房，好多孕期糖尿病、高血压、胆淤症患者，而且那样的状况会直接影响到胎儿的正常生长发育。你的情况还算不错，所以我们应该感到幸运才是。"

很多时候、很多事情都是相对而言的。夏晴听了后心情一下子就好了许多。

田宁打电话告诉柯小田，他们准备周末的时候到省城来："就是想来看看你们。"

柯小田不想老是让父母跑来跑去，说道："这样吧，小晴如今已经怀孕7个多月，应该多运动运动，这个周末我和她一起回去一趟。"

几天后，柯小田和夏晴再次登上了去往家乡的长途大巴。

一般来讲，孕妇从怀孕4个月就会开始显怀。如今夏晴的孕期已经到了第7个月，穿上宽大的衣服后根本就不像是一个孕妇。

田宁询问了夏晴胎动的情况，看着她脱了羽绒服后依然婀娜的身材，高兴道："孩子闹腾得这么厉害，你又不怎么显怀，肯定是男孩无疑。"

柯小田担心到时候夏晴生了女孩他们会失落，觉得应该提前打打预防针才是："妈，您说的这些没有一点科学道理。孩子在肚子里面闹腾得厉害，说明生长发育良好，不显怀只不过是因为胎盘处于子宫后壁，和孩子的性别没有多大的关系。"

柯文伟不满地道："你千万不要小看老年人的经验，这里面可是有大智慧的。"

柯小田好不容易回来一趟，可不想和父母争论这样的问题，连忙道："您说得对，小晴怀的就是个儿子，这件事情就这样定了。"

田宁被儿子的话逗得笑了起来："你这孩子，说出来的话怎么觉得怪怪的呢。"

柯小田也笑："你们不是喜欢听这样的话吗？对了，爸、妈，明天我和小晴还想再去一趟桥头镇。"

田宁心情极好："去吧，记得下午早些回来就是。"

夏晴一直心心念念着上次错过的古镇婚礼，柯小田当然愿意再带她去一次。

两个人到了古镇后，柯小田就去询问当地人："今天有没有人结婚？"

那人用一种奇怪的目光看着柯小田："今天又不是黄道吉日，哪个会在这样的日子里结婚？"

夏晴连忙问道："那明天呢？"

那人依然摇头："明天也不是黄道吉日。日子不好结婚不吉利，我们这里的人讲究得很呢。"

柯小田见夏晴满脸的遗憾："没事，下次我们回来之前先翻翻日历。"

行走在没有商业化的古镇街道上，仿佛整个世界都静谧了下来。看着街道两旁悠闲的居民，夏晴觉得内心的浮躁一下子少了许多："今后有空的话一定要来这里长住一段时间。"

柯小田歉意地道："我们虽然是教学医院，可没有寒暑假，长住的话我可能陪不了你。"

夏晴笑了笑："我只是说说而已，没事。我们再去你家老宅看看，然后就回去。"

两个人发现老宅里面的家具少了一大半。夏晴问道："这里面的那些东西呢？是不是被人给偷走了？"

柯小田却顿时明白了是怎么回事："这个地方民风淳朴，晚上睡觉都不需要关门的。而且这房子外面的门都是锁着的，不可能被盗。肯定是我爸把这里面的东西拿去卖了，然后给我们的房子交了首付。我就说嘛，以我爸妈的收入，再节约也不可能存下那么多钱。"

夏晴的心里很不好受："他们太不容易了。里面的那些家具——太可惜了。"

回到家后柯小田就询问了父亲这件事情。柯文伟云淡风轻地道："等你们接了房，我把剩下的家具都卖了，不然你们装修的钱从哪里来？再值钱的东西没有用处，摆在那里也是浪费。"

柯小田苦笑："听您这样一说，我就更加觉得自己没用了。"

柯文伟道："钱这东西，生不带来，死不带去，就是拿来给活着的人用的。你是医生，多治好几个孩子的病就是你最大的用处。"

柯小田觉得父亲的话不但现实而且充满哲理，也就没有再多说什么。晚餐的时候他陪父亲喝了几杯酒，临睡的时候却听夏晴说道："你注意到没有，你爸身上那件毛衣的领口都破了。"

柯小田愣在了那里。

夏晴继续说道："我们不该让他们买那房子的，如今每个月要还那么多的贷款，他们的压力肯定也很大。小田，等我生了孩子就去找一份新的工作，今后房子的贷款咱们俩也得承担一部分才是。"

柯小田的心里很不好受，这天晚上也就没有休息好。第二天起床后，他直接去询问了父亲："爸，您和妈一个月加起来有多少收入？"

柯文伟道："吃饭没问题，你管那么多干吗？"

柯小田劝说道："咱们家目前的经济状况根本就不适合买房，我一想到接下来还要还20年贷款就感到头皮发麻。爸，我们干脆去把那套房子退了或者卖掉，其实租房住也是一样的。"

柯文伟道："我们县里面很多人都在省城买了房子，更何况你在那里上班呢。如今你们又有了孩子，没自己的房子怎么行？这件事情你不要再说了，钱的问题也不需要你多想，我和你妈还支付得起。"

柯小田见父亲的态度如此坚决，就把夏晴的想法对他讲了。柯文伟道："以后的事情以后再说吧，先把孩子生下来。"

在回省城的路上，夏晴见柯小田一直闷闷不乐，劝慰道："如今贷款买房的又不止我们一家，今后一切都会好起来的。"

柯小田摇头："我还是觉得自己太无用了，心里面憋闷得慌。"

夏晴道："我们都还这么年轻，今后挣钱的机会多的是。"

柯小田点头："嗯。"

夏晴挽住柯小田的胳膊："我现在终于能够理解我爸了，他这辈子确实为我们家付出了太多太多。"她由此就想到了自己的母亲："其实我妈妈也很善良，脾气不好都是因为肝脏不好。小田，以前我有时候也这样，你不会怪我吧？"

柯小田笑着道："我知道你的情况，怎么会怪你呢？不过今后你随时要注意自己的情绪，特别是要维护好肝功能。"

夏晴幽幽地道："这个病太花钱了。"

柯小田温言对她说道："没事，今后我们多挣钱就是。对了，下周我抽空再陪你去做一次乙肝病毒的浓度检测，在这件事情上面小心一些总是好的。"

第二十章
剩饭引起的高烧

江南省城旁边有个黄桃镇。黄桃镇最有名的特产不是黄桃，而是汁多个大的水蜜桃。

张雪琴的父亲张怀远是黄桃镇一带有名的种桃能手，家里承包的上百亩山地种的全都是水蜜桃树。

前些年张家种水蜜桃赚了不少钱，于是张怀远又向镇上的信用社贷款承包下了旁边的一片山地，还请了十几个帮工。没想到去年夏天一场突如其来的大冰雹差点让张怀远破了产。

张怀远辞退了所有的帮工，夫妻俩起早贪黑照料家里的果园，根本就无暇照顾天天去镇上走读的女儿。

张雪琴今年13岁，已经到了懂事的年龄，她知道家里现在的情况，每天早睡早起，也很用功读书。

张雪琴的家距离镇上只有3公里的路程，早上去学校的时候，她会带上煮熟的红薯或者土豆当午餐。

13岁正是长身体的年龄。张雪琴每天早餐和午餐都是吃素，时间一长就总是感觉到饥饿。

这天下午，张雪琴在放学的路上就感到饥饿难忍，回到家后看到饭桌上有父母中午吃剩的饭菜，就狼吞虎咽地一口气吃了个精光。

张怀远夫妇从山上回到家的时候天色已暗，见家里没有开灯就叫了女儿一声，结果却没有得到回应。两个人顿时就慌了，放下手上的东西就朝屋里面跑去。

当他们看到躺在床上熟睡的女儿后才知道虚惊了一场。

"孩子可能是太累了。等明年果园丰收后我们带她出去旅游。"张怀远愧疚地对妻子说道。

妻子注意到了桌上的空盘子，点头道："赶快做饭吧，孩子肯定早就饿了。"

很快地，妻子就将饭菜做好了，朝楼上喊了一声："小琴，起来吃饭了。"

不多一会儿，孩子睡眼蒙眬地从楼上下来了："爸爸，妈妈，我不大舒服。"

妻子去摸了一下孩子的额头，感觉有些发烫，说道："估计是着凉了，吃完饭睡一觉就好了。"

孩子吃饭后早早地就睡下了。

第二天早上，张怀远夫妇起床后发现孩子还在睡。妻子又去摸了一下孩子的额头，感觉烧得更重了些，对丈夫说道："还是送去医院看看吧，万一是别的毛病，耽误了就糟糕了。"

于是张怀远就背着女儿去了镇上的卫生院。

卫生院按照病毒性感冒给孩子输了液，没想到在这个过程中孩子出现了头痛、肚子痛等症状，还呕吐了好几次。张怀远觉得情况不大对劲，对妻子说道："我觉得不像是重感冒，还是送去县医院吧。"

大半年来，女儿因为家里的这场灾难受了太多的苦，妻子满怀愧疚地对丈夫说道："直接去省城吧，反正和县城差不多的距离，万一把孩子的病耽搁了就后悔莫及了。"

患儿女，13岁。3天前患儿无明显诱因出现发热，最高体温38.3℃，一日2次，无寒战及皮疹，无乏力及盗汗，无头晕及视物旋转，无呕吐及腹泻，在当地医院静脉滴注抗病毒药物治疗1天，血常规显示血小板减少，治疗期间出现了头痛、肚子痛等症状，同时呕吐数次。门诊以"发热原因待查"将患儿收治入院。

患儿自生病以来精神状态一般，食欲差，吃东西后出现呕吐，非喷射性，以胃内容物为主，无血丝及胆汁，最近7小时无尿。无抽搐，无腹泻。

患儿的出生史、疫苗接种史、家族史及过敏史均无异常。

入院查体除颜面潮红、呼吸稍显急促外未见其他异常。

柯小田有些拿不准这个患儿的诊断，于是就带着病历去了苏雯那里。

苏雯看完患儿的病历后问道："你的初步诊断是什么？"

柯小田道："患儿主要表现为急性起病，发热、头痛、呕吐及腹痛、颜面潮红、尿量明显减少。当地医院化验发现蛋白尿、血小板水平降低，乳酸脱氧酶升高。腹部CT提示双侧肾体积稍大，密度较低，双肾及腹膜后间隙有体液渗出。所以我的初步诊断为：第一，急性肾功能不全；第二，溶血尿毒症综合征待查。"

苏雯又问道："还有其他的可能吗？"

她说的是鉴别诊断。柯小田道："血栓性血小板减少性紫癜具有发热、微血管病性溶血性贫血、消耗性血小板减少，以及微循环血栓导致的脏器损伤等情况。还有就是，红斑狼疮性肾炎也可能引起发热、头痛、腹痛、呕吐、少尿、血小板减少。除此之外，出血热也可以引起类似的症状，都应该加以排除。"

苏雯点了点头，即刻起身去往病房。柯小田知道她肯定是想到了什么，连忙跟在后面。

到了病房后，苏雯仔细观察了患儿的面部和颈部，又解开了她上衣的扣子，对柯小田说道："很显然，你病历里面关于'面部潮红'的描述是不准确的。你看，她的颈部和胸部的皮肤都是发红的，这就是典型的酒醉貌。"

张怀远连忙道："孩子不可能喝酒。"

苏雯解释道："这是一种疾病造成的体征。"她转身对柯小田说道："所以，接下来还需要补充采集病史。"

酒醉貌多见于流行性出血热。柯小田在专业书里看到过有关这种体征的描述，但还是第一次在临床上见到，也就没有将二者联系起来，心里面惭愧不已。他知道苏雯的意思，接下来需要做的是针对出血热进行病史补充。

柯小田："孩子上初中了吧？"

张怀远："刚刚上初一。"

柯小田："在县城上学？"

张怀远："在我们家附近的镇上。"

柯小田："住校还是走读？"

张怀远："走读。"

柯小田："你们家有没有老鼠？"

张怀远："我们家是农村的，肯定有老鼠啊，有的老鼠还很大。"

柯小田："孩子最近被老鼠咬过没有？"这时候他想到患儿已经13岁，于是说道："张雪琴同学，接下来的问题就由你自己来回答我好不好？"

柯小田温和的目光让张雪琴顿时有了一种亲近之感，点头道："好。"

柯小田再次问道："你最近被老鼠咬过没有？"

张雪琴摇头："没有。"

柯小田道："那你说说身体开始不舒服那天的具体情况。"

张雪琴想了想："那天我放学回家，看到饭桌上有爸妈中午吃剩下的一些冷菜，我实在是太饿了，就——"

这一刻，张怀远妻子的眼泪瞬间就流下来了。

柯小田见孩子不好意思的样子，笑了笑："后来呢？"

张雪琴道："吃了那些东西后不久，我就觉得很困，去床上睡着了。爸妈回来做好晚饭后才把我叫醒。我醒来后就觉得很不舒服。"

柯小田问道："怎么个不舒服法？"

张雪琴道："我说不出来那种感觉，就是不舒服。"

患儿发热、腹痛、酒醉貌，以及血小板减少、蛋白尿、急性肾功能不全，这些都完全符合出血热的特征，再加上患儿很可能吃过被老鼠污染过的剩菜剩饭，流行性出血热的可能性极大。

接下来的检查结果显示，患儿的出血热抗体呈阳性。流行性出血热的诊断也就因此得以明确。

这个病例看似复杂却能被苏雯在短时间内确诊，其中的关键就在于她敏锐地抓住了患儿酒醉貌这个非常重要的特征。这不仅需要丰富的临床经验作为支撑，更需要具备从众多临床症状中抽丝剥茧的能力。

教科书里面有关于酒醉貌的描述，也讲明了这种特殊体征在流行性出血热患者身上常见，可是当自己真正见到这种特殊体征的时候，为什么没能将它识别出来呢？柯小田反复问自己。

"说到底还是临床经验不足的问题。"苏雯回答了他的这个疑惑，"这就好像你在大街上遇到了一个熟人，可是偏偏想不起他的名字。这时候忽然听到有人在叫他，你才一下子想了起来。"

还真是这么回事。柯小田点头："可是……"

苏雯微微一笑："如果当时没有人叫那个熟人的名字，其实你也是可以想起来的，关键是你要继续去想，要将自己曾经认识的人一一加以分类，然后再去回忆认识这些人的大概时间、当时还有哪些人在场，以及周围的环境等，这样一来想起来的可能性就比较大了。"

其实她说的就是临床思维。柯小田顿时明白了。

夏晴的化验结果出来了。

当柯小田看到化验单上面的数值后顿时紧张了起来，连忙就去了感染科黄主任那里。

黄主任仔细看完了夏晴的化验结果后说道："你爱人体内的乙肝病毒浓度有所增加，不过其他的情况还比较稳定。稳妥起见，还是要继续

儿科医生笔记 | 213

治疗，这样对你爱人病情的控制也有好处。"

柯小田惴惴不安地问道："孩子有没有可能已经被传染？"

黄主任道："这个不好说，不过孩子被传染的概率应该不会太大，毕竟你爱人血液中的病毒浓度只是略微有些升高而已。"

说到底还是有可能。柯小田的内心忐忑不安，回到家后却不敢将真实的情况告知夏晴："这是黄主任开的处方，你按照上面的要求继续按时吃药就是。"

夏晴很心细："我看了化验单，好像有一项数据有些偏高，黄主任是怎么说的？"

柯小田道："只是稍微有些异常，问题不大。"

夏晴抚摸着自己的肚子："老天保佑，一定要让我们的孩子健健康康的。"这时候孩子在里面动弹了几下，夏晴惊喜地对柯小田说道："他好像听到了我在说什么呢。"

柯小田朝她笑了笑："这小家伙乖得很。"

夏晴此时完全沉浸在即将做母亲的幸福之中，问道："小田，我们孩子现在有多大了？"

她问的当然不是孕期。柯小田回答道："7个月的胎儿，身长35厘米到40厘米，体重1500克左右。"

夏晴道："这么小啊？"

柯小田解释道："孩子在此之前主要是各个器官的生长发育，越到后面就长得越快。"

听他这样一讲夏晴就明白了，又摸着肚子对孩子说道："从现在开始，妈妈要尽量多吃东西，你也要快快长大哟。"

孩子仿佛听懂了她的话，又欢快地连续动弹了好几下。

从老家回到省城之后，每当柯小田想到父母每个月都要拿出大部分的收入去还银行贷款，心里就难受得慌。再加上夏晴并不乐观的化验结果，他在很长一段时间里都感到压抑得喘不过气来。

情绪这种东西也是会影响到他人的。柯小田持续数天这样的状况，引起了护士长邱燕的注意，她关心地问道："柯医生，是不是家里出什么事情了？"

邱燕的性格有些外向，上次的医疗事故发生后闹了一段时间的情绪，不过很快就调整好了状态，而且从此更加小心翼翼，对每一个护士的医嘱执行管理得更加严格。

柯小田与邱燕的接触不多，也不想让她知道自己这样的私事："没事。"

邱燕却依然看着他："你最近的状态不对，整天心事重重的样子。"

柯小田笑了笑，说道："我真的没事。"

邱燕相信自己的感觉，说道："柯医生，虽然我们俩接触不多，但我看得出来你是一个很有潜质的好医生。我在这里工作十几年了，非常清楚心理健康对一个儿科医生的重要性。如果你有什么想不通的事情，就一定要讲出来，千万别窝在心里面。长此以往的话，对你自己不好，更会对病人不利。"

心理健康。那天田博达主任也说起过。柯小田默然。

邱燕见他不说话，又道："我这个人就是这样的性格，想到了什么就会直接说出来。柯医生，你不会觉得我多事吧？"

柯小田不想让她误会了自己，连忙道："不会，不会。"

邱燕朝他笑了笑，真诚地道："我主要是担心你会像苏医生当年那样——"

柯小田一激灵："苏医生当年怎么了？"

邱燕露出惊讶的表情："原来你不知道啊。那就算了。总之就是，无论你遇到了什么事情，都要放宽心一些才是。"

柯小田见她不愿意说出苏雯当年的事情，心想必定是有所顾忌，也就不好多问。他想了想，就将自己遇到的事情大致说了一下："其实也算不上什么大事，我就是觉得自己读了这么多年的书，挺没用的。"

邱燕听了后禁不住笑了起来："我还以为是多大的事情呢。年轻的时候不都是这样吗？我孩子出生的时候是夏天，因为天气太热，孩子全身长满了痱子。家里想买一台空调，可当时一台空调要2000多块钱，而我一个月的收入还不到600块钱，就到处去找人借钱。一个人到了一定的年龄，能力足够了，挣钱也就不再是问题了。至于孩子的事情，如果真的被传染了，尽早开始治疗就是，而且随着医学的快速发展，说不定等孩子成年的时候，就已经有新的治疗方法和技术了呢？所以任何事情都要向前看，日子总会慢慢好起来的。"

邱燕的话有理有据，而且能让人看到希望。柯小田听后心情大好："护士长，您说得太好了，谢谢您。"

邱燕爽朗地道："这么客气干什么？人活着不都是这样的吗？再难、再想不通的事情，只要先把它们放到一边，过一段时间就不是什么大事了。"

夏晴的孕期进入第7个月后，随着孩子生长发育越来越成熟，而且胎盘的容量变大，胎动也再次变得频繁起来。

孕期第7个月在饮食上需要严格控制盐分和水分的摄入量，尽量减少高热量食物，以防食欲降低，从而影响到身体对其他营养素的吸收。根据以上原则，柯小田给夏晴制定出了这个月的食谱：

三文鱼香醋沙拉（抗氧化，提高身体活力）：鸡蛋1个，莴笋50克，生菜100克，新鲜三文鱼200克，圣女果5个，香醋适量。

杂粮小饭团（控制体重，补充各类营养物质）：大米50克，白糯米、血糯米、燕麦、绿豆、玉米各20克，火腿100克。

海参蛋羹（预防或者缓解水肿症状）：海参100克，鸡蛋2个，生抽、香醋、盐、香油各少许。

……

孕期第32周第7次产检主要是为了预防早产的发生。

夏晴这次的产检结果显示血压比以前又高了一些，其他情况都没有发生太大的变化。吕医生告诉她："像你这种情况暂时还不需要专门针对高血压进行治疗，多注意饮食和休息就可以了。"

夏晴更关心的是孩子的问题，将上次的乙肝病毒浓度化验单递给了吕医生，问道："孩子还有两个月就要出生了，您觉得他有没有感染乙肝病毒的可能？"

吕医生摇头道："虽然你从备孕开始就做了相关的防范与治疗，但毕竟乙肝的母婴传播是最常见的途径，最终的情况目前很难做出准确的预判。"

吕医生的话让夏晴的心境一下子变得糟糕起来。

柯小田安慰道："吕医生的意思你没听明白，她说的'最终的情况目前很难做出准确的预判'，这句话其实是'有可能'的意思。小晴，当初黄主任告诉我们的不也是这样吗？所以我们还是'尽人事，听天命'吧。"

听柯小田这样一讲，夏晴的心情变得好了些，她抚摸着自己已经明显隆起的肚腹："你说得对，我相信上天会赐予我们一个非常健康的小宝宝的。"

毕竟身体里面有一个7个多月大的胎儿，而且胎儿还时不时在肚子里面拳打脚踢，从医院回到家里后夏晴难免有些疲惫："小田，我去躺一会儿，吃饭的时候再叫我。"

柯小田见她行动有些困难，就扶着她平躺在了床上。

没想到夏晴刚刚躺下不久就出现了头晕、恶心、眼前发黑的状况。柯小田连忙将她的身体改换成左侧卧位，刚才出现的那些状况很快得以好转。

夏晴问道："是不是我的身体出现了什么问题？"

柯小田歉意地解释道："是我疏忽了。因为你的孕期已经7个多月，仰卧位的时候，沉重且巨大的子宫压迫住了你的下腔静脉，使得回心血量在短时间内突然减少，心脏搏出血液的量也因此骤减，从而导致血压下降，出现心悸等一系列的症状。临床上将你刚才的情况称为'仰卧位综合征'。今后你要习惯左侧卧位，这样就可以避免子宫压迫下腔静脉，防止仰卧位综合征的发生，还能增加胎儿的血供，预防或者减轻妊娠水肿。"

夏晴听了后笑着道："家里有个医生还真是不错。"

也许是无形中受到了田博达的影响，柯小田得意地道："那是。如果不是我的话，老爷子谈恋爱的事情也不会那么顺利。"

夏晴瞪了他一眼："你这家伙——小田，我们抽空多去看看我爸吧。"

柯小田道："老爷子正幸福着呢，我们还是不要太多去打搅的好。"

夏晴嘀咕了一句："有了女朋友就忘记了亲生女儿，真是的。"

刚刚喝下一口茶的柯小田没忍住笑，一下子就喷了出来。

夏晴却依然沉浸在对父亲的不满之中，叹息道："他都这么大岁数了，我真担心他今后万一出什么事情。"

柯小田笑着道："感情这种事情是不分年龄的。老爷子这次是动了真情，既然如此，那随他的意就是了。"

夏晴撇嘴道："我看他以前对我妈也没有那么好。"

柯小田道："你这话就太不客观了，你爸爸和你妈妈之间是有真感情的，不然的话他也不会心甘情愿为家庭付出那么多。只是随着时间的流逝，爱情慢慢变成了亲情，所以你才会有这样的感觉。"

夏晴看着他："小田，以后你和我会不会也不再有爱情，只剩下亲情？"

柯小田想了想："也许，夫妻之间的亲情也是爱情的一部分吧。小晴，你不要把什么事情都拿来和自己比对，这样的话会活得很累的，你知不知道？"

夏晴不高兴地道："你这人真无趣，我和你说着玩的。"她伸了个懒腰，说道："唉，今天这顿饭实在是吃得太沉闷，一不注意我就吃多了，现在都觉得不舒服。"

柯小田却一下子来了精神，说道："我还正准备给你说呢，现在你已经怀孕7个多月，可以开始做孕妇体操了。"

夏晴惊讶地问道："体操？我还可以做体操？"

柯小田道："你的血压有些高，需要适当加强运动。现在孩子的各大器官已经基本成形，孕妇体操可以帮助你缓解各种不适的症状。这套体操需要你和我一起做，这也是胎教的一种方式。"

夏晴顿时兴趣盎然："那你赶快教教我。"

柯小田道："这套体操动作非常简单，一共就三个部分：脊柱伸展操、肩部伸展操以及前后推手运动。不过为了能够让身体尽量舒展，我们最好是先去换上比较宽松的衣服。"

两个人换上宽松的睡衣，又在客厅的地上铺了一张竹席。柯小田讲解道："我们先做脊柱伸展操。首先，我们俩背靠背坐下。接下来咱俩的手臂往后相互紧紧勾住。对，就这样。然后，我们轮流进行前屈和后仰的动作。"

因为这套动作确实很简单，夏晴很快就学会并掌握了节奏。

肩部伸展操采用的是站姿。两个人面对面站着，柯小田道："你将双手自然地搭放在我的双肩上。对，就这样。"随后，柯小田将双手也朝夏晴的双肩搭放了过去："然后我们一起弯腰，一直到身体不能再向下为止。"

两个人做了几下这个动作，夏晴道："这个动作也不错，可以锻炼腰部。接下来的前后推手运动怎么做呢？"

柯小田道："最后这一套动作要面对面端坐下来，然后我们俩都要伸直右腿，左腿弯曲，双手掌心相对。"待两人都坐下并按照柯小田所说的体位摆好姿势后，柯小田继续说道："接下来像这样，我用右手将你的左手轻轻往后推，一直推到你的胸前为止，然后你将我的右手推回到我的胸前。与此同时，我用左手推你的右手，如此反复就可以了。"

夏晴问道："这一套和第一套的动作都是坐姿，为什么不连续完成后再做第二套动作呢？"

柯小田笑着道："看来你骨子里面确实不喜欢运动。先坐姿然后站姿，再坐姿，这样才能够增加运动量啊。"

夏晴嗔道："不准这样说我。"随即禁不住笑了起来："不过这套体操确实不错，好玩，运动量也不太大，挺适合我的。"

柯小田道："关键是要坚持。"

夏晴点头，问道："你为什么说这套操是胎教的一种方式呢？"

柯小田回答道："因为你在运动的同时，肚子里面的胎儿也得到了锻炼。还有就是，孩子肯定能够感受得到我们俩这种亲密无间的配合，所以这当然也算得上胎教的一种方式。"

一整套体操做下来，夏晴竟然开始流汗。柯小田说运动也不能太过度，贵在坚持，今天就到此为止。

第二十一章
性早熟的儿童

胡元寿这辈子最感激的人就是他的大伯胡自立。

胡元寿的祖祖辈辈都住在大山里面，据说他爷爷去过最远的地方就是距离他们家30多公里的乡场上。

胡自立当时是村里多年来唯一考上大学的人。更了不得的是，他大学毕业后留校做了大学老师，后来又成了分管后勤的副校长。

胡元寿不爱读书，小学毕业后就辍学回家务农了。20岁那年他跟着村里的几个人一起去了沿海城市打工，建筑工地上超负荷的体力劳动让他觉得与务农没有多大的区别，于是就找到了刚刚当上副校长不久的大伯胡自立。

毕竟是自己的亲侄儿，胡自立不可能拒绝，就安排他在学校后勤处下面的施工队当了临时工。

胡元寿读书不多，但脑子非常灵活，嘴巴也甜，很快就给后勤处上上下下的人留下了很好的印象。不多久，后勤处长就找了个由头将原来的施工队队长开除了，接替的人当然就是胡元寿。

后勤处管辖的范围包括水电安装、园林绿化、校舍维修等。胡元寿这个施工队队长也就相当于这所学校里面各种小工程的包工头，经济收入相应地也就上去了，而且在这所学校也算是有了小小的地位。

胡元寿一直喜欢村里的一个漂亮姑娘，不过因为他家以前太穷，对方的父母没有同意他们俩的婚事。如今他有了这么好的条件，一切也就变得顺理成章。

两个人婚后的第二年就有了一个女儿。这时候胡元寿所在学校的大学城项目建设完毕，一下子增加了新校区的工作量，两边来回跑的他变得更加忙碌，很多时候都是到了深夜才能回家休息。

胡元寿的妻子也来自农村，吃苦耐劳当然不在话下，家里的事情全靠她打理得井井有条，孩子的事情也不需要胡元寿多管。

转眼间孩子就半岁多了，有一天妻子告诉胡元寿："孩子的胸好像有些大，撒尿的时候下面还出血。"

胡元寿看了看孩子的情况："小孩好像都这样吧？"

妻子不敢肯定："我都记不得小时候是什么情况了。"

胡元寿刚刚回家，感觉累得不行："孩子长得白白胖胖的，不哭又不闹，应该没什么大问题。"

一个多月后，妻子高兴地对胡元寿说道："上次我说的那些情况都没有了。"她将孩子的衣服打开："你看，是不是比以前小些了？"

胡元寿对孩子的情况没多大印象，说道："本来就很正常，是你多想了。早些睡吧，明天一大早我还要起来上班呢。"

两年多的时间很快就过去了，胡元寿将孩子送到了学校自己办的幼儿园。他还是像以前一样忙碌，不过这些年攒下不少钱，前不久还在学校附近买了一套商品房。

这天，胡元寿对妻子说："我们再要个孩子吧。"

妻子说道："先把现在这个孩子养好了再说吧。"

胡元寿道："我们又不像以前那样缺钱，再生一个问题也不大。"

妻子道："我说的不是钱的事情。最近我发现孩子的乳房又长大了，下面还出来一些脏东西。"

胡元寿没当回事："肯定是你没有经常给孩子洗澡。"

妻子心想也是："最近孩子不是才感冒吗，我担心给她洗澡感冒加重了。"

胡元寿道："那就过几天再看看，实在不行就带孩子去医院。"

后来，妻子见孩子的精神状态一直都很不错，幼儿园的老师还说孩子吃东西不挑食，也不想无凭无故就带孩子去医院。

两个月后，妻子发现孩子的乳房又恢复了正常，阴部也变得干干净净。心想以前那样的情况可能是孩子生长过程中的正常现象，也就再没有将这件事情放在心上。

又两年的时间过去了，在胡元寿夫妇的眼里，孩子一直都很健康，两个人将再生一个孩子的事情纳入日程。

然而就在这个时候，孩子出现了问题。

最开始的时候孩子只是哭诉右腿和屁股里面痛，胡元寿的妻子问孩子是不是摔着了，孩子点头说是。她捏了捏孩子的腿，觉得不像骨折的样子，就用酒精给孩子揉了腿和屁股。

几天后，胡元寿的妻子发现孩子走路的时候右腿有些跛，她问孩子是怎么回事。孩子说摔着了。她就责怪了孩子一句："今后上学的时候要注意看着路，不要老是顾着玩。"

孩子很听话，对妈妈说道："我知道了。"

又过了半个月，胡元寿的妻子忽然接到幼儿园老师的电话："你们家孩子还不到5岁就开始长乳房了，下面还有血和分泌物，这样的情况你没有注意到？"

胡元寿的妻子道："她以前出现过这样的情况，后来就自己好了。其他的孩子不是这样吗？"

幼儿园老师没想到如今还有这样愚昧的家长，激动地说道："这肯定不正常，你赶快带着孩子去医院做检查……"

胡元寿的妻子这才慌了，连忙给丈夫打去电话。

患儿女，4岁7个月。患儿4年前曾有双侧乳房增大，伴有阴道出血。因患儿父母缺乏最基本的生理卫生常识，所以并未引起他们的重视。1个月后患儿阴道出血和乳房增大先后消失。2年前患儿再次出现乳房增大，伴有阴道黄色分泌物，阴道出血4日，患儿的父母仍未加以重视。2个月后患儿的乳房恢复正常，阴道分泌物消失。20天前患儿出现右下肢及髋关节疼痛，行走时右下肢轻度跛行。半个月前患儿再次出现乳房增大，伴阴道分泌物增多及阴道出血。

个人史：无异常。

既往史：患儿2年前右下肢骨折病史。

家族史：患儿的父母健康，父亲身高169厘米，无性早熟病史。母亲身高157厘米，月经初潮年龄10岁。

入院查体：患儿身高119.5厘米，高于正常人群平均值，一般状态可，其左侧前胸部、后颈部及左侧臀部可见多处片状淡褐色色斑。浅表淋巴结未触及，甲状腺、肝脾不大，双侧乳房发育，可触及乳核，乳晕有色素沉着，无溢乳，外阴呈幼稚型，大小阴唇可见少许色素沉着，无阴毛，阴道口可见较多的白色分泌物。

看着自己刚刚填写的病历内容，柯小田一时间陷入了茫然：这个患儿性早熟的诊断当然是没有任何问题的，可是患儿还有右下肢及髋关节疼痛的症状，这两者究竟是一种什么样的关系？抑或是，它们本来就是由两种完全不同的疾病所导致？

这一刻柯小田才意识到，面对这样的病例，自己试图采用简单的方法去获得明确诊断的想法实在是异想天开、自不量力。

无奈之下，柯小田只好采用常规的方式，开出了性激素以及相关影像学方面的检查项目，随后带着病历去了苏雯那里。

苏雯仔细看完了病历，起身说道："我先去给患儿查体。"

自从那例枫糖尿病病例差点被误诊，再加上输血事故的发生，科室里面的每个人也就非常自觉地更加严格执行相关程序了。柯小田紧跟在苏雯的后面一起去了这个患儿所在的病房。

苏雯对患儿的查体很仔细，完全按照病历模板的要求一项一项进行。当她终于完成了对患儿的查体后，指着患儿身体上那些淡褐色色斑问柯小田："你怎么看这些色斑的形成？"

柯小田道："或许是胎记吧。我问过患儿的父母，他们说孩子的身上从小就有。"

苏雯问患儿的母亲："你们说孩子身上的这些色斑从小就有，究竟是从生下来就有还是生下来后不久才出现的？"

患儿的母亲道："孩子半岁之后才出现的。"

苏雯问柯小田："你怎么看？"

柯小田不解地问道："苏老师，这种色斑很特别吗？"

苏雯微微一笑，解释道："这是牛奶咖啡斑。单独的牛奶咖啡斑常常只是胎记的一种，对人体的健康没有影响，但像这样大片出现就应该引起注意了。"

柯小田一下子就记起来了，懊恼道："我在书上看到过，它是神经纤维瘤或者其他遗传性疾病表现出来的一种非常特殊的体征。"

苏雯点头，讲解道："临床上90%的神经纤维瘤会出现牛奶咖啡斑，但并不是90%的牛奶咖啡斑就是神经纤维瘤，这是两个完全不同的概念。就这个病例而言，患儿有着明显的性早熟症状，再加上多发性骨破坏以及牛奶咖啡斑，这是非常典型的纤维性骨营养不良综合征三联征，临床上也将此病称为'McCune-Albright综合征'，它是在1936年由美国医生McCune和Albright首先提出的一种罕见体细胞基因突变所致的遗传病。这种疾病非常罕见，你不了解也很正常。"

柯小田却并不这样认为。枫糖尿病患者身上特殊的焦糖味、流行性出血热的酒醉貌，以及眼前这个患儿典型的牛奶咖啡斑，都在自己的认知范围之外，很显然，这绝不仅是临床经验欠缺的问题。

柯小田不由得想起前不久与田博达主任的那次交谈，这时候他才明白，现在的自己别说做一名优秀的儿科医生，就连"合格"二字都算不上。

努力吧，柯小田，你还差得远呢。他在心里面暗暗对自己说。

孩子的病情诊断清楚了，胡元寿夫妇却争吵了起来。

事情的起因是胡元寿对妻子说:"既然这样了,那就正好再生一个孩子。"妻子却不同意:"先把这个治好再说吧。"

　　胡元寿道:"我已经问过医生了,他们说这样的病根本就治不好,只能针对治疗,缓解症状。"

　　妻子质问道:"你的意思是不管她?"

　　胡元寿道:"也不是不管,这不是没有别的办法嘛。"

　　妻子开始数落胡元寿:"就好像孩子不是你亲生的,你对她一点感情都没有。再生一个还不是一样。"

　　胡元寿道:"不是我不想管,是我太忙。再说了,我在外面挣钱,你在家带孩子,这不是很好吗?"

　　妻子更生气:"挣钱就那么重要?"

　　胡元寿也压制不住火气了:"如果我一直没有钱,你爸妈会答应让你嫁给我?"

　　两个人越吵越厉害,吓得同病房里的几个患儿都哭了起来。护士长邱燕跑来教训他们:"你们把这里当什么地方了?要吵架回家吵去!"

　　胡元寿的妻子就开始哭。

　　邱燕看着胡元寿:"刚才你们为什么吵架我都听清楚了。你也是,一天光顾着挣钱,把自己的家当旅馆,把你的妻子当生育机器,你还觉得有理了?"

　　胡元寿道:"我还不是为了这个家?"

　　邱燕"哼"了一声:"所以,等你想明白了其中的道理后,再要下一个孩子吧。"

　　病房一下子就清静了。柯小田在外面听后差点没忍住笑。

　　自从夏晴怀孕之后,家里每个月要花的生活费顿时剧增,再加上前段时间夏晴的治疗费用,柯小田父母资助的那笔钱已所剩无几,无论是夏晴还是柯小田,都因此感受到了巨大的经济压力。

　　夏晴歉意地对柯小田道:"都怪我,我应该早些去找一份工作的。"

　　柯小田安慰道:"编剧就是你的工作呀,而且更是你梦想的职业,我相信有一天你一定会写出好作品来的。"

夏晴担忧地道:"问题是,你一个人的收入已经支撑不起我们家里的开支了啊。接下来我还要住院生孩子,听说费用也不少呢。"

柯小田装出一副轻松的样子:"没事,不就是1万多块钱的事情吗,到时候我再想想办法就是。"

夏晴想了想:"要不我去给我爸讲一声——"

柯小田连忙道:"千万别!为了饺子馆的事情,老爷子都向银行贷款了,估计他手上也不宽裕。"

夏晴道:"他有存款的,贷款是专门用来开饺子馆的。"

柯小田还是不希望夏晴去向她父亲开那样的口,说道:"我们的困难是暂时性的,我会想办法解决的。"

夏晴也知道这样的事情有些难为情,郁郁道:"我爸这个人也真是的,我们这么困难,难道他就一点也看不出来?"

柯小田苦笑着说道:"也许他觉得我这个三甲医院的医生收入很不错吧。"

夏晴摇头:"你爸妈就不一样,他们真的是心甘情愿为了下一代付出。"

柯小田劝慰道:"老爷子大半辈子都在海上工作,与家人聚少离多,他付出的比我们大多数人多得多。如今他退休了,就应该好好享受生活。小晴,我们还年轻,眼前的这点困难算不上什么,想办法克服就是。"说到这里,他叹息了一声:"说起来还是那套房子搞的,不然的话我爸妈现在的经济状况也不会那么紧张。"

夏晴眼前一亮:"我最近看了一下我们那个小区的房价,每平方米居然涨了3000多块钱呢,要不给你爸妈说一声,干脆卖掉算了。"

柯小田摇头道:"在他们的观念里面,有自己的房子才算得上是一个完整的家,所以这件事情他们肯定不会同意的。况且如今房子还没有交付,估计想要交易也不是那么容易的事情。"他笑了笑:"说起来我们还是拥有百万资产的家庭呢,所以你根本就不用担心。"

夏晴也禁不住笑了起来:"小田,你知道我最喜欢你什么吗?就是你这种对生活一直乐观的态度。"

柯小田点头:"我们都应该这样。很多时候我看到医院那些患儿,还有他们的父母,我觉得自己可是要比他们幸运多了。"

夏晴依偎在他的怀里:"你说得对。只要我们的孩子健健康康,我就非常满足了。"

柯小田轻摩着她的秀发:"放心吧,我们的孩子肯定会健健康康,所有的一切也都会好起来的。"

邱燕说得对:人活的无非就是心境,只要把有些事情看淡、看轻,很多东西也就自然而然地放下了。这一刻,柯小田发现自己一下子明悟了许多的东西,心境也因此变得平和、开阔起来。

夏晴的孕期已经到了34周,柯小田陪同夏晴去往医院做第8次产检。这次产检主要是为了评估胎儿的体重增加与发育情况。

柯小田想到了那个胎母输血综合征的患儿,特别请求吕医生添加相应的检查项目。

吕医生道:"胎儿的胎动频繁、有力,彩超显示非常健康,也没有发现胎盘、脐带有任何异常,应该不存在胎母输血综合征的问题。"

但想到夏晴存在着高血压的情况,柯小田坚持道:"还是做一个吧,做了放心些。"

吕医生倒是能够理解柯小田的担心,也就没有再多说什么,毕竟对她来讲就是多填写一张检查单的事情。

检查的结果证明吕医生的判断是正确的。不过这次产检发现胎儿的体重增加略微低于正常值。柯小田觉得奇怪,问道:"我给她制定的食谱都是根据胎儿发育的情况科学配方的,怎么会出现这样的情况?"

吕医生道:"我看过你制定的食谱,确实没有什么问题,关键在于你爱人的摄入不足。"

柯小田这才想起,食谱里面各种食材的比例和数量虽然比较合理,但夏晴并不是每顿饭都吃完了的,特别是晚餐,她吃剩下的部分都进了自己的肚子里。他连忙问道:"那我们接下来应该怎么做才好?"

吕医生道："孩子的情况总体来讲还是很不错的，所以你们不要太过担心。接下来小夏要尽量多吃东西，这样才可以让孩子的体重快速长起来。"她笑着对夏晴说道："这个时候你就不要去管身材好不好看的问题了，等生完孩子后再慢慢减肥吧。"

夏晴点头道："只要是为了孩子好，我变得再丑也无所谓。"

柯小田听从了吕医生的建议，增加了营养餐的质和量，他也跟着夏晴吃上了孕妇餐。

一段时间之后，柯小田就开始发胖。

夏晴早已注意到柯小田身体发福的状况，笑着提醒道："你再这样下去就变得和我一样了。"

柯小田苦笑："我给你制定的食谱都是高蛋白、高能量的东西，不发胖才怪了。对了，现在你距离预产期还有不到两个月的时间，体操也需要改变一下了。"

夏晴问道："其中有什么讲究吗？"

柯小田道："当然有讲究，因为这套新的体操是针对分娩的，主要是为了增加腹肌、腰背肌和骨盆底肌肉的张力和弹性，同时使得关节、韧带变得更加松弛和柔软，这样才有助于分娩的时候肌肉放松，减少产道的阻力，让胎儿能够尽快通过产道，不但可以减轻你分娩时候的痛苦，还可以降低孩子长时间在产道里面出现窒息的概率。"

夏晴笑道："是不是也可以让你减肥？"

柯小田却摇头道："这套体操主要是你一个人的运动，即使我不在家的时候你也可以练习。"

夏晴看着他，戏谑道："那你怎么办？千万不要年纪轻轻的就变成'油腻男'啊。"

柯小田摸着自己微微隆起的肚子："主要是因为你的厨艺进步太快了，看来往后我得加大运动量才行了。"

当天晚上，柯小田就将这套晚孕期的体操教给了夏晴。

"就这样躺着，什么也不需要做？"平躺在床上的夏晴问柯小田。

柯小田道："这套体操的第一节叫作'放松练习'。只需要像这样仰卧着，但一定要放松全身肌肉，同时自然呼吸并仔细体会放松时候的感觉。"

夏晴不解地问道："这样做对我今后的分娩有用处？"

柯小田解释道："当然有用处。在分娩的过程中往往会出现用力不当的情况，只有心态平和才能够从容面对分娩的过程。"

夏晴体验了一下："这也太简单了，只要我躺在床上就随时可以练习。你教我第二个动作吧。"

柯小田点头道："对，心态就是需要随时去体会然后养成的。第二节叫作'盘坐伸展运动'，这个训练是为了活动股关节，柔软骨盆底肌肉，使产道容易扩张，帮助胎儿顺利通过产道。这一节有三个动作：首先是盘腿，将身体的重量放于两膝上，一边吐气一边做，对，就像这样；接下来将双手放在肩膀上，然后一只手稍用力向上拉伸，放松，现在换另外一只手，放松；最后一个动作是扩胸，同时做深呼吸，就这样，不错。你再做两遍，然后我教你下一节体操的动作。"

几分钟后，柯小田开始教授夏晴第三节的动作："这一节体操叫作'抬腿运动'，目的是锻炼骨盆关节以及骨盆底部的肌肉，从而有助于今后分娩的顺利进行。具体的动作要领是：右侧卧位，单手支撑头部，右腿弯曲，左腿脚尖撑地。接下来左腿抬高，脚尖、膝盖打直，然后从膝盖开始放松，恢复到原来的位置。完成以后，左侧卧位，右腿做同样的动作。"

这几套动作本来就非常简单，夏晴很快就学会了。不过因为她的身体过于沉重，而且翻身不大方便，每次做交换动作的时候只能站起来重新摆好姿势。柯小田道："这样正好可以增加锻炼的强度，当然，更重要的是要坚持。"

夏晴道："前面的那套体操我不是一直都坚持在做吗？为了孩子能够顺利生下来，再麻烦的事情我都愿意去做。"

夏晴坚持做完整套体操动作后已经是大汗淋漓。她休息了一会儿后,挺着大肚子去洗了个澡。柯小田扶着她躺在了床上,问道:"看书吗?我去给你拿。"

夏晴摇头道:"今天有些累,你给我讲讲医院里那些孩子的事情吧。"

柯小田担心地道:"我给你讲了,你又会联想到我们的孩子。"说到这里,他禁不住笑了起来:"就好像你以前喜欢看恐怖片,被吓成那样还要继续看,这不是找虐吗?"

夏晴也笑:"这和看恐怖片不一样,我是觉得,有些事情听多了、见多了,或许今后遇到再大的事情也就都能够面对了。"

原来她是在做最坏的打算。柯小田顿时明白了,轻轻将她拥在怀里:"我们的孩子不会的,因为我们一直在做最大的努力。"

这一刻,夏晴觉得无比的温暖和踏实,轻声道:"那好吧,我不听了。"这时候她感觉胎动又开始了:"这小家伙,又开始调皮了。"

柯小田将手放到她的肚皮上,手心处清晰地传来了一跳一跳的感觉,笑着说道:"这是孩子在打嗝儿。"

夏晴想象着孩子打嗝儿的样子:"他一定很可爱。"

柯小田笑着道:"这个时候你的胎盘里面有700多毫升的羊水,孩子可以在里面自由活动,所以他会感觉很舒服。而且从现在开始,他的生活节奏就变得规律起来,会有睡眠和觉醒周期,他醒着的时候胎动就多,胎动的幅度也比较大。当他睡觉的时候就会很安静,即使有胎动,动作也比较小。所以从现在起你要注意一下孩子的作息规律,在他安静的时候尽量不要去打扰。"

夏晴用双手捧住自己小腹的下部,柔声对肚子里的孩子说道:"宝贝,你一定要好好的哟,妈妈什么都不要求你,只要你健康就行。"

柯小田从夏晴的表情和语气中感觉到了她的一丝忧虑,温言道:"不会有事的,你放心好了。时间不早啦,你早些睡吧。"

柯小田知道夏晴最大的忧虑还是担心孩子已经感染上了乙肝病毒。特别是那次检查结果显示她血液中乙肝病毒的浓度偏高之后,这样的阴影就一直笼罩着她。

其实柯小田也有些担心，只不过他从未在夏晴面前表现出来罢了。他知道，像这样的事情担心是没有任何用处的，如果孩子真的感染了，也就只能选择接受和面对。

夏晴已经熟睡。暗夜中外面的灯光从窗户透射进来，依稀可以看见她的脸。柯小田就这样痴痴地看着她，心里面憧憬着各种各样的美好。

也许人类的目光真的是带有能量的，已经熟睡的夏晴竟然在柯小田目不转睛的注视下醒了，她伸出胳膊来抱住了他，呢喃了一句"你怎么还不睡"后又沉沉睡去。

柯小田将她的头枕在自己的胳膊上面，很快就跟随着她进入了美丽的梦乡。

第二十二章
病房里的命案

如果不是女儿两岁的时候忽然出现呕吐、腹痛和贫血，甘奇志还不知道这个世界上竟然有蚕豆病这种奇怪的病。

不过医生告诉他，这种病只要不吃蚕豆或者蚕豆制品就不会有问题，今后注意就是了。

孩子3岁的时候，甘奇志参加中学同学的聚会，遇到一位以前关系不错，考上医学院后在外地医院工作的同学。两个人在闲聊时甘奇志就谈起了孩子的事情："我一直觉得奇怪，孩子怎么会得这样的病呢？"

同学道："蚕豆病是因为孩子的红细胞中缺乏葡萄糖-6-磷酸脱氢酶，导致进食蚕豆后引起的溶血性贫血。"

甘奇志道："医生告诉了我这个原因，可问题是，孩子为什么会缺乏这种酶呢？"

同学道："蚕豆病是一种遗传性疾病，其致病基因存在于性染色体X上面，属于不完全显性遗传，如果母亲有病，生下的宝宝是男孩，患病的可能性比较大，女孩患病的可能性小。所以很可能是你的基因里存在着问题。"

这位同学完全是从遗传学的角度在向他科普这种疾病的常识，没想到这番话却引起了甘奇志的格外注意。

同学会后，甘奇志去问过父母，得知他们都没有听说过自己的长辈患有蚕豆病的情况，顿时起了疑心。

甘奇志和妻子白莹是大学同学，两个人一直感情深厚，相濡以沫。甘奇志从未怀疑过妻子，可是女儿患上这种怪病的情况显然不符合遗传学规律，让他从此产生了难以抹去的心病。

甘奇志没有去质问白莹，毕竟这个东西需要证据作为支撑，而且他也不想无凭无据就怀疑妻子。

疑心是魔鬼，在婚姻中尤其如此。从甘奇志对妻子产生怀疑的那一刻开始，两个人牢不可破的感情就已经出现裂痕。

甘奇志偷偷带着女儿的头发去做了亲子鉴定。几天后，他拿到了鉴定结果：

> 根据当前鉴定技术分析16个STR位点，其中3个不符合孟德尔遗传定律。结论：经医学遗传学DNA鉴定，甘奇志与16038-2号样本排除生物遗传父女关系。

这一刻，甘奇志的精神差点崩溃。

在驾车回家的路上，甘奇志的脑子里面全是接下来将要质问妻子的激烈台词。然而，在刚刚进入家门的那一刻，他却一下子犹豫了起来。

曾经拒绝过无数的追求者，海誓山盟要和我白头到老的白莹，为什么要背叛我？看着眼前装修奢华的别墅，甘奇志喃喃自语：我一切的努力都是为了这个家，为了你。白莹，你应该知道的呀！

"你回来了？"正沉浸在痛苦中的甘奇志忽然听到妻子温柔的声音。

甘奇志看到的是妻子脸上和煦的笑容，还有充满着爱意且清澈的双眼。这一刻，他所有的愤怒瞬间消散，点头道："我有些累。一会儿还要出差去外地。"

妻子柔声道："你没有必要把自己搞得那么累，咱们家的条件已经很好了。"

甘奇志的心里面一痛，敷衍道："没办法，身不由己。"

甘奇志确实是撒谎了。这天晚上，他独自在一家生意不好的小饭馆里喝得大醉，最后在火车站的一处角落蜷缩着沉沉睡去。第二天醒来后他忽然想起自己刚刚创业的时候，曾经多次像昨天晚上那样。

我为什么要折磨自己？甘奇志愤愤地问自己。他去了附近的一家五星级酒店，在大堂的商店买了套高档西服后开了房间，洗了个澡后就退了房。到了公司后，他从网上找到了一个私家侦探。

白萤不愿意在家做全职太太，一直在师范大学做图书管理员。有同事曾经不解地问她："你家里那么有钱，怎么还要上班？"

她回答说："女人得找点事情做，不然就废了。"

同事还是不解："在家带孩子不是事情吗？"

她摇头："在这里我可以看书。"

当天晚上，甘奇志像以前一样照常回家。虽然心里面膈应得慌，还是不露声色地和孩子玩了好一会儿才去洗漱休息。

一周后，甘奇志接到了私家侦探的电话："我没有发现她与异性亲密接触的情况。"

甘奇志在心里面冷笑："那就继续，一直到有发现为止。你放心，我会每个月将费用打到你的账户上。"

大半年过去了，私家侦探还是一无所获，甘奇志的耐心也消磨得差不多了，于是决定主动出击。

自从上次女儿生病后，白萤就非常注意孩子的饮食安全，特意叮嘱家里的保姆每天早晚单独给孩子做一份营养餐。

这天下午，甘奇志偷偷溜回家里，趁保姆不注意将一包蚕豆粉放进了孩子的食物里面，然后悄然离去。

刚刚离开家，甘奇志就感到不安起来：蚕豆粉是不是放得太多了点……他正准备转身返回，忽然看见了远处的白萤和孩子。

儿科医生笔记 | 235

孩子从幼儿园放学了。甘奇志快速地躲到了旁边不远处的那棵大树后面。

这天晚上甘奇志当然不会回家吃饭，他知道接下来将要发生什么事情，也担心自己事到临头因为心软而失去抓住妻子把柄的机会。

甘奇志给白萤打了个电话，说晚上有个重要接待，可能要晚一些回家。随后又吩咐那位私家侦探："从现在开始，你要把目标盯得紧紧的，也许我需要的证据马上就要出现了。"

白萤带着孩子刚刚回到家里就接到了丈夫打来的电话。丈夫是生意人，经常有重要的接待，对此她早习以为常，吩咐孩子去洗手后问保姆："今天晚上孩子吃什么？"

保姆回答道："一直都是按照您提供的食谱做的，今天晚上是猪肝蔬菜羹。"

白萤点头："孩子的爸爸今天不回来吃饭，我们开饭吧。"

保姆将孩子的猪肝蔬菜羹端上了桌，又去端来熬了一下午的海鲜炖鸡汤和炒时蔬。

孩子洗完手过来坐下，白萤将猪肝蔬菜羹放到她的面前，又递给她一只有着卡通图案的塑料长把小勺。孩子吃了一口，开心地对白萤说道："真好吃。"

白萤道："是阿姨做的，你要谢谢她才是。"

孩子脆生生地对保姆道："谢谢阿姨。"

保姆也很高兴："多吃点，过几天我再给你做。"

一个小时后，三个人吃完了晚餐。孩子将那碗猪肝蔬菜羹吃得干干净净还意犹未尽。白萤对孩子说道："自己去花园里面玩一会儿，然后再回来看电视。"

孩子蹦蹦跳跳地出去了。

甘奇志没有回公司，又在一家五星级酒店开了个房间，心神不定的他连晚餐都没有吃，躺在床上等候接下来的消息。

一个多小时后，甘奇志终于等到了白萤的电话。电话里面传来的是白萤惊慌失措的声音："孩子生病了，很严重……"

　　活该！甘奇志享受着这一刻心理上的快感，却极力克制着自己的情绪低声道："我和客户正在谈重要的事情呢，你先送孩子去医院吧。我这边忙完了就过来。"

　　白萤没有，也不可能多想，连忙转身对保姆说道："快，我们一起送孩子去医院。"

　　　患儿女，3岁8个月。患儿晚餐后忽然出现不明原因的恶心、呕吐、腹痛，急诊科以"腹痛原因待查"将患儿收治入院。

　　这天晚上柯小田值夜班，值护士班的是温文洁。

　　经过检查，柯小田发现患儿面色苍白、精神烦躁，而且巩膜黄染，首先就想到了溶血性贫血的可能，问道："孩子以前出现过这样的情况吗？"

　　白萤道："两岁的时候出现过一次，医生说是什么蚕豆病。"

　　蚕豆病又称"胡豆黄"，大多发现于6岁以下的小孩，主要表现为溶血性贫血的症状。柯小田问道："孩子是从什么时候开始发病的？"

　　白萤道："吃了晚餐后不到半小时，孩子就说头昏、肚子痛，然后脸色就一下子变得苍白起来。对了，她还小便了一次，是那种像浓茶一样颜色的小便。"

　　听她这样一讲，柯小田也就基本上可以肯定了，说道："从孩子的情况来看，很可能就是蚕豆病。"

　　白萤不解地道："问题是，自从孩子两岁时出现这种情况后，我们一直都特别小心，吃的东西都是单独给她做的，难道是孩子中午在幼儿园吃的东西有问题？不可能呀，我不止一次提醒过幼儿园老师的。"

　　不大可能是午餐的问题，要真是那样的话，发病的时间会提前很多。柯小田问道："孩子今天晚上吃的是什么？"

这时候一旁的保姆连忙道："我给她做的猪肝蔬菜羹，里面不可能有蚕豆。"

这就奇怪了。柯小田忽然想到了一种可能：也许是她的小伙伴给她吃了蚕豆类的零食。他沉吟了片刻，继续问道："孩子现在的身高体重是多少？"

白萤着急孩子目前的病情："医生，你马上给孩子用药啊，问这些干吗？"

柯小田微笑着说道："给孩子用药需要特别小心，用量是需要根据体重进行计算的。"

原来是这样。白萤回答道："现在孩子的身高102厘米，体重18千克。"

3岁半女孩的平均身高和体重分别为95厘米和15千克。柯小田点头："非常不错，身高体重都高于同龄女孩的平均值，看来你们平时很注意孩子的营养。"

柯小田正询问着病史，忽然发现患儿变得烦躁不安起来，连忙去检查她的脉搏，紧接着又听诊了心跳，"不好，孩子的心律不齐，很可能出现血液循环和肾衰竭的状况，必须马上处理。"

血液循环和肾衰竭是蚕豆病最严重的状况，如果不及时纠正贫血、缺氧和电解质平衡失调，极有可能出现生命危险。

柯小田以最快的速度向温文洁下达了医嘱，让她马上去执行，随后又开出了相关的检查项目。

在接到白萤的电话后，甘奇志心想：孩子出了这么大的事情，想来她会马上将情况告诉那个人吧？

我会找到你的。这一刻，甘奇志的脑海里面全是拿到确凿证据后向白萤摊牌的画面，他激动地在房间里面团团转："好你个白萤，我要让全世界的人都看清楚你的本来面目！"一会儿，他拿起房间的电话："我要你们这里最好的牛排，还有最贵的红酒！"

三分熟的牛排味道真不错，进口的高端红酒更是风味独特，令人迷醉。甘奇志对着镜子朝自己举杯："你就是个傻子。来，敬傻子一杯。"

……

这样的情况下，甘奇志是不会让自己喝醉的，他要清醒地等到证据出现的那一刻。

时间已经过了晚上九点，甘奇志一直没有接到白莹和私家侦探打来的电话。

没有接到白莹的电话说明孩子目前问题不大。但是没有私家侦探的消息……猛然间，甘奇志意识到了自己的疏忽，即刻给私家侦探拨打电话："情况怎么样？"

私家侦探道："她和保姆带着孩子去了江南医科大学附属医院，我跟着她们去了急诊科，然后又到了儿科病房，除了里面的医生和护士外，没有发现她和其他人有接触。"

甘奇志道："我要她最近几个小时的通话记录，你现在马上去办。"

私家侦探为难地道："现在移动公司的人早就下班了，而且查询通话记录需要她本人的身份证……"

甘奇志道："这个世界上没有用钱办不到的事情，我马上给你打20万元。如果你做不到的话，我现在就换人。"

一听到能拿到这么多钱，私家侦探很快就想到了办法。

儿科病房的楼上是消化内科，值班的医生正和当班护士在护理站聊天，私家侦探趁机溜进医生值班室顺了一件白大褂，穿上后就返回了儿科病房。

在经过紧急处理后，患儿的情况很快得到缓解。因为引发患儿蚕豆病的原因还没有找到，柯小田就把保姆叫到了医生办公室，反复询问最近几天白莹家里的饮食情况。

保姆非常肯定地说："别说最近几天，就是这一年多以来，白老师家里都没有买过蚕豆。"

柯小田问道："会不会在你买菜的时候不小心混进了这种东西？"

保姆道："也不可能。买回来的菜我要清洗，一旦发现这种东西，我肯定会马上拣出来。"

柯小田又问道:"那家里最近有没有人买过?对了,是不是有客人来的时候带了蚕豆类的加工品,比如茴香豆之类的东西?"

保姆道:"白老师家里很少有客人来。"

柯小田觉得奇怪:"这是为什么?"

保姆道:"姑爷是做生意的,都是他去求别人。还有就是,白老师喜欢清净,所以姑爷基本上不会带朋友回家。"

私家侦探早就注意到了儿科病房的夜班护士很忙,时不时要去往病房,查看患儿输液的情况或者测量体温什么的。他从楼上下来进入到儿科病区后,趁着温文洁离开护理站,快速通过病房外的过道,然后直接去了白萤所在的单人病房。

白萤没见过私家侦探装扮成的"医生":"你是?"

私家侦探看到白萤正在充电的手机,心里面顿时大喜:真是天助我也。说道:"我是这里的进修医生,值夜班的医生叫你去一下。"

白萤没有丝毫怀疑:"你帮我看一下孩子。"

私家侦探朝她笑了笑:"没问题。"

白萤去到医生办公室:"柯医生,您找我?"

柯小田很诧异:"没有啊。对了,我正想问你一些情况,你和你爱人的血型分别是?"

白萤皱眉:"柯医生,你问这个干什么?"

柯小田解释道:"孩子表现出来的是溶血引起的各种症状,我们必须排除其他疾病的可能。"

白萤道:"我是O型血,我爱人他……好像是A型吧。"

柯小田愣了一下,将这个情况记录在了患儿的病历里面,又问道:"你有孩子幼儿园老师的电话吗?"他见对方满脸的疑问,解释道:"是这样的,你的孩子很可能是蚕豆病,但是目前为止还不能确定孩子究竟是什么时候摄入蚕豆这个致病源的,整个病情的发生、发展也就不完整。无论任何一种疾病,我们都应该了解它可能出现的各种情况,这样才有利于我们今后对类似疾病的预防和治疗。"

白萤点头道："教学医院就是不一样。孩子老师的电话号码在我手机里面，我这就去给你抄写过来。"

白萤回到病房，发现刚才那位"进修医生"没在里面，正疑惑间，心里面猛然咯噔了一下：我的手机呢？

"她在最近3个多小时里面拨打过2次这个号码，每次通话的时间都在10分钟以上。"私家侦探从白萤的手机上找到了白萤最近的通话记录，即刻报告给了甘奇志。

这个电话号码甘奇志非常熟悉。这一刻，他似乎明白了所有的一切。他咬牙切齿地握紧了拳头：既然如此，那就毁灭吧。沉默了片刻后，他对电话那头的私家侦探说道："还有一件事情需要你马上去做……"

私家侦探听后顿时吓坏了："杀人的事情我可不干。"

甘奇志出奇的冷静："100万，你干不干？"

私家侦探顿时心动："太危险了……"

甘奇志即刻道："200万！我现在就给你打100万，事成之后再付后面的部分。"

私家侦探忽然想到一个问题："孩子的妈妈已经见过我了。"

甘奇志冷冷地道："那是你的问题，你自己想办法。"

私家侦探一咬牙："300万我就干。"

甘奇志没有丝毫的犹豫："成交！"

柯小田等候了好一会儿，都没见白萤将电话号码拿来，只好去往病房："电话号码没找到吗？"

白萤道："我手机不见了。"

柯小田觉得奇怪："会不会是你忘在别的什么地方了？"

白萤摇头："手机刚才在充电。对了，有个'进修医生'来过，说你找我有事情。"

儿科医生笔记 | 241

柯小田这才想起先前白萤到医生办公室后说的第一句话，摇头道："我们这里没有进修医生。下面来的儿科医生都在儿童医院进修。"

白萤恍然大悟："那个人是小偷！"

这时候温文洁进来了："这样的事情在我们医院发生过好几次，好几个医生的手机，还有他们放在办公桌抽屉里的钱包都被盗了。"

柯小田没想到医院里会有这样的事情发生："报警吧。虽然病房里没有摄像头，但过道里有，警方或许可以通过监控找到那个小偷。"

白萤摇头道："就丢了手机，事情不大，报警没必要。"

三个人正在那里说着，甘奇志进来了："孩子怎么样了？"

白萤道："幸好送来得及时，柯医生把孩子抢救过来了。"

甘奇志责怪道："这么严重？你怎么不给我打电话说一声？"

白萤道："我知道你忙，何况孩子已经脱离了危险。刚才我正准备给你打电话呢，没想到病房里面进了小偷，我的手机丢了。"

甘奇志惊讶地看着柯小田："怎么会出这样的事情？你们医院也太乱了吧？"

柯小田歉意地道："发生了这样的事情，我们确实有责任。"

白萤连忙道："孩子没事就好，手机是小事情。"她随即对甘奇志说道："孩子的情况已经稳定了，你回去休息吧，这里有我和阿姨在就可以了。"

甘奇志道："我陪你们一会儿再回去吧。"

白萤道："你满身都是酒气，别把孩子给熏着了，还是早些回去休息吧。"

甘奇志心里冷笑着，表现出来的却是满脸的温和："那行。明天我让秘书小张给你送一部新手机来。"

从病房出来，柯小田问温文洁："以前医院里面真的出现过这样的事情？"

温文洁点头："那是好几年前的事情了。"

柯小田又问道："那后来警方破案没有？"

温文洁道："医院里面那么多摄像头，警方很快锁定了嫌疑人，马上就把人给抓住了。没想到这样的事情现在又出现了。"

柯小田道："可是这一次，这个患儿的妈妈不愿意报案，搞不好今后还会发生这样的事情。"

温文洁道："人家非要住单人病房，一看就是有钱人，人家不在乎一部手机的钱。既然她不愿意报案，我们也不能强求人家不是？多一事不如少一事。"

柯小田心想也是。不过他总觉得好像有什么事情不大对劲，可是一时间又想不明白问题究竟出在什么地方。他嘱咐温文洁道："明天你给护士长说一下这件事情。"

晚上10点过后，儿科病房又收入了一个支气管哮喘急性发作的患儿。此时，患儿和他们的家属都已经休息，病房的灯光也变得暗淡下来。

柯小田处理完这个患儿，正准备继续完成病历的时候，忽然听到一个惊慌的声音从外面传来："你是什么人……小偷，抓小偷！"

病房的宁静瞬间被打破，孩子的哭声、家属慌张的吵闹声乱作一片。柯小田霍然起身，跑到医生办公室外面，只见病房的过道上全是人，白萤也在其中。他朝着温文洁大声问道："发生什么事情了？"

温文洁道："好像是有个病房里进了小偷……"

这时候一个患儿家属过来对柯小田说道："我刚刚睡下，就听到窸窸窣窣的声音，睁开眼睛一看，发现有个人正在病床的床头柜里翻找着什么，我朝着他大喊了一声，那个人就慌慌张张地逃跑了。"

两个多小时之前，白萤的手机被盗。柯小田没有想到如此短的时间里接连发生这样的事情，对温文洁道："马上给保卫处打电话，让他们来看看具体情况。"

就在这个时候，另外一个病房里的患儿家属跑了出来："我的卡包不见了，里面有好几千块钱。"

柯小田没想到小偷会如此大胆，连忙对过道上的患儿家属们说道：

"医院保卫处的人马上就会来。大家别慌，各自回到病房检查一下自己的贵重物品。"

听他这样一讲，患儿家属们都纷纷回到了病房里面。

旁边病房进小偷的时候白萤还没有睡觉。她习惯在睡觉前看会儿书，而且孩子住的是单人病房，开着灯不会影响到他人休息。

白萤刚刚沉浸于书中精彩内容的时候，就听到外面传来了一阵骚乱，她皱了皱眉，看了看正在熟睡的孩子，起床朝外面走去。

病房过道上都是陪伴患儿的家属，闹嚷嚷的。白萤听了会儿才知道出了什么事情。没想到医院里面这么乱，看来自己的手机确实是被小偷拿走了。

患儿的家属听了柯小田的话，纷纷回到病房。白萤不喜欢这种嘈杂的环境，心想明天等孩子情况好一些就马上出院。

白萤回到病房，当她看到病床上的孩子的那一瞬，眼前顿时一黑，差点昏了过去……

"快来人呀，我的孩子怎么了？"

一个凄厉的声音骤然响起，让正在填写病历同时也在等待保卫处来人的柯小田背上的汗毛都竖了起来。

医院保卫处的人听说儿科病房发生了盗窃案，急匆匆赶到的时候才得知刚刚又发生了命案，连忙将惶惶不安的患儿家属们劝回病房，快速将现场保护了起来。

警方的人很快就来了，即刻在死者所住的单人病房外拉起了警戒线。

发生了这么大的事情，医院负责人以及科室主任田博达也很快来到病房。医院负责人问柯小田："究竟怎么回事？"

柯小田的心脏还在怦怦直跳，结结巴巴地道："我，我进病房的时候看见孩子的头软软地吊在病床外面，仔细一看才发现她的颈椎骨被人扭断了……"

医院负责人正要继续询问，田博达道："让警方的人来问吧，他们在破案方面才是专业的。小柯，到时候你一定要如实回答。"

几个人正在那里说着，一位年轻的警察从事发病房里面走了出来，问道："哪位是今天晚上的值班医生？"

医院负责人指着柯小田道："是他。对了，你叫什么来着？"

田博达道："他叫柯小田，今年刚刚分来的儿内科博士。"

年轻警察对医院负责人和田博达说道："我想找柯医生了解一下情况，能不能麻烦你们找一处比较安静的地方？"

田博达拿出钥匙递给柯小田："去我办公室吧。"

柯小田从田博达手上拿过钥匙，就听到年轻警察对医院负责人说："你们先回去吧，等案情有了进展，我们会向你们通报的。"

进入田博达的办公室后，年轻警察朝柯小田伸出手："你好，我叫侯大海。"

柯小田连忙道："侯，侯警官好。"

侯大海笑了笑，问道："你们当医生的不是见惯了生死吗，怎么会被吓成这样？"

大多普通人对警察有着敬畏心理，柯小田也是如此。不过柯小田更在意的是自尊，即刻道："我不是被吓的，是震惊。我是医生，时常面对的是生死病痛，而不是凶杀案。"

侯大海愣了一下，歉意地道："对不起，是我用词不当。柯医生，麻烦你说说今天晚上发生事情的具体情况吧，越详细越好。"

柯小田道："第一个发现孩子死亡的是孩子的妈妈。"

侯大海道："她被吓坏了，现在不适宜回忆案情。而且对于这样重大的案件，我们需要从多方面了解情况。"

柯小田道："当时我正在医生办公室填写刚刚入院患儿的病历，就听到外面传来了惊叫声。我连忙跑了出去，就看到患儿——就是死亡的那个患儿的妈妈，对了，她叫白莹。我就看到她跌跌撞撞地从病房里跑了出来,她朝着我大声喊叫:'医生,救救我的孩子,求求你救救我的孩子。'我以为是孩子的情况恶化了,谁知道我刚刚跑进病房里,看到的却是那样一种可怕的场景……"

侯大海问道:"什么样可怕的场景?你不用描述,直接讲出来就好。"

柯小田调整了一下呼吸继续道:"孩子的头吊在病床床沿的外面,一看就是颈椎断了的样子。"

侯大海看着柯小田苍白的脸色:"然后呢?"

柯小田道:"这时候我们医院保卫处的人就来了,他们去看了孩子的情况后对我说道:'孩子已经死了,等警察来了再说吧。'"

侯大海问道:"你是医生,没有亲自去检查孩子还有没有抢救的希望?"

柯小田指了指自己脑后的颈椎处:"这里是人体的呼吸中枢,孩子已经成了那个样子,怎么还有存活的可能?"

侯大海点头,问道:"孩子刚刚出事,你们医院保卫处的人这么快就到了?"

柯小田道:"今天晚上邪门得很,最开始的时候是死亡孩子母亲的手机丢了,后来其他病房又进了小偷。"

侯大海神色一动:"你说说具体情况,从你今天晚上接班后开始说起。"

柯小田一边回忆一边讲述,半个多小时才将这天晚上发生过的所有事情讲完。侯大海一边听着一边记录,问道:"你刚才说孩子的父亲中途来过?"

柯小田点头:"来了不一会儿就离开了,他好像很忙,还说第二天让人给他妻子送新手机来。"

侯大海想了想,对柯小田说道:"柯医生,谢谢你。你继续去值班吧。对了,麻烦你叫一下夜班护士。"

柯小田是第一次遇到这样的事情,一时之间难免惊慌失措。他从田博达的办公室出来,深呼吸了好几下才终于冷静下来。

"小温，侯警官要向你询问一些情况。这里我替你看着。"柯小田来到护理站对温文洁说道。

温文洁也被发生在病房的这起命案吓得不轻，问柯小田："那个警察都问了你些什么？"

柯小田道："就是今天晚上发生的所有事情的细节。小温，一会儿他问你任何事情，你都如实回答就是。"

温文洁点头，同时还嘀咕了一句："今天晚上真是太邪门了！"

确实有些邪门。已经清醒了许多的柯小田顿时一激灵。

又半个多小时后，温文洁从田博达的办公室里出来了，那个叫侯大海的年轻警察跟在她的后面，然后来到了医生办公室："柯医生，你们这里应该有死者父亲的联系方式吧？"

柯小田点头，随即将出事患儿的病历打开："患儿的父亲叫甘奇志，这是他的电话号码。"他想了想，又说："侯警官，有个情况我想对你讲一下。"

正准备给甘奇志打电话的侯大海放下了手机，指了指旁边的椅子："我们坐下来说。"

柯小田道："刚才我仔细回忆了一下今天发生过的所有事情，觉得发生在这个孩子身上的事情很奇怪。"

侯大海看着他："哦？为什么这样说？"

柯小田问道："侯警官，你知道蚕豆病吗？"

侯大海点头："听说过，这种病又叫'胡豆黄'，好像是一种遗传性疾病。"

柯小田道："蚕豆病患者红细胞中缺乏一种叫作'葡萄糖-6-磷酸脱氢酶'的东西，主要表现为进食蚕豆后引起溶血性贫血，从而导致各种相应的症状。因为患者体内缺乏这种酶，所以往往起病比较急，严重者可能导致血液循环及肾衰竭。这个患儿恰恰就是属于比较严重的情况。"

侯大海皱眉道："柯医生，你究竟想要说什么？"

儿科医生笔记 | 247

柯小田道："患儿一年多前首次发病，从此患儿的父母就非常注意，不让孩子接触蚕豆类食品，按道理说孩子不应该再出现这样的情况。"

侯大海顿时明白了："你的意思是，孩子这次的发病是人为，而且是故意的？"

柯小田摇头道："患儿是在晚餐后不久突然发病的，要么是患儿的晚餐有问题，要么是患儿在幼儿园放学前后食用了蚕豆类食品，所以究竟是不是人为且故意，我不大好说。还有……"

侯大海见他欲言又止，说道："柯医生，你不要有任何顾虑，把你想到的都讲出来好吗？"

柯小田苦笑："毕竟我不是警察，有些事情只是猜测。侯警官，我只是觉得今天晚上发生的这些事情都太凑巧了。最开始是这个被害患儿母亲的手机被盗，后来其他病房又出现了类似的事情，我感觉好像是有人在故意制造混乱，然后趁机作案。"

侯大海点头："我们会尽快把这些情况都调查清楚的。"他将自己的名片递给柯小田："柯医生，谢谢你的配合。如果你还想起什么，就马上与我联系。"

警方的人没多久就离开了，还带走了白莹以及孩子的遗体。

午夜过后，病房再次陷入宁静，柯小田却分明感受到了弥漫在病房空气中的不安与恐慌。

这天晚上，柯小田几乎一夜未眠。

第二天早上交班的时候，田博达向全科室的医护人员通报了头天晚上发生的事情，特地强调："破案是警察的事情，大家不要在私底下议论。"

夏晴的孕期已经进入第36周，柯小田调换夜班是为了陪同夏晴去做第9次产检。头天晚上发生的事情太过惊悚，柯小田担心惊吓到夏晴，也就没有向她透露一丝一毫。

吕医生给夏晴做了检查后说道："现在你越来越接近预产期，为了确保母婴健康，每周都需要产检一次。产检的内容除了基础检查项目外，更重要的是胎心监护。"

夏晴问道："还需要继续检查我血液中乙肝病毒的浓度吗？"

吕医生道："我觉得没有必要了。如果问题已经出现，这时候再治疗已经没有多大的意义。小夏，现在你最需要注意的是预防早产，一旦出现下腹部变硬、阴道出血或者有像水一样的东西流出，就必须马上到医院来。"

听她这样一讲，夏晴顿时紧张了起来，从诊室出来后就将吕医生的话告诉了柯小田。柯小田点头道："所有进入晚孕期的孕妇都要注意和预防早产，这是作为产科医生的常规叮嘱。你现在的各项指标都非常不错，没有必要太过担心，随时注意就是了。还有就是，在阻断乙肝病毒这件事情上，我们尽了最大的努力。俗话说'尽人事，听天命'，接下来就听天由命吧。"

夏晴也明白，有些事情确实是人力无法左右的。她点头道："你放心好了，无论是什么样的结果，我都能够接受和面对。"

柯小田将她轻轻拥住："不，无论遇到什么事情，我们都要一起去面对。"

第二十三章
诊断如同破案

当天下午的大查房照常进行。

不过头天晚上发生的事情多多少少对这次大查房产生了一些影响。田博达不像以往那样充满激情，也没有了幽默。

柯小田头天晚上没有休息好，又陪同夏晴做了一上午的产检，早已疲惫不堪，在大查房的过程中昏昏欲睡，心不在焉。田博达虽然注意到了柯小田但并未责怪，将这次大查房的病例分析完之后就挥手让大家解散了。

柯小田正准备早些回家休息，护士长邱燕过来神神秘秘地对他说道："柯医生，听说警方已经发现了那个小偷，你知不知道这件事情？"

沉浸在眼前病例中的柯小田一时间没有反应过来："小偷？哪个小偷？"

邱燕道："就是昨晚的小偷呀。"

柯小田顿时一激灵，连忙问道："那个人被抓住了？"

邱燕摇头道："是警方通过医院的监控录像发现了他，不过好像还没有抓到这个人。"

柯小田觉得奇怪："警方既然发现了他，为什么没有抓住呢？"

邱燕道："我也是听医院保卫处的人讲的。据说是警方通过监控录像发现，那天晚上有个人先是到了我们楼上的消化内科，从楼上下来的时候身上穿着白大褂。经过保卫处的人辨认，他根本不是我们医院的工作人员，所以就把他列为重点怀疑对象。"

柯小田想了想："警方的注意力不应该在一个小偷身上吧？"

邱燕低声道："你说得对。后来，警方又从监控录像中发现了这个人，而且这个人正好是在我们病房命案发生之前20分钟左右进入医院的。"

柯小田问道："他还是穿着白大褂？"

邱燕点头："而且还戴着口罩，遮住了大半张脸。警方从这个人的身材、走路的姿势等方面基本确定了他和那个小偷是同一个人。"

柯小田皱眉："省城有好几百万人呢，警方想要找到他估计没那么容易。"

邱燕道："谁说不是呢。我真是不明白，这究竟是个什么样的人，竟然对一个孩子下狠手？"

昨天晚上，柯小田也一直在分析这件事情，以至于彻夜难眠。他摇头叹息："但愿警方能够尽快抓住凶手，将他绳之以法。"

这时候苏雯从外面进来了。邱燕一见到她就连忙开溜，不过并没有忘记叮嘱柯小田："柯医生，我刚才给你讲的事情别往外传啊。"

苏雯进来后默默坐到了她的办公桌前。

柯小田觉得很奇怪：自从这起命案发生之后，苏雯的情绪似乎受到了很大的影响，整个人沉郁得让人感到透不过气来。

这一刻，柯小田忍不住走到了她的面前，低声问道："苏老师，您没事吧？"

苏雯轻叹了一声："那个被害的孩子太可怜了。"

这是一种发自内心的悲鸣。柯小田也不禁动容。

柯小田去洗手台洗了把脸，收拾了一下办公桌上面的东西后正准备离开，这时候邱燕又进来了，她后面跟着那个姓侯的年轻警察，说道："柯医生，侯警官找你。"

儿科医生笔记 | 251

肯定还是昨天晚上那个案子的事情。柯小田朝他打了个招呼："侯警官，你找我？"

侯大海反客为主道："柯医生，请坐。"他朝邱燕和苏雯说道："我想和柯医生单独聊聊。"

苏雯默默起身离开了医生办公室。邱燕满脸遗憾的样子，嘴上却热情地说道："你们慢慢聊。侯警官，如果你还要找其他人的话，告诉我一声就是。"

侯大海朝她点头道："护士长，麻烦你了。"待邱燕的背影消失在门外之后，他才对柯小田说道："我今天是专程来向你请教的。柯医生，蚕豆病患者在食用了蚕豆后大概多久发病？"

柯小田纠正道："还包括蚕豆制品。大多数患者在食用了蚕豆或者蚕豆制品后48小时内发病，也有一个多星期才出现症状的。"

侯大海看着他："但是你昨天晚上告诉我说，你怀疑死者这次发病很可能是在晚餐前后食用了蚕豆或者蚕豆制品。"

柯小田觉得"死者"这个词有些刺耳，不过还是解释道："因为患儿一年多前就是在食用了蚕豆后一个小时内发病的，这就说明蚕豆引发她症状的潜伏期是在一个小时之内。而且这次患儿的病情比较严重，来势也非常凶猛，所以我才有了这样的判断。"

"原来是这样。"侯大海道，"我们去死者所在的幼儿园调查过了，据那里的老师讲，死者……"

柯小田忍不住打断了他："就称呼她'患儿'或者'孩子'吧。"

侯大海愣了一下："好吧！幼儿园的老师讲，患儿的家长不止一次给他们打过招呼说这个——患儿的情况特殊，所以一直都非常注意这个患儿的饮食。那里的老师还告诉我们说，他们不允许也从来没有发现过小朋友带零食去幼儿园。"

柯小田道："那就很可能是患儿的晚餐有问题了。"

侯大海摇头道："甘奇志家的保姆是他的远房亲戚，保姆和他家里的关系一直处得不错。我们也调查过了，保姆似乎没有任何谋害孩子的动机。"

柯小田觉得奇怪："孩子是在我们这里遇害的，你们的重点应该放在这里才是。"

侯大海道："由于医院的病房里没有监控，而且医院里的人员又比较复杂，这件事情调查起来比较困难。我倒是觉得你的怀疑很有道理，很可能昨天晚上发生的所有事情都与这起命案有关。"他看着柯小田："好像你昨天晚上没有休息好，是不是一直在想着这件事情？"

柯小田不愿意承认："你怎么知道我没休息好？"

侯大海道："你的眼圈都黑了，身上的衣服湿了好几个地方，说明你刚才还用凉水洗了脸。"他笑了笑，诚恳地道："柯医生，这不是一起普通的案子，是命案，我非常希望能够得到你的帮助。"

柯小田犹豫了好一会儿，才说道："侯警官，或许你应该去调看一下孩子家附近的监控录像。"

侯大海忽然意识到了什么，紧紧盯着柯小田："柯医生，你是不是还有什么重要的情况没告诉我们？"

柯小田默然。

侯大海依然紧盯着他："难道你怀疑的人和你有什么特别的关系？"

柯小田一惊，连忙道："根本就不是这么回事。"他没有躲避对方灼灼的目光，说："侯警官，你应该知道医院没有在病房里安装监控设备的原因吧？"

侯大海似乎明白了："你不愿意把知道的情况全部讲出来，是因为涉及患者的隐私？"

柯小田点头："保护患者的隐私，是一个医生最起码的职业操守。"

侯大海道："但我们现在面对的是一起命案，你首先是一位公民，然后才是医生这个身份。柯医生，你说是不是？"

柯小田想了想，说道："我昨天晚上没有休息好，确实是因为在诊治这个患儿的过程中，发现有些不大对劲。"

侯大海精神一振，问道："你究竟发现了什么？"

柯小田道："这个患儿表现出来的是溶血性贫血的症状。虽然在此之前她有过蚕豆病史，但在诊断的过程中必须要排除其他的可能，所以我就询问了患儿及患儿父母的血型。"他停顿了一下，继续说："患儿的父母分别是A型血和O型血，而患儿却是B型血。"

侯大海是刑警，一听就明白了："你的意思是说，这个孩子并不是甘奇志的亲生女儿？"

柯小田点头："A型血和O型血的父母生下来的孩子绝不可能是B型血。还有，昨天晚上患儿的父亲来过一趟，当时我就在场，但奇怪的是，患儿的父亲从头到尾都不曾询问过孩子究竟患的是什么病。"

侯大海道："也许是孩子的母亲已经通过电话告知他了。"

柯小田摇头："问题是，患儿的父亲到了这里后，还责怪他的妻子为什么不打电话告诉他孩子的病情。"

侯大海看着他："柯医生，你认为孩子的父亲有嫌疑？"

柯小田连忙摆手："我可没有这样说。我只是觉得不大正常，也不符合逻辑罢了。"

侯大海沉吟道："如果前者是动机，后者是……"他的眉头一下子舒展开来，朝柯小田伸出手去："柯医生，谢谢你给我们提供了这么重要的线索。"

柯小田没有将自己的手伸向对方："这不过是我的胡思乱想，算不上什么重要情况。"

侯大海笑道："柯医生，我发现你这个人很了不起。嗯，有点意思！"

"有点意思"是什么意思？柯小田一怔之间，侯大海的背影已经消失在医生办公室的门外。

接下来的好几天，那位姓侯的年轻警察再也没有来过。开始的时候柯小田还期待着他的破案结果，后来随着每天病房工作的忙碌以及夏晴的频繁产检，慢慢地就将这件事情淡忘了。

从孕期第37周开始，夏晴每周都要去往医院做产检。

第10次产检主要还是胎心监护。吕医生给夏晴做了检查后告诉她："情况很不错，胎儿的胎动和胎心都很正常。"

想到自己的预产期越来越近，夏晴问道："吕医生，我什么时候可以住到医院来？"

吕医生道："你现在除了血压稍微有些高之外，其他的情况都比较正常，在预产期前一周住进来就可以了。"

接下来夏晴又问了一个她最近特别在意的问题："像我这种情况，究竟是自然生产好还是剖宫产好呢？"

吕医生道："无论是自然生产还是剖宫产，都有可能将乙肝病毒传染给孩子，所以最关键的还是在胎儿出生后根据具体情况尽早干预。作为产科医生，我当然建议自然生产，毕竟自然生产对孕妇造成的创伤和感染风险相对较小，而且术后恢复最快。除此之外，因为胎儿在自然生产过程中吸入羊水的可能性不大，引起胎儿窒息、肺炎、肺出血等情况的概率更小。与此同时，产道的挤压也更有利于新生儿的成长发育。"

夏晴点头："我们家柯医生也是这样说的。"

吕医生笑道："小柯是儿科医生，他当然是懂的。不过自然生产也有缺点，那就是分娩过程造成的阴道松弛，可能会影响到你们今后的夫妻生活。"

夏晴的脸一下子就红了，不好意思地问道："吕医生，这个问题有办法解决吗？"

吕医生笑道："当然是有办法的，到时候问你家柯医生就可以了。"

从吕医生的诊室出来后，夏晴问柯小田："你真的有办法解决这个问题？"

柯小田道："这不是什么大问题。前不久我教你的那套体操中本来就有这方面的锻炼内容，我是准备等到你生完孩子后再教你的。"

夏晴的目光中充满着崇拜："真的？"

柯小田点头："这节体操叫作'凯格尔运动'，主要就是锻炼阴道肌肉的收缩能力。"

夏晴觉得奇怪："既然这套体操是帮助分娩的，你为什么不把这部分内容教给我呢？"

柯小田解释道："凯格尔运动是美国的阿诺·凯格尔医师于1948年

公布的。最开始是试图通过锻炼骨盆底部肌肉，达到顺利分娩的目的。可是后来却发现这样的锻炼对大多数产妇并没有多大的帮助，却能够解决孕妇产后尿失禁的问题。其中的原理很简单，因为分娩过程中阴道肌肉收缩起到的作用远不如由产妇主动控制的来自腹腔的压力。"

夏晴问道："产妇主动控制的来自腹腔的压力是什么意思？"

柯小田笑了笑，回答道："当一个人便秘的时候是如何用力排便的？我说的就是这个意思。"

夏晴顿时就明白了，嗔道："你的这个解释也太——"

柯小田哈哈一笑："但是你一下子就懂了，说明这就是最好的解释，你说是不是？"

　　患儿男，1岁4个月。患儿入院前6个月无明显诱因出现阴茎增大、增粗，家长未予重视。1个月前患儿双侧腋下和阴茎根部出现少许毛发，无声音变粗。患儿近6个月身高增长速度变快，每月身高增长约2厘米。

这天下午，柯小田所管的病床又收治了新患儿。他正在分析这个患儿病情的时候，侯大海再次出现在了他的面前："柯医生，晚上有空吗？我请你吃饭。"

柯小田惊喜地问道："侯警官，案子破了？"

侯大海道："走吧，我们去外面说。"

作为遇害患儿的主管医生，柯小田当然特别希望知道这起罪案的结果。他歉意地对侯大海说道："那你得等我一会儿，我先把这个患儿的事情处理完之后才能离开。"

侯大海道："没事，你先去忙。"

半个多小时后，柯小田完成了患儿的病历并做了常规性处理，随后又给夏晴打了个电话："晚上我有点别的事情，不能回家吃饭了。"

当他挂断电话后，侯大海戏谑道："原来我们柯大医生是个妻管严。"

柯小田笑了笑，解释道："我爱人马上到预产期，有些事情我不想让她知道。"

侯大海连忙道："我和你说笑的，别介意啊。柯医生，那我就提前恭喜你啦。"

随后，两个人去了医院附近的一家餐馆。侯大海歉意地道："我们做警察的不像你们医生那么富裕，只能在这样的地方请你随便吃点了。"

柯小田道："看来侯警官并不了解我们儿科医生啊，我们的收入并非外人想象的那么高。"

侯大海诧异地道："是吗？"

柯小田道："儿科被称为'哑科'，问诊困难，检查治疗困难，各种操作难度都很大，同时儿童是社会最关注的群体，患儿家属对我们的诊治水平期望值又特别高，加剧了我们的工作压力。还有就是，我们儿科用药特别小心，必须精准使用剂量，更不可以随便使用高级抗生素，所以患儿住院的时间往往较长，病床的轮转率也就比较低，收入当然远远不如其他科室的医生了。"

侯大海道："看来我还真是不大了解你们儿科医生。那么，你现在后悔当初选择了这个专业吗？"

柯小田道："国内的儿科专业非常少，高考录取分数都比较高。当初我选择这个专业没想那么多，没想到一进入这个专业就喜欢上了，所以谈不上什么后悔不后悔的问题。对了侯警官，案子是不是已经破了？"

侯大海点头，朝柯小田举杯："柯医生，我今天是专程来感谢你的，谢谢你给我们提供了那么重要的线索。"

柯小田心里一沉："难道凶手真的是孩子的父亲？"

侯大海道："准确地讲，应该是被害孩子的父亲买凶杀人。"

邱燕从医院保卫处得到的消息是真实的。

通过医院的监控系统，警方确实找到了案发那天晚上盗窃白萤手机的小偷，后来又发现了潜入儿科病房作案的嫌疑人。经过分析比对，警方基本上确定他们是同一个人。

但是，正如柯小田所说的那样，省城有数百万人口，想要从中找出这个犯罪嫌疑人是非常困难的。

案件一时陷入了停顿的状态，侯大海反复回忆着案发当天柯小田说过的那些话。他意识到，虽然现在还不明白凶手为什么非要选择在医院动手，但被害人这次的突然发病很可能与凶手有关。

侯大海即刻去找了柯小田。

根据柯小田提供的线索，警方开始对甘奇志展开调查。

很快，警方就有了重要的发现：监控录像显示，就在被害人突然发病前两个小时左右，甘奇志曾经驾车回到他住家的小区，而且奇怪的是，他并没有将车开回家里，而是停在了距离住家不远处的公共区域，大约20分钟后他才返回驾车离开。

警方又调取了小区里甘奇志住家附近的监控录像，发现他在那段时间回到过家里。

于是甘奇志被警方列为重点嫌疑对象。

接下来，警方通过甘奇志在案发前后的通话记录，很快就锁定了那个在医院里作案的凶手，并即刻将其捉拿归案。

在铁一般的证据面前，甘奇志对自己的犯罪事实供认不讳。

"你为什么要害我们的孩子？"白萤得知命案的真相后，挣脱了警察的阻拦，疯狂地扇着甘奇志耳光，大声质问道。

甘奇志没有做丝毫的反抗，冷冷地道："我们的孩子？她应该是你和彭毅生下的野种吧？"

白萤扬起的手僵在了那里："你是什么时候知道的？"

甘奇志勃然大怒："为了这个家，我辛辛苦苦地赚钱，就是为了让你过上好日子！枉费我对你那么好，没想到你竟然背叛我！"

白萤试图再次挣脱身旁的警察："如果不是我，如果不是彭毅在暗地里帮你，你以为你能够有现在的这一切？"

甘奇志更加愤怒："那你当初为什么不嫁给他？你们为什么要合起伙来欺骗我！"他看着歇斯底里的白萤，猛然间恍然大悟："我知道了，当初他为了高攀他们董事长的千金，所以才抛弃了你。被别人抛弃了还要给他生孩子，现在的这一切都是你应有的报应，你活该！"

柯小田的心情非常沉重，问道："甘奇志为什么不去报复白萤和彭毅，偏偏要对这个无辜的孩子下手呢？"

侯大海道："甘奇志在供述中说，白萤将那个孩子视若生命，孩子没有了，白萤的人生也就毁灭了，这才是对她最大的惩罚。"

柯小田禁不住打了个寒战："他同时也毁灭了自己。"

侯大海点头："这个世界上很多悲剧的主角都是这样，最终的结果不过是自作自受、自食其果。"他再次朝柯小田举杯："柯医生，不说这件事情了，太沉重了，我们换个话题吧。"

柯小田的心里面一片萧索，一口将杯中的酒喝下，摇头道："啥都不要说了，喝酒吧。"

柯小田表现出来的悲天悯人没有任何的做作，完全是发自内心。侯大海看着他："柯医生，你肯定会成为一个非常优秀的儿科医生的。"

如今的柯小田已经通过反省认清了自己，摆手道："我知道自己的能力和水平，还差得远呢！"

侯大海真挚地道："柯医生，我说的是实话。以前我经常听到'医者仁心'这样的话，以为那只不过是一句口号。但是就在刚才，我从你身上真切地感受到了这四个字的温暖和力量。"

这一刻，柯小田顿时想起了苏雯，说道："其实大多数医生和我一样，骨子里面都想做一个好医生。但是，真的要做一个好医生很难，真的很难。"

侯大海点头："是的。我也想成为一名优秀的警察，但确实很难。"

柯小田问道："成为一名优秀的警察难在什么地方？"

侯大海道："撇开情怀不说，首先是能力。比如发生在你们医院病房的这个案子，如果没有你提供的重要线索，光凭我个人的能力是不可

儿科医生笔记 | 259

能这么快就抓到凶手的。"

柯小田不那么想："你能够这么快调查清楚真相并抓到凶手，这就已经显示出你与众不同的能力。"

侯大海禁不住笑了起来："柯医生，我怎么觉得咱们俩这是在相互奉承！"

柯小田也笑。

虽然与眼前这位年轻警察认识不久，但柯小田对他的印象极好。再加上刚才几杯酒下肚，柯小田也就变得随意起来，问道："侯警官，你参加工作多久了？"

侯大海笑道："柯医生，你是不是想问我，目前为止已经破获了多少案子？"

柯小田稍显惊讶，问道："可以说说吗？"

侯大海道："目前为止，我破获的案子也就四五件吧，不过大多是在我同事的帮助下破获的。"他苦笑了一下，说："现在我才发现，自己在警校里面学到的那些东西，根本就不够用。"

柯小田深有同感："是啊，理论和实践完全是两码事。有些东西教科书里明明白白地都写着，结果真正碰到了，又偏偏联系不起来。"

侯大海一拍大腿："是啊，我也这样觉得。"

柯小田对警察这个职业很好奇，觉得很神秘，问道："你们警察一般是怎么破案的？"

侯大海道："这个问题有点大。不过总的说来就是以现场勘查为基础，以因果关系为导向，以轨迹侦查为途径，以综合运用措施为手段。"

柯小田思索了片刻，恍然大悟道："原来破案和我们诊断疾病的过程是一样的。"

侯大海愕然："是吗？"

柯小田道："你说的以现场勘查为基础，就像我们问诊和给患者查体的过程，以此掌握患者的基本情况；因果关系说到底就是逻辑推理，也就是通过患者表现出来的症状寻找疾病产生的根源；轨迹侦查就如同收集病史，通过这样的方式寻找到疾病产生的原因……"

侯大海顿时来了兴趣，问道："那么，综合运用措施呢？"

柯小田兴奋地道："这就是我们的各种辅助检查啊，比如血常规、生化分析、CT等。"

侯大海细细一想，点头道："好像还真是这么回事。不过我刚才所说的只不过是一个大概，破案的过程和方式多种多样，绝非如此简单。"

柯小田道："我们诊断疾病的过程也是一样，其中还包括排除法，也就是鉴别诊断。除此之外，还有假设等。"

侯大海问道："假设？"

柯小田解释道："比如我们有时候会遇到一些疑难病例，因为一时间难以对其做出明确诊断，只好采取治疗性诊断的方式。也就是先假设患者最可能是什么样的问题，然后按照这个方向对患者进行治疗，如果有效的话，就说明那个假设是正确的。说到底这其实就是一个大胆假设、小心求证的过程。"

侯大海兴趣盎然地问道："能不能说得更具体一些？"

柯小田想了想："比如说我在下班前收的这个病例吧。这是一个1岁4个月的男性患儿，患儿入院前6个月无明显诱因出现阴茎增大、增粗，家长未予重视。1个月前患儿双侧腋下和阴茎根部出现少许毛发，无声音变粗。患儿近6个月身高增长速度忽然变快，每月身高增长约2厘米。门诊以性早熟将患儿收治入院。"

侯大海道："虽然我不是医生，但听你这样一说，好像他就是性早熟啊。"

柯小田点头："性早熟是指男童在9岁前、女童在8岁前呈现第二性征，不过临床上性早熟分为中枢性、外周性和部分性性早熟，所以门诊的诊断虽然没有问题，却不能因此就解决治疗的问题。"

侯大海问道："是不是还得进一步找到这个孩子性早熟的原因？"

柯小田点头道："一般来讲，引起性早熟的原因大多与脑垂体和下丘脑有关，除此之外，还要考虑肾上腺皮质增生或者肿瘤，以及家族性男性早熟的可能。这就如同你们在破案的过程中——"

侯大海道："这就如同我们已经知道了死者属于他杀，而且已经锁定了好几个犯罪嫌疑人，接下来需要做的，就是将其中真正的凶手找出来一样。"

柯小田赞道："就是这样。"

侯大海问道："那你们接下来会怎么做？"

柯小田道："接下来就是做各种辅助检查啊。比如血、尿及大便三大常规，肝功能、心肌酶、肾功能、甲状腺功能，以及脑垂体核磁共振，以此确定或者排除究竟是不是肾上腺或者脑垂体的问题。侯警官，你看，这不就是运用综合措施的过程吗？"

侯大海不住点头："嗯，有点意思。"

接下来柯小田又谈到了枫糖尿病病例中的焦糖气味、流行性出血热的酒醉貌，以及McCune-Albright综合征的牛奶咖啡斑等典型特征。侯大海听得津津有味，说道："有些刑事案件也具有十分鲜明的特征，比如各种变态人格类型的犯罪等。"

柯小田补充道："由于我们儿科医生经常面对的是不会说话或者不具备表达能力的患儿，很多疾病的线索需要我们通过各种方法去获得，这就更像你们破案的过程了。所以，儿科医生的诊断过程就如同破案的说法似乎更准确一些。"

侯大海点头："确实如此。可是，这对你们之后的诊断有作用吗？"

柯小田道："当然有用了。"他朝侯大海举杯，道："以现场勘查为基础，以因果关系为导向，以轨迹侦查为途径，以综合运用措施为手段。侯警官，你的这几句话讲得太好了，至少让我今后在面对各种疾病的时候不会手忙脚乱。"

侯大海连忙道："这可不是我说的，柯医生，其实应该是我感谢你才是。刚才我就在想，如果今后用你们诊断疾病的方法去调查案件的话，说不定会有意想不到的效果呢。"

也许是因为案件的水落石出，也许是两个人的共同话题，这天晚上，柯小田和侯大海喝得十分尽兴。

第二十四章
剖宫产

夏晴越来越临近预产期，柯文伟、田宁夫妇打来的电话也变得更加频繁。当然，大多数电话是田宁打给夏晴的。田宁在电话中反复叮嘱夏晴一定要多吃东西："我知道现在的年轻人注重自己的身材，担心长胖后难以恢复，可是你要知道，孩子才是第一位的，要是孩子生下来营养不良，到时候后悔都来不及了。"

夏晴并不反感婆婆的唠叨："妈，您放心吧，我每天都在尽量多吃东西呢。而且从我怀孕开始，小田每个月都专门给我制定了食谱，既有营养，味道又好。"

田宁没想到儿子如此细心："是吗？那他让你这个月都要吃些什么？"

夏晴回答道："小田说怀孕的这最后一个月需要补充维生素B_1，这是为了避免产程的延长，造成分娩困难。所以在他制定的食谱中，以花生、大豆、黑米为主。除此之外，还要多吃苹果、梨、香蕉、菠菜、胡萝卜、芹菜、番茄等富含维生素B_1的水果和蔬菜。"

田宁一听顿时就急了："光吃素菜怎么行？"

夏晴连忙道："当然也要吃肉啊。小田制定的食谱里面也有猪肉、牛肉、羊肉和鸡肉，还有猪肝、鸡肝等，他说这些肉类里面也含有丰富的维生素B_1呢。"

田宁好奇地问道："那你说说，小田制定的食谱中主要都有哪些菜？"

夏晴道："小田给我制定的食谱，每天的菜都是不重样的，比如我今天早上吃的是粳米菠菜粥，中午是山药瘦肉煲、砂仁炖鲫鱼，还有阿姨正在做的晚餐大白豆炖猪蹄。"

田宁高兴地道："太好了，这样我们就放心了。小晴，你不知道，小田的爸爸最近特别兴奋，他一想到大胖孙子马上要出生了，就激动得睡不着觉，所以你一定要好好的，千万不要让孩子出任何问题。"

虽然夏晴的心思也全都在孩子身上，但婆婆刚才的话还是让她有些不大高兴。柯小田下班回来后，夏晴就忍不住抱怨了一句："我怎么觉得在你爸妈的心里我一点都不重要呢？"

柯小田连忙道："早已把你当成我们家的功臣了，怎么会不重要？"

听他这样一说，夏晴有些担心地问道："万一生的是个女孩呢？"

柯小田轻轻将她拥住："女孩当然也好了，但在我的心里你永远都是最重要的。"

在孕期第38周的时候夏晴去做了第11次产检，这次产检的重点还是预防早产。

近段时间夏晴感觉到胎动变得更加频繁，胎儿的动作幅度也比以前大了许多，从肚皮表面就可以看到孩子在里面拳打脚踢。孩子的状况如此良好，她也就不担心早产的问题了。

然而夏晴血液中的乙肝病毒始终让她难以安宁。如今距预产期还有两周的时间，她心里的不安也因此越来越明显，只要是柯小田在的时候她总是会不断念叨："我们的孩子生下来不会有什么大问题吧？万一有先天性疾病怎么办？也不知道乙肝病毒是不是完全阻断了……"

其实很多面临第一次生产的孕妇都多多少少存在着与夏晴类似的恐惧心理，更何况她还是一个乙肝病毒携带者。柯小田十分清楚，一个人的心理阴影是很难消除的，如今他能够做的也就是尽量安抚她的情绪，只有等待孩子生下来，一切都尘埃落定之后再说。他温言对妻子说道："你最近每个星期都在做产检，孩子的情况一直都非常好，所以你的这些担心完全没有必要。如果到时候孩子真的出现了某些问题也没什么大不了的，坦然面对就是了。"

夏晴点头道："嗯，我也是这样想的。"很显然，她在乎和需要的是丈夫的态度："那我锻炼身体去了。"

只要是对怀孕、对孩子有利的事情，夏晴总是会虔诚地坚持去做，比如一直按照柯小田制定的食谱均衡饮食，前段时间每天的抗病毒治疗，以及记录下孕期的点点滴滴等。

正在做体操的夏晴忽然感觉到腹中的孩子动了一下。

宝贝，来，跟着妈妈一起做运动。
好的呀，妈妈。
宝贝，跟着妈妈的节奏。
好的呀，妈妈。

腹中的孩子真的开始迎合她的每一个动作有节律地舞蹈起来。这一刻，她完全沉浸在了无限美好的与孩子的心灵交融之中……

母爱的圣洁与伟大往往就体现在这样的细节之中。站在一旁的柯小田看着看着，眼睛就湿润了。

虽然柯小田还是天天照常去医院上班，但心里总是有些提心吊胆。

由于夏晴的情况特殊，从备孕开始一直殚精竭虑，已经将近一年的时间，眼看就要到瓜熟蒂落的时候，柯小田最害怕的是忽然有一个电话打来，告诉他说夏晴出现了早产的征兆。

苏雯发现了柯小田的不对劲，关心地问道："我看你最近老是心事重重的样子，是家里发生了什么事情吗？"

柯小田不好意思地道："没什么，就是我爱人马上要生孩子了，我这心里面有些不大安稳。对不起，我不应该把这样的情绪带到工作上来，今后一定注意。"

苏雯笑着说道："去年冬天的时候我父亲忽然消瘦，当时我的第一反应就是他很可能到了癌症晚期，结果最终的检查结论却是功能性甲亢。小柯，你是儿科医生，天天看到的都是患有不同疾病的孩子，由此担心自己还未出生的孩子，这很正常，不过你千万不要总是将不好的事情往自己身上去想。"

这样的话苏雯曾经对柯小田讲过，这样的道理他也懂得，不过很多事情都是这样，一旦身临其境，往往会无法自拔地深陷其中。柯小田朝苏雯笑了笑："我没事的，您放心好了。"

虽然内心忐忑，柯小田却觉得时间过得很快，也许是其中还充满着期盼的缘故。

夏晴的孕期很快就到了第39周，又是柯小田轮值夜班的时间。

这天晚上，柯小田刚刚接班就接到了夏晴打来的电话："小田，我怎么觉得孩子忽然安静了下来呢，不但胎动的次数比以前少了，而且也不像前几天那样有劲儿了。"

柯小田一下子紧张了起来："你不是有吕医生的电话号码吗？还是先问问她吧，如果需要的话我马上向苏老师请假，然后陪你去产科。"

夏晴道："我已经给吕医生打过电话了，她说这个时候胎儿的胎位开始固定，胎头已经下来并卡在了骨盆腔里面，所以胎动减少很正常。可是我还是担心，万一不是这样的情况怎么办？"

柯小田记得大学本科阶段学习《妇产科学》的时候，教科书里好像有这样的说法，安慰道："吕医生是这方面的专家，我们应该相信她才是。我看这样，你继续注意胎动的情况，一旦出现了异常，就马上给我打电话。"

其实柯小田也很担心，所以在电话挂断后就马上上网查阅了一些相关的资料，发现资料里面介绍的情况与吕医生所说的基本一致，顿时安心了许多。随即给夏晴打去了电话，告诉了她刚才查询的结果，最后说道："如果没有出现下体出血、出水和腹痛的话，就不要太过担心。"

第二天上午，柯小田交班后回了趟家，准备好夏晴住院待产需要的物品，然后陪同她去往医院做第12次产检。

吕医生给夏晴做了常规检查后告诉她："你和胎儿各方面的情况都很不错，接下来就入院等待分娩吧。"

夏晴高兴地问道："我住院后还是您管吧？"

吕医生笑着说道："你是我的病人，早就根据你的预产期预留了病床，当然归我管了。"

夏晴更加高兴："太好了。我的运气真好，从怀孩子开始就遇到了您这么好的医生。"

吕医生微笑着说道："其他的医生也是一样的。小夏，你回去准备一下，如果来不及的话就明天入院。"

夏晴有些害怕医院的环境，想了想，说道："那就明天吧。"

从诊室出来后夏晴笑吟吟地挽住了柯小田的胳膊："走，我们回家去。"

柯小田诧异地问道："不是说这次产检后就住院待产吗？我们把东西都带来了。"

夏晴道："反正我现在还没有出现任何将要分娩的反应，晚一天住院也无所谓。小田，我发现你们医院医生的服务态度还真是不错。"

柯小田道："小晴，你说得不对。医疗的本质不是服务，而是照护。"

夏晴不解地问道："这有什么区别吗？"

柯小田道："区别大了去了。服务是商业行为，对顾客来讲，用金钱去换取满意是他们的第一诉求。医疗就完全不一样了，患者来医院是求医而不是买医，所以，医患关系应该是信任与救护这样一种最纯粹、最神圣的关系。"

夏晴依然不解："难道医患关系不也应该达到让患者满意的目的吗？所以我觉得二者并没有多大的区别。"

"我举个最简单的例子：如果医疗也是商业行为的话，那么患者花了钱，医生就应该把病人治好，否则的话就应该赔偿。很显然，这样的逻辑是完全错误的。"柯小田用力摇头，越说越激动，"所以，医疗不可能也不应该被视为一种服务，因为生命是不可以买卖的，如果拿金钱去衡量生命的价值，就是对基本人格的践踏，也是对医生这个职业的侮辱。"

夏晴见他如此激动，笑着道："知道啦，我的柯大医生。"

柯小田不知道的是，在夏晴看来，他刚才的激动完全是内心纯粹的表现，这恰恰是她最看重的东西。

柯小田给苏雯打了个电话，说了请假的事情。苏雯道："生孩子是大事，最近这段时间你就干脆不要来上班了，好好照顾你爱人要紧。"

柯小田犹豫着道："这样不好吧？"

苏雯道："没关系的，一会儿我去给田主任讲一声就是。"

柯小田想了想："我还是尽量克服困难吧。最近病房的患儿比较多，我想多学点东西。"

苏雯不过是想给他一些力所能及的帮助而已，却没想到这个年轻人对工作如此认真，心里面暗暗赞赏，说道："也行。如果你家里有什么急事的话，就像今天这样提前给我打个招呼就是。"

第二天上午，柯小田送夏晴去医院住院待产，将一切都安排好了之后，准备回到儿科病房。

夏晴的心里面很不安："小田，你就不能给科室请假，在这里陪着我吗？"

柯小田歉意地道："最近科室里的新生儿比较多，我担心他们忙不过来。而且我才上班不久，也想趁这个机会多学点东西。我就在医院里面，你这里有什么事情，一个电话我就来了。小晴，没事的。"

夏晴心想也是。她好奇地问道："你们那里忽然出现了那么多的新生儿，其中有什么原因吗？"

柯小田道："很多人都是提前计划好了孩子出生时间的。"

夏晴更是不解："这又是为什么？"

柯小田解释道："无论是幼儿园，还是小学、中学、大学，都是9月开学。孩子在8月底前出生，就能赶上当年入学。如果出生在9月，哪怕是9月1日，入学的时间也要等到下一年。所以很多人就将孩子出生的时间计划在了8月。"

夏晴依然不解："晚一年上学对孩子的影响很大吗？"

柯小田道："很多家长认为，让孩子早上学比晚上学有很多的优势，比如早上学一年，如果孩子高考出现了失误，再补考一年也不会耽误时间，而且如果能够早上学，今后就可以早毕业、早工作、早结婚。所以每年的8月，各大医院的产房就会迎来生孩子的高峰，我们病房的新生儿床位也就因此变得更紧张了。"

夏晴顿时明白了，问柯小田："当初你是不是也想到了这一点？"

柯小田摇头："那时候我哪里知道这个啊，我也是最近几天才听苏老师讲的。"

夏晴高兴地道："看来是上天给我们的孩子选了个这么好的出生时间。"她抚摸着自己的肚子："宝贝，你的运气真好。"

这一刻，柯小田的心差点被夏晴的母性光辉融化掉。他轻轻将妻子揽在怀里："我早就说过，上天一定会赐予我们好运气的。"

一般来讲，大多数产妇在临近预产期的时候，子宫就会出现有规律的收缩，其主要表现为腹痛。这样一个分娩之前11~12小时的漫长前奏被称为"第一产程"。然而奇怪的是，一直到预产期的前一天，夏晴依然没有出现任何将要分娩的征兆。

女性怀孕10个月然后正常分娩是自然进化的结果，无论是早产还是晚产都是不正常的现象，都会因为发育不全或者胎盘功能低下，造成胎儿各种各样的疾病甚至死亡。面对这样的情况，柯小田顿时急了："怎么会这样呢？"

吕医生道："造成胎儿不能在正常时间分娩的原因很多，比如母体激素异常、孕期活动较少、遗传因素及个人体质等。从小夏的情况来讲，很可能是孕期营养太好、维生素摄入过多造成的。"

儿科医生笔记 | 269

柯小田苦笑："小晴开始的时候营养不良，后来好不容易劝说她尽量多吃东西，没想到营养太好也会出问题，看来无论什么事情都得有个度才是。"

吕医生笑道："确实是这个道理。不过没关系，我现在就给她使用催产素试试。"

催产素是一种肽类激素，具有刺激乳腺分泌乳汁、在分娩过程中促进子宫平滑肌收缩的作用。

夏晴在使用了催产素后很快就有了阵发性腹痛的反应。

夏晴腹痛得越来越厉害，柯小田只好再次向苏雯请假，然后赶到产科病房。

当柯小田到达产科时，吕医生正在给夏晴做检查："宫口还没有完全打开，所以还得继续等待。"

夏晴毕竟是第一次生产，剧烈的疼痛让她越来越难以承受。柯小田劝道："这才刚刚开始呢，接下来的痛苦会更加巨大，我们还是剖宫产吧。"

夏晴咬牙说道："不，为了孩子，我一定要坚持下去。"

两个多小时之后，吕医生再次给夏晴做了检查，皱眉道："胎动怎么忽然变得频繁了起来？而且胎心也很不稳定……"她连忙吩咐护士："赶快去把床旁B超推到这里来。"

床旁B超的使用非常便捷，吕医生很快就明确了胎儿目前的状况："脐带绕颈，必须马上做剖宫产手术。"

无论是夏晴还是柯小田都没有想到会出现这样的状况，不过此时已经没有了别的选择。

柯小田即刻在《手术同意书》上面签了字，夏晴很快就被送进了妇产科的专用手术室，然后就是漫长又煎熬的等待。

吕医生从病房出来后就急匆匆地去了医生办公室，对自己的学生小曾说道："39床产妇的胎儿脐带绕颈，需要马上剖宫产。你准备一下，一会儿和我一起做这个手术。"

夏晴是乙肝病毒携带者，在手术的过程中很容易造成胎儿感染。吕医生是硕士生导师，当然十分珍惜这个难得的给学生教学的机会。

小曾明白老师的意思，连忙去将39床的病历翻开，快速阅读起来。

> 夏晴，女，26岁。患者临近预产期未发现宫缩，使用催产素后出现胎动频繁、胎心不稳。B超发现胎儿脐带绕颈。患者为乙肝病毒携带者，孕期轻度高血压。拟行手术：剖宫产。术前检查：血常规、凝血功能等均无明显异常。

小曾来到手术室外面的时候，吕医生正在洗手。

小曾问道："老师，这个手术有什么需要特别注意的地方吗？"

吕医生看了她一眼："你没认真阅读病历？"

小曾道："我大致看了一遍。这个产妇是乙肝病毒携带者，血压稍微有些高，因为胎儿出现了脐带绕颈，所以必须马上手术，除此之外好像没别的情况。"

吕医生点头道："产妇最大的问题是她是乙肝病毒携带者。为了这个孩子，她提前进行了充分的备孕，一直到血液中乙肝病毒的浓度降低到合适的数值后才开始要孩子，而且直到孕晚期还在继续抗病毒治疗，目的就是阻断乙肝病毒传染给孩子。"

小曾顿时明白了："所以，接下来的手术必须特别小心，不能因为我们的失误造成乙肝病毒的阻断功亏一篑。"

吕医生满意地看着她："是的。虽然这台手术的程序没有什么特别的，但一定要注意细节，不能让胎儿的皮肤出现任何损伤，而且要在胎儿出生的第一时间就掐断母体的供血。你赶快洗手吧，这个手术拖不得，不然胎儿很可能会有危险。"

为了抓紧时间手术，两人将清洁过的双手在消毒液里稍作浸泡后就进入了手术室。

此时麻醉师已经对夏晴实施硬膜外麻醉，并确认麻醉成功。吕医生问麻醉师："胎儿的情况怎么样？"

麻醉师回答道："胎心过速，缺氧症状比较明显。"

吕医生吩咐小曾："常规腹部消毒，尽量快一些。"

小曾开始对夏晴进行腹部消毒，上至剑突下，下至大腿上三分之一，随后消毒外阴。消毒完成后很快铺好了无菌手术单。

吕医生对小曾的动手能力比较满意，对她说道："我们开始吧。一会儿你在一旁协助，同时要仔细观察手术的每一个步骤。"

吕医生的手非常稳，一刀下去就切开了夏晴下腹部的皮肤和皮下脂肪，同时讲解道："剖宫产可以采用横切口，也可以采用竖切口，不过我们一般采用横切口，因为横切口在耻骨联合上方，而且愈合后伤口比较美观，穿上内裤后就基本上看不到了。"

接下来，吕医生用止血钳对切开的伤口处的血管进行止血，然后继续向里切开筋膜，分离腹直肌，暴露腹膜。

小曾在一旁用拉钩将切口拉开，充分暴露手术视野。吕医生剪开腹膜暴露子宫后，在子宫的两侧塞入纱垫。这时候她停了下来，深呼吸了几下："我们继续。"

小曾知道，接下来将进入手术的关键环节。

吕医生在子宫下段切开了一个小口，然后徒手将子宫撕开9～10厘米长的大口子。

徒手撕开子宫是沿着子宫肌肉的纹路进行的，这样更利于术后子宫的愈合。在完成了这一步之后，吕医生快速刺破了子宫里面的羊膜囊，吩咐小曾道："赶快插入吸引器，以最快的速度将里面的羊水清理干净。注意，千万不要伤到胎儿。"

小曾的动作也很快，而且整个过程进行得小心翼翼："吕老师，好了。"

吕医生找到脐带与胎盘的连接处后即刻将其剪断，并快速将缠绕在胎儿颈部的脐带取下，然后将胎儿从子宫里面抱了出来，交给小曾："孩子的事情你来处理。"

小曾将婴儿抱到旁边的检查台上，用手提着孩子的脚踝，轻拍了几下孩子的后背……一声婴啼在手术室响起，宣告一个新生命的诞生。

"这孩子，声音挺洪亮的。"小曾笑着对吕医生说道。

吕医生吩咐道："赶快检查一下，看孩子的身上有没有损伤。"

小曾仔仔细细将孩子检查了一遍："婴儿全身的皮肤完好无损，手术非常成功。"

已经完成剥离胎盘、清理宫腔，正准备开始缝合子宫的吕医生长长地舒了一口气："称一下孩子的体重。"

小曾将孩子放在婴儿专用称重器上，就听到"噗"的一声，禁不住大笑："这小家伙，拉了这么大一泡屎。"

吕医生也笑："赶快把孩子洗干净，抱到她妈妈那里去。"

剖宫产实施的是硬膜外麻醉，在整个手术的过程中，虽然夏晴的身体不能动弹，也感觉不到手术创口的疼痛，但意识始终是清醒着的。

虽然吕医生是以最快的速度在进行手术，但对夏晴来讲却是一场漫长又极其煎熬的等待。她紧张又充满盼望地默默祈祷着，终于听到孩子的哭声在手术室响起的那一刻。她知道，自己辛辛苦苦、如履薄冰孕育了整整10个月的孩子终于来到了这个世界。

在孩子洪亮的啼哭声中，夏晴的眼角处幸福的眼泪如溪水一般流淌……

柯小田一直等候在夏晴的病房里。他知道，这台手术有些特殊，花费的时间可能相对要长一些。

没想到不到一个小时，手术室的护士就将夏晴推回了病房，她的身旁躺着刚刚出生的孩子。

孩子和夏晴在一起，说明孩子出生后状况良好。柯小田顿时放下心来。

夏晴小声对柯小田说道："小田，是个女孩。"

柯小田笑着说道："女孩我也很喜欢的。"他来到孩子的面前，顿时露出了惊奇的表情。

此时夏晴依然处于麻醉状态，身体的躯干部分不能动弹，她注意到了柯小田的异常，连忙问道："小田，怎么了？"

柯小田这才意识到自己的表现太夸张了，指着孩子的脸说道："宝宝的鼻子和她爷爷的长得一模一样，太神奇了。"

人类的鼻型有很多种，如水滴鼻、希腊鼻、小翘鼻等。柯文伟的鼻梁较高，鼻尖微微上翘，属于典型的小翘鼻。而柯小田的鼻型遗传自田宁，鼻梁窄长而且平直，是典型的希腊鼻。

夏晴禁不住笑了起来："孩子遗传了她爷爷的一部分基因不是很正常的事情吗？"

柯小田也笑："这倒是，可是我还是觉得很神奇。"他轻轻拿起孩子的手，仔细看了看后长长地松了一口气。

夏晴更是奇怪："又怎么了？"

柯小田道："我一直担心孩子的手指连在一起或者多一个手指……还好，我们的宝宝都很正常。"

夏晴瞪了他一眼，嗔道："你这个人，净瞎想。"

吕医生做完了夏晴的剖宫产手术，回到产科写完手术记录来到病房的时候，正好听见柯小田和夏晴的对话，笑着说道："第一次做父亲的人大多都存在这样的好奇心理，更何况小柯是儿科医生，平时见到的患儿较多，担心也很正常。"

柯小田连忙向吕医生道谢："吕老师，谢谢您。"

吕医生微笑着说道："我们是同事，你这么客气干吗？"这时候她忽然笑了起来："你们的宝贝刚刚从肚子里面取出来的时候有3.5千克呢，没想到她在婴儿秤上面拉了一大泡，等清理干净后再称，体重一下子就少了0.5千克。"

柯小田自然清楚正常新生儿的体重应该在2.5千克～4千克。他笑着说道："看来小晴确实是有些营养过剩了，让孩子吃得太多。对了吕老师，孩子的乙肝检查结果什么时候出来？"

吕医生道："可能要在今天下午稍微晚一点。你们放心吧，我们会根据孩子的具体情况做出相应的处理的。"

从一年前的备孕开始，柯小田和夏晴一直小心翼翼、如履薄冰，终于盼来了如今孩子的诞生，然而此时此刻，他们面对的却依然是等待。

越临近越感到煎熬，而更多的是期盼与希望。柯小田知道，他和夏晴即将面临的是一场宣判。

柯小田轻轻握住夏晴的手："没事的，我们等待结果就是。"[1]

---

1 本文所涉及病例、治疗方案等，均不作为专业医学参考。